T0258618

Contemporánea

Ignacio Solares nació en Ciudad Juárez, Chihuahua, en 1945. Es narrador, dramaturgo y periodista cultural, autor de *Nen, la inútil; Columbus; El sitio; Cartas a una joven psicóloga; El espía del aire; No hay tal lugar; La invasión; La instrucción y otros cuentos; Cartas a un joven sin Dios; Ficciones de la Revolución mexicana; El Jefe Máximo* y *Un sueño de Bernardo Reyes*, entre otras obras. Ha sido becario de la Fundación Guggenheim y ha recibido numerosos premios como el Xavier Villaurrutia, Sor Juana Inés de la Cruz, el Mazatlán de Literatura 2004 y el Nacional de Ciencias y Artes 2010, en el campo de Lingüística y Literatura. Fue director de la Revista de la Universidad de México.

Ignacio Solares

La invasión

DEBOLS!LLO

La invasión

Primera edición en Debolsillo: junio, 2017

D.R. © 2011, Ignacio Solares

D. R. © 2017, derechos de edición mundiales en lengua castellana:
Penguin Random House Grupo Editorial, S. A. de C. V.
Blvd. Miguel de Cervantes Saavedra núm. 301, 1er piso,
colonia Granada, delegación Miguel Hidalgo, C. P. 11520,
Ciudad de México

www.megustaleer.com.mx

D. R. © 2011 Carlos Fuentes, por el prólogo

ISBN: 978-607-315-517-5

Impreso en México – *Printed in Mexico*

El papel utilizado para la impresión de este libro ha sido fabricado a partir de madera procedente
de bosques y plantaciones gestionadas con los más altos estándares ambientales, garantizando
una explotación de los recursos sostenible con el medio ambiente y beneficiosa para las personas.

Penguin
Random House
Grupo Editorial

Este libro tiene dedicatoria.

*El nuevo rostro de la ciudad lo íbamos
modelando a puñaladas.*
MANUEL PAYNO

Prólogo

Por Carlos Fuentes

Ignacio Solares, el prominente novelista, dramaturgo crítico y promotor cultural mexicano, viene del estado fronterizo de Chihuahua. Quizás esto explica, hasta cierto punto, su fascinación por el norte de México y especialmente el universo —porque lo es— de la frontera entre México y Estados Unidos.

México ha tenido una historia cultural y política altamente centralizada. Desde el imperio azteca (hasta 1521), pasando por los periodos colonial (1521 a 1810) e independiente (1810 al presente), la Ciudad de México ha sido la corona y el imán de la vida mexicana. Nación aislada dentro de sí misma por una geografía de volcanes, cordilleras, desiertos y selvas, México ha encontrado siempre una semejanza de unidad en su capital, que es hoy una vasta metrópolis de veinte millones de habitantes que refleja el salto poblacional del país, con quince millones de habitantes en 1920.

La mayoría de los escritores mexicanos, sean cuales sean sus orígenes regionales, terminan en la Ciudad de México: el gobierno, el arte, la educación, la política se concentran en la que fue conocida como "la región más transparente". Esto no significa que en el interior no haya grandes obras de ficción. Ya sea en el despertar de vastos movimientos revolucionarios (Azuela, Guzmán,

Muñoz) o en la sempiterna verdad del aislamiento, la religión y la muerte (Rulfo, Yáñez y el estado de Jalisco), México se ha visto a sí mismo en movimiento hacia México, y muy raramente en sus relaciones con el mundo. La novela más prominente de México en el mundo es *Noticias del Imperio* de Fernando del Paso, la trágica historia del fallido Imperio de Maximiliano y Carlota, narrada hasta lo último en una secuencia onírica de recuerdo y locura.

La frontera norte y nuestras relaciones con Estados Unidos han tenido pocos exploradores. Solares es notable entre ellos. Francisco Madero, el primogénito de la aristocracia norteña e iniciador de la revolución mexicana, atrajo a Solares para la ficción y para el teatro. Pancho Villa, el bandido y caudillo revolucionario de Chihuahua, es central en un relato de Solares —*Columbus*—, donde narra la breve incursión de Villa en ese pueblo de Nuevo México en 1916.

Pero Solares también se ocupó de un hecho mayor, comúnmente ignorado por la literatura mexicana: la invasión de México por el ejército de Estados Unidos en 1847, acorde con la ley no escrita de su expansión territorial, del Atlántico al Pacífico. La joven y desorganizada República Mexicana estaba en el camino y tenía que ser tratada de conformidad con la doctrina del "Destino Manifiesto". La oposición de figuras como Abraham Lincoln y H. D. Thoreau a la "guerra del presidente Polk" fue inútil. Primero Texas alcanzó la independencia, luego fue admitida en la Unión, pero para alcanzar California y el oeste, México tenía que ser derrotado.

La invasión es el relato de este dramático conflicto. Es fácil describirlo con la visión simplista del triunfo del poderoso Estados Unidos contra la débil República Mexicana: Goliat golpeando a David. Esto conduce, así, a una visión maniquea de "buenos" y "malos" —pero ¿quiénes fueron los "buenos" y quiénes los "malos"?—. Sin embargo, conforme ponderamos la bondad y la maldad en la situación, nos vemos obligados a poner algo de luz en la última y a levantar las sombras de la primera.

Éste es el gran mérito de *La invasión*. Solares juega con luces y sombras, efectos y defectos. Lo hace a través de una notable estructura narrativa. Abelardo, el narrador, cuenta la historia que vivió siendo joven varias décadas después, cuando ya está viejo y enfermo, cuidado por su esposa y doctores pero lúcido en su recuerdo de los dramáticos días de su ciudad, México, ocupada por las fuerzas del general Winfield Scott, las barras y las estrellas ondeando en el Palacio Nacional y las contradicciones de las que Solares no se avergüenza. El ejército norteamericano da un aspecto de orden a la ciudad derrotada; sin embargo, los propios vencidos no permanecerán estáticos. Un famoso grabado de la época muestra el Zócalo, la plaza central de la Ciudad de México, ocupada por el ejército norteamericano, y a los soldados siendo hostigados por una población que no perdona. Rocas están a punto de serles arrojadas tarde o temprano, y los norteamericanos comprenden que no pueden controlar una ciudad tan populosa como la de México y a un país con tan fuerte sentido de identidad, idioma, religión, sexo y cocina, incluso si sus políticos son una vergüenza, una quebradiza estructura post-colonial que sólo una nueva revolución podría fortalecer.

Así fue. Estados Unidos dejó a México al sur del Río Bravo atenido a sus propios medios y tomó el vasto territorio del suroeste, de Texas a California. Y México, castigado, combatió su propia guerra civil entre liberales y conservadores. Los últimos perdieron: traicionaron al país pidiendo una intervención armada a la Francia de Napoleón III. Los liberales ganaron. Conducidos por Benito Juárez, refundaron la República y nos permitieron encontrar nuestro propio camino.

Escrita desde la precaria ventaja de un punto de vista del futuro inmediato a la novela, y además escrita por un autor, Solares, contemporáneo a nosotros, *La invasión* ofrece una tácita invitación a ver y ser vistos como sujetos de la historia que pasan a través del tamiz de la ficción. Solares nos ofrece el riquísimo relato de la historia revivida, el pasado como presente, la totalidad de la experiencia como un acto de la imaginación dirigida no sólo hacia el pasado sino hacia el futuro por el último guerrero, el lector.

Primera parte

I

Al yanqui que quiso izar su bandera en Palacio Na-
cional el día de la entrada de los norteamericanos, le
mataron de un balazo, pero por más esfuerzos que hizo
la policía no pudo averiguar quién fue el matador. Pero
espantan por su barbarie los tormentos que le prepara-
ban al asesino.

Guillermo Prieto

Las campanadas de Catedral estallaban como burbujas
de oro en el aire vehemente de aquella mañana del 14
de septiembre de 1847, dándoles la bienvenida a los
yanquis que acababan de invadir nuestra ciudad. ¿Qué
otra cosa podía esperarse de nuestra Iglesia, de la que
Cristo se había marchado, descristianizada? La indignación del pueblo acabó de encenderse en el momento
en que un soldado yanqui empezó a izar la bandera
norteamericana en Palacio Nacional. El corazón nos
dio un vuelco —el mundo entero dio un vuelco. Gritos
furibundos, insultos destemplados se entremezclaban
con ahogados sollozos y quejidos, y no faltó quien prefirió taparse los ojos dentro de un puchero. Ya estaba
ahí, en el aire de la mañana transparente, lo que tanto
temimos desde meses atrás, la bandera flameante de
las barras y las estrellas, símbolo del abyecto poder que
intentaba sojuzgar a todas las naciones y a todas las
culturas del siglo XIX.

Paradójicamente, los habitantes de la ciudad presenciábamos el siniestro espectáculo en la Plaza Mayor, en donde debía erigirse un gran monumento a nuestra Independencia, ordenado por Santa Anna apenas cuatro años antes, y del que sólo se construyó el zócalo.

Pero el soldado yanqui que izaba la bandera no logró concluir su propósito porque un certero balazo, que surgió de alguna azotea cercana, lo derribó. Al ver ese cuerpo desmadejarse, como un títere al que hubieran cortado los hilos, y la bandera norteamericana apenas a media asta, la multitud soltó un largo aullido y se lanzó contra los grupos de soldados yanquis, de pie o montados a caballo, que permanecían a las puertas de Palacio. Sus propias armas no podían protegerlos demasiado tiempo porque la gente les caía encima en oleadas crecientes, por más que aún alcanzaran a disparar y a derribar a algunos de los nuestros.

—¡Mueran los yanquis!

Todo mi ser dudaba, pero el miedo pudo más y salí corriendo hacia los portales para abandonar la plaza, torcido, desencajado, la cabeza sumida, pensando hipnóticamente que una de esas balas que intermitentemente escuchaba disparar estaba destinada a mí, que corría hacia ella sin remedio. O que uno de esos cuchillos y una de esas bayonetas que atisbaba destellantes, me aguardaban para poner fin a mi carrera vergonzante. Tropezaba, resbalaba, me empujaban, caía, volvía a levantarme, hacía enredados equilibrios, con una viva sensación de ridículo por huir así y por mi torpeza para pisar firmemente y mantenerme erguido.

En una de esas ocasiones en que caí, alcancé a ver —dentro de una nube de polvo— a un grupo de mujeres que arañaba, mordía, escupía, desnudaba a un soldado yanqui, quien se crispaba y retorcía como si convulsionara.

Otro más parecía ya muerto. Materias blanquecinas y viscosas surgían de entre los mechones de pelo rubio y la cara —una cara brutal que no había apaciguado la muerte— estaba cubierta de sangre. Un par de léperos lo veían fascinados, como a una fiera recién cazada, todavía caliente. Lo movían con el pie una y otra vez, acaso temerosos de que aún pudiera revivir y levantarse.

Todo ocurría como en los sueños. La lucha, los golpes entre los contendientes, los gritos, los disparos, los cadáveres regados, eran imágenes reales, pertenecían al mundo de la realidad real, por decirlo así, pero flotaban en una atmósfera más bien neblinosa.

Estaba a punto de alcanzar los portales, cuando una mano como garra me atrapó por un tobillo. Caí al lado de un yanqui herido que echaba espumarajos por la boca y tiraba manotazos desesperados hacia todos lados, aunque apenas si lograba mover el resto del cuerpo. Quedé tendido boca arriba y el yanqui aún alcanzó a asestarme un fuerte puñetazo en la cara, provocándome un agudo dolor con todas las propiedades de un torrente de colores cegadores. Sin pensarlo demasiado, saqué mi cuchillo de su funda y le asesté una puñalada en el pecho acezante. El yanqui abrió unos ojos enormes, con un fulgor postrero que me regalaba sólo a mí, y las palabras —supongo que insultos— se le removieron convulsas atrás de los dientes, obligando a retraerse a la boca sangrante.

Lo peor del sufrimiento, y en especial del sufrimiento de la agonía, es la soledad que lo acompaña, y aquel pobre yanqui —que quizá ni siquiera sabía bien a bien a qué había venido a nuestra ciudad— debió sentirse de veras solo en aquel momento. Pero había que herir de nuevo. El problema era arrancar el cuchillo, hundido hasta la empuñadura. Lo hice con una fuerza innecesaria, provocándome un tirón en el hombro, y con ese mismo impulso lo dejé caer otra vez en la casaca azul, muy sucia y con manchas crecientes de sangre. Los ojos se le pusieron blancos, tragó una última bocanada de aire y descolgó la quijada, echando nuevos y aún más abundantes espumarajos sanguinolentos. Las manos, muy blancas y pecosas, se le apaciguaron, yertas a los flancos. Estuve a su lado hasta que los ojos se le fueron enteramente hacia adentro, hacia lo más profundo de sí mismo. Observé cómo se le afilaban los lineamientos del rostro al igual que las aristas de un pedazo de roca, cómo la piel cobraba un opaco tono de arcilla, un frío de tierra húmeda y un silencio de cosa mineral. Cuán visible me pareció el instante en que se marchó el alma de aquel cuerpo derrotado. Yo lo maté, no había duda. O por lo menos lo rematé. Lloré y me invadió una piedad infinita, como si en la miseria de aquel hombre contemplara la mía propia y la de todos los congregados en la plaza. Creo que estuve a punto de abrazarlo, lo que resultaba ridículo en aquellas circunstancias, y hasta peligroso porque no hubiera faltado el que pensara que estaba yo a favor de los yanquis, y quién sabe cuáles fueran las consecuencias. Le dejé ahí, clavado en el pecho serenado, mi cuchillo —como confirmación de que era yo quien lo había crucificado—, me puse de pie y corrí hacia los portales. El dolor del puñetazo en la mejilla parecía haberse adormecido —dejando sólo como el eco del dolor— y con la lengua podía recorrer la herida en la encía. El sabor de la sangre salada que tragaba sin remedio me mareaba.

—¡Mueran los yanquis!

No era la bandera de las barras y las estrellas la que terminarían por izar en Palacio Nacional los norteamericanos, sino la muerte misma.

Una noche me diría el padre Jarauta, escondido en mi casa:

—Lo contrario de la muerte no es la trascendencia, ni siquiera la inmortalidad. Lo contrario de la muerte es la fraternidad. Habría que pensar en la Crucifixión como en un mero acto de fraternidad.

II

*Gloriaos, mexicanos, de la parte tan considerable y rica
que os ha tocado en los negocios del Universo.*

Guadalupe Victoria

Por aquellos días me sucedía con frecuencia que durante un ataque de melancolía viera —o entreviera— unas
llamitas errantes en el cielo, danzarinas, que llegaban
y se iban, y a veces bajaban a posarse, por ejemplo,
en lo alto de una iglesia —les encantaban las iglesias,
en especial las churriguerescas—, en el centro de una
calle vacía, en el brocal de un pozo sin agua, en la raíz
tortuosa de algún viejo árbol o entre las ruinas de una
casa en demolición. En algunas ocasiones, bastaba un
parpadeo o tallarme los ojos para que desaparecieran.
En otras, permanecían ahí un buen rato, lo que me
llenaba de angustia porque, por lo general, se traducían
en un agudo dolor de cabeza.

Preocupado, le pregunté al doctor Urruchúa. Sus
argumentos no me parecieron muy científicos a primera vista:

—Pueden ser almas de difuntos, atadas aún a la
tierra por algún lazo muy intenso de amor o de odio,
que oscilan descabelladamente como si un viento implacable las agitara y que se extinguen en el aire (por
lo menos momentáneamente) no bien se les reza un
padrenuestro. Hágalo, amigo Abelardo, verá que por
lo pronto se tranquiliza.

23

Me clavó su pupila escrutadora y voraz, ducha en el arte de vislumbrar por entre la maraña de los velos del alma.

—También, no hay que descartarlo, esas llamas en el cielo podrían ser signos agoreros de desastres que se ciernen sobre el lugar en que aparecen, lo que tiene sentido por la situación tan grave que atraviesa hoy nuestra pobre ciudad. En uno u otro caso, no está por demás el padrenuestro —me escuchó el corazón, me miró el fondo de los ojos, el color de la lengua, me tomó el pulso, todo con la actitud de un entomólogo fascinado por una especie rara—. Claro que podría tratarse de simples fosfenos, que se producen por la excitación mecánica de la retina o por alguna forma de presión sobre el globo ocular. Trate de dormir mejor, amigo Abelardo. Tómese el té de tilo y valeriana que le receté, las diez gotas de cornezuelo de centeno para los mareos y dese un baño en agua de rosas una media hora antes de acostarse. Un insomnio tan grave como el que usted padece puede provocar cualquier tipo de alucinaciones.

Nunca puse en práctica lo del padrenuestro y más bien prefería relativizar el hecho, tallarme con fuerza los ojos o esperar a que las llamitas errantes se marcharan por sí solas. Como dice el Zohar: "El mundo se conserva por el secreto".

Pero las llamas en el cielo regresaron, en forma preocupante, después de más de cincuenta años, al reabrir mi casa de Tacubaya, al grado de que necesité dosificar mis visitas.

A veces, peor, ahí las llamas se transformaban en unos relámpagos que nacían como peces abisales para asomarse un segundo sobre las aguas. La memoria me devolvía, a quemarropa, lo que más podía temer, y la cabeza parecía a punto de estallarme.

El tiempo daba continuamente una como maroma y ya no estaba *aquí y ahora* sino *allá y entonces*. Permanecía horas en las piezas vacías, por momentos con los ojos cerrados —con lo cual las llamitas se me iban para adentro—, aspirando el sahumerio de aquellas vivencias antiguas que me desgarraban el alma. Salía tentaleando las paredes como ciego, y el cochero debía llevarme casi a rastras al carruaje. Por eso temí, como nunca antes, que el cielo entero se me volviera una gran llamarada y yo enloqueciera, sin remedio. Hay luces insoportables.

Magdalena, mi mujer, que me sabe ocupado alguna que otra mañana en la tarea supuestamente catártica de escribir algo, cualquier cosa, en especial si la escritura se realiza por sí misma, sin pretensiones ni intenciones de publicar, leyó por sobre mi hombro y preguntó:

—¿De veras tanto te afectó regresar a la casa de Tacubaya? Te dije que primero la mandaras limpiar, has de ser alérgico al polvo. La cantidad de ratones que habrá ahí. Deberías asperjarla con agua de orégano, cubrirte la cara con un paliacate y tomarte una dosis doble de bromuro de potasio antes de entrar.

De todos los medicamentos que he tomado a lo largo de mi vida —y huyo de ellos como de la peste—, al bromuro de potasio le sigo siendo fiel porque es el único que me ha ayudado para los males de la tristeza. Mi mujer en cambio se la pasa viendo doctores y desde que despierta empieza con una cabeza de ajo, que mastica a conciencia, y una infusión de flores de ajenjo para el malestar estomacal, sulfato de magnesio para las lombrices, luego sigue con píldoras de salicilatos para los dolores de huesos, alguna más para su estreñimiento crónico, lavados de boca después de cada comida con tintura de mirra para fortalecer las encías y remata por las noches con la belladona para dormir bien, lo cual es un decir porque desde que la conozco duerme como lirón, tome o no tome nada. Como lo que más le gusta en la vida es leer y seguir leyendo, le aterra padecer cualquier afección en los ojos, se los lava con agua de manzanilla dos y hasta tres veces al día y se echa gotas de colirio, que le encienden aún más la mirada.

Tiene una clara tendencia hacia lo efectivo y terapéutico. Dice que la energía moral inempleada se transforma en neurastenia, y de ahí su consejo:

—¿Por qué no aprovechas el regreso de las lucecitas en el cielo y de una buena vez terminas esa crónica que dejaste pendiente sobre la invasión yanqui a la ciudad en el 47, eh? No la publiques si no quieres, pero termínala. Es más, cuenta en las primeras páginas cómo fue que apuñalaste a aquel pobre soldado yanqui, va a servirte como una especie de confesión pública. Pronto, me temo, la arteriosclerosis cerebral te va a impedir escribir nada de nada.

—Tendría que entrar en detalles, y más bien prefiero que la arteriosclerosis me ayude pronto a olvidarlo del todo.

—Es la memoria de esta ciudad.

—Sí, pero es una memoria indigna.

—Son las mejores para recrearlas y reflejar la condición humana, me parece. La memoria indigna y la memoria chusca. ¿No también andabas con ganas de hacer un recuento de los pasajes chuscos de nuestra historia, hasta llegar por lo menos a Maximiliano y Carlota? ¿Qué pasó con eso?

—Empecé de atrás para adelante y me atoré. Me quedé cuando el pelotón de ejecución mexicano le voló un ojo a Maximiliano. El embalsamador no pudo encontrar un solo ojo azul artificial en todo Querétaro, de tal suerte que, al final, el ojo negro de una virgen queretana fue ensartado en la cuenca del emperador fusilado. Desde la cripta de los Habsburgo, en Viena, Maximiliano mira a la muerte con un ojo azul austriaco y un ojo indígena negro, nomás imagínate. Escribí tantas disertaciones filosóficas sobre ese solo hecho, que me estaba saliendo un texto de lo más farragoso, que no tenía nada de cómico, y preferí detenerme y posponerlo, como me ha sucedido con casi todo lo que he intentado en mi ya larga vida.

—Pues deberías decidirte de una vez por todas a concretar algo. Yo te ayudo —y sus ojos, de un castaño lindamente jaspeado en verde y amarillo, sonrieron con ironía.

Dentro de la máscara de arrugas, que ha asumido con una resignación como para tantas otras cosas, esos hermosos ojos de mi mujer conservan sus aguas misteriosamente profundas y serenas de cuando la conocí, que sólo agitan la cólera o ciertos momentos de entusiasmo. Vivía en Querétaro, hija de un prestigiado abogado del que heredó su afición por el estudio y la buena literatura. Tenían una biblioteca que era la envidia de la ciudad: altos muros con anaqueles vidriados y algo así como dos mil libros empastados en piel de becerro con sus iniciales doradas en el lomo. Magdalena tenía veinticuatro años, cabellos de trigo y cutis de durazno y, ya desde entonces, unos leves surcos prematuros en su entrecejo, producto de un carácter adiestrado en pasar bruscamente de una extrema tensión a un largo y plácido relajamiento irónico, del entusiasmo irrefrenado a una expresión voluntariosa y dura, que refleja un dominante afán de imponer pareceres y convicciones.

Es una lectora atenta a lo que se publica en México, tanto como a las novedades que le manda por correo su librero de París. Vive intensamente la vida literaria de la ciudad y una tarde la encontré llorando desconsolada porque en *El Siglo XIX* acababa de leer la noticia sobre el suicidio de Manuel Acuña.

—Todos sus lectores deberíamos imitarlo como un mínimo homenaje—, dijo, no sé si en serio o en broma.

O se enfurece porque Lerdo de Tejada acababa de escribir que, en nuestra porfiriana ciudad, "una cobarde afeminación refina y subyuga las naturalezas más privilegiadas, la gangrena es envuelta en vaporosos tules y la venalidad femenina se paga con ministerios". Lanzó el periódico al aire, amenazó con mandar una carta incendiaria al periódico, lo que nunca hizo, y aseguró algo así como que "el siglo XX será femenino o no será".

A pesar de lo mucho que lee —casi ha duplicado el número de libros que heredó de su padre, los tenemos en desorden y apilados por todas partes, infundiéndole a la casa entera un sigilo de biblioteca y un olor de abadía, que seguramente influyeron para que nuestros hijos huyeran de nuestro lado apenas tuvieron edad para hacerlo—, a pesar de ello, Magdalena no ha querido involucrarse demasiado en los círculos académicos o literarios aunque, por ejemplo, si encuentra en la calle a Guillermo Prieto —con su imprescindible sombrero de paja de grandes alas—, lo saluda con un entusiasmo desmedido y le comenta su artículo más reciente. Pero nada más. Dice que a los escritores hay que tratarlos muy por encimita, jamás intimar con ellos y conformarse con sólo leerlos, en lo que tiene razón.

Con los años se le ha acentuado una peligrosa tendencia a escandalizar, quizá producto de esa misma afición literaria —lee demasiado a Charles Fourier, uno de sus autores franceses predilectos—, y por eso debo tener sumo cuidado con las reuniones a las que, muy ocasionalmente, asistimos. No hace mucho tiempo, durante una cena en casa del ministro Chávez Torres, dijo algo tan fuera de lugar como que, en un futuro no muy lejano, si queremos salvar al país, la mujer deberá participar en política en igualdad de condiciones que el hombre. O, peor, que la prostituta es una víctima social, a la espera de su reivindicación, y no menos sufrida que el lépero, el campesino y la sirvienta, lo que a más de uno le tiró el monóculo y motivó que la esposa del ministro Chávez Torres —una señora siempre vestida de negro que respira un aire virtuoso— no la saludara la última ocasión que se encontraron en Lady Baltimore.

Pero ya en confianza, mi mujer es todavía peor. Durante una comida de domingo, con uno de nuestros hijos y su esposa, sacó de nuevo a colación a Charles

Fourier —lo que a todos en la familia nos pone los pelos de punta—, quien dice que "toda fantasía es buena en materia de amor, especialmente en el amor juvenil", y que "todas las parejas tienen derecho a sus rarezas amorosas, porque el amor es esencialmente la mejor parte de nosotros mismos: la parte irracional". A mi hijo se le atragantó la cucharada de arroz con leche y su respuesta acabó de encender la mesa por la indignación que le provocó a su madre. "Como parte de una buena educación, a las mujeres deberían prohibirles leer novelas, cualquier tipo de novelas", dijo. Mi mujer lanzó la servilleta con una especie de chicotazo y comentó: "Claro, desde luego, a la mujer deberíamos regresarla a los tiempos en que los inquisidores españoles prohibieron que se publicaran o importaran novelas en las colonias hispanoamericanas con el argumento de que esos libros disparatados y absurdos podían ser perjudiciales para la salud espiritual de los indios. ¿Sabías que por esta razón los hispanoamericanos sólo leyeron ficciones de contrabando durante trescientos años y que la primera novela se publicó en la América española hasta después de nuestra Independencia, en 1816? ¿Lo sabías, hijo? Pero cómo vas a saberlo si por más intentos que hicimos tu padre y yo nunca fuiste capaz de terminar de leer un libro, ni siquiera los de aventuras infantiles, aunque tengas el mérito de haber dedicado la mejor energía de tu vida física y espiritual a los negocios y a hacer dinero, te lo reconozco". El ambiente estaba de lo más tenso —mi nuera no sacaba los ojos del plato— y por eso cambié bruscamente de tema y me puse a contarles del elefante que acababa de escaparse de un circo y que por la noche aplastó a un borrachín que andaba por ahí. "¿Se imaginan al borrachín gritándole al elefante: '¡No existes, no existes, eres producto de mi imaginación!', un instante antes de sentir el golpe seco que lo mandó al otro mundo?". Ya solos, por la noche, le reclamé a Magdalena el nuevo comentario sobre Fourier, en qué cabeza cabía, ante nuestro propio hijo y su esposa, tan recatados y prejuiciosos, con razón nos tachaban de locos y ya no querían venir a la casa, ya los conocía, no iban a cambiar y sólo había conseguido amargarnos la comida. Me contestó furiosa: "Por supuesto, es más importante una rica comida de domingo que abrirles los ojos a nuestros hijos. No hay peor ciego que el que no quiere ver. ¿Quieres para ellos unos endurecidos corazones, donde nada se asienta sin cuajarse y agrumarse? Si no me hubieras interrumpido con la tontería ésa del elefante que aplastó al borrachín, me hubiera gustado agregar que Fourier también habla, en una futura sociedad ideal y feliz, de 'la orgía noble', los 'acoplamientos colectivos amorosos', y que la masturbación o la homosexualidad no serán reprimidas sino fomentadas para que cada cual encuentre su pareja afín y pueda ser dichoso con todo y su debilidad o capricho. Claro, sin hacer daño al prójimo, pues todo será libremente elegido".

Cuando Magdalena habla de esos temas, los ojos brillantes y consagrados se le llenan de un enfurecido éxtasis. Unos ojos alusivos a un triunfo secreto, difícilmente transmisible.

Con esas ideas, mi comentario de por qué dudaba tanto en terminar mi crónica sobre la invasión norteamericana a nuestra ciudad en el 47, tenía que sonarle de lo más retrógrado.

—Al margen de lo personal y lo histórico, que es lo de menos, piénsalo, ¿qué sucedería si, además, como parte de la crónica, algo digo sobre esas dos mujeres a las que tanto amé por aquellos años?

—¿Cuáles?

—Te las he mencionado miles de veces. Se llamaban Isabel, madre e hija.

—¿Ves por qué te digo que a nuestra edad se olvidan tan fácilmente las cosas?

—Aunque no lo publique, alguien podría encontrar las hojas por ahí cuando nos muramos. Lo primero que hace la familia es buscar ese tipo de testimonios entre los papeles del difunto, y más con la mala fama de deschavetados que tenemos tú y yo. Aparte de que podrían ponerse a ubicar a la familia de esas mujeres, imagínate la herencia para nuestros propios nietos. Su abuelo, un perverso que se enamoró a la vez de una madre y de su hija. Lo que iban a pensar de ti, mi esposa, su abuela.

—A mí, la verdad, lo que piensen en ese sentido mis nietos me tiene sin cuidado. Además, dudo mucho que lo lean, en el remoto caso de que lo encuentren. Y siempre puedes aclarar en las primeras páginas que se trata de algo así como una crónica novelada, de algo que sólo *imaginaste* a los veinticinco años. Es más, que como no eres historiador, la versión que das de la invasión yanqui también la *imaginaste* —y permitió que una sonrisa victoriosa le recorriera la cara.

—Esa podría ser la solución. El otro día vi clarísimamente el fantasma de Isabel en la casa de Tacubaya.

Su cara permanecía a media sombra y un nimbo amarillo circundaba su silueta.

Magdalena ha terminado por acostumbrarse a mis visiones y entrevisiones y las oye con la apacibilidad y el relajamiento de quien escucha la lluvia.

—¿Lo ves? Si tanto amaste a esas mujeres, va a servirte de distracción escribir sobre ellas, créemelo. Recrea las escenas, ponles detalles, invéntalas. Por lo pronto, supongo, me dejarías un poco más en paz —y al decirlo, abrió uno de los cajones de mi escritorio, lo que sabe cuánto me molesta—. Aquí tienes guardado el montón de notas que, ésas sí, te lo aseguro, van a irse a la basura apenas te mueras, yo misma me voy a encargar de tirarlas. ¿Para qué las has guardado tantos años si no las vas a utilizar? Ve nomás el espacio que te ocupan —y se puso a revolver el cajón sin ningún recato—. Además, la razón más importante para que lo escribas es que sigues siendo tan antinorteamericano como entonces, ¿no?

—Más que entonces. Ya que abriste el cajón, déjame enseñarte lo que acabo de leer. Por aquí tengo el recorte…

—Si alguien del gobierno de Díaz encuentra esos recortes, México vuelve a declararle la guerra a los Estados Unidos, seguro.

—Escucha. "En Los Ángeles, California, se informó de un homicidio diario en 1854 y la mayoría de las víctimas eran mexicanos… En la década de 1860, el linchamiento de mexicanos era un suceso tan común en esa región y las aledañas, que los periódicos no se preocupaban por informar los detalles… Se precisaría de amplias investigaciones para calcular el número de linchamientos de mexicanos entre 1849 a 1890…" Fíjate, hace apenas diez años. Pero escucha esto: "Aún hoy, casi cada crimen que se comete en Los Ángeles se le adjudica enseguida a algún mexicano, y el linchamiento es un castigo de lo más común, en especial en crímenes en que los culpables son supuestamente mexicanos." ¿Qué te parece? La muerte de un mexicano a manos de un angloamericano no inquieta a las autoridades encargadas de hacer justicia, y ni siquiera merece una atención periodística ante lo cotidiano y nimio del hecho. ¡Dios Santo!

—¿Qué mejor argumento necesitas si los yanquis nos siguen tratando igual que cuando nos invadieron, y no creo que las cosas vayan a cambiar mucho en el futuro? Ponte a escribir y verás que hasta el humor te mejora, dejas de andar tras de mí todo el santo día y capaz que desaparecen las lucecitas en el cielo.

—¿Y si publico las puras notas con un prólogo? —pregunté, mirando el cajón atestado de amarillentos recortes de periódico, aún más revuelto después de que Magdalena le metió mano—. No quisiera que se perdieran y podría armar una especie de antología con ellas, o algo así. Yo aparecería sólo como el compilador.

—Lo que rehuyes es escribir sobre tus culpas y tus alucinaciones, insufribles para la gente que vive contigo, te conozco. Además de que algo les habrás hecho a esas pobres mujeres.

—Algo.

—¿También a la madre?

—Con ella no ahorré las flores verbales, lo reconozco, pero siempre a una respetuosa distancia.

—Conozco tu respetuosa distancia. Por eso para una mujer es más fácil controlar a un hombre ya teniéndolo cerca que teniéndolo lejos. Si no lo escribes ahora, te van a llegar de golpe todas esas imágenes en el momento de la muerte, y va a ser peor, créemelo. ¿No será que la ciudad misma, para purgar su culpa igual que tú, necesita que lo recuerdes y lo escribas? —dice, sacando nuevas notas del cajón y pegándoselas mucho a los ojos.

—La ciudad lo que quiere es olvidarlo. Ve la cara que pone la gente cuando le hablas de eso.

—Hablo de la ciudad, no sólo de la gente que la habita. Es bien sabido que un grupo es más que la suma de sus componentes. Por eso dice Chateaubriand que al escribir le gusta colocarse como en lo alto de una colina, para desde ahí averiguar si el anfibio lagarto humano que contempla responde a algo más que al azar en su constitución y en su disolución, o si es más bien una figura en un sentido mágico, y si esa figura es capaz de moverse, bajo ciertas circunstancias, en planos más esenciales y trascendentes. Por ejemplo, esta ciudad durante la invasión yanqui del 47. ¿Está claro?

—Clarísimo.

—Entonces ponte a trabajar y empieza a vaciar el cajón de una buena vez —y sus labios se curvaron apenas en un mohín conciliatorio.

Intenté continuar la crónica, pero apenas ponía un pie en mi casa vacía de Tacubaya, volvía a ver las lucecitas en el cielo y se asomaba, amenazador, como por entre las rajaduras de las paredes, el dolor de cabeza.

¿Y si de nuevo esas lucecitas en el cielo fueran, como las interpretó hace más de cincuenta años el doctor Urruchúa, signos agoreros de desastres que se ciernen sobre el lugar en el que aparecen? Algo que me estremece de sólo suponerlo, y que me obliga a mirar con cierto escepticismo la situación política —aparentemente estable, por lo demás— que vive nuestro país en este fin de siglo.

Quien padece un terremoto sólo desea —por sobre cualquier otra cosa— que la tierra deje de moverse, y a mi edad no quisiera vivir otro terremoto. Por eso también me cuesta tanto trabajo escribir sobre aquellos años. Baste recordar tan sólo que entre mi nacimiento y mi juventud, de 1821 a 1850, además de las traumáticas guerras e invasiones extranjeras, padecimos, nada más y nada menos, que… ¡cincuenta gobiernos!, además casi todos producto del cuartelazo. Por si lo anterior fuera poco, once de ellos presididos por el inefable general Santa Anna. Nuestra desquiciada vida política estuvo a merced de divididas logias masónicas, partidos políticos que siempre andaban a la greña, militares ambiciosos y asesinos e intrépidos bandoleros. ¿Quién quiere acordarse de eso, diga lo que diga mi mujer?

Aunque ya salgo poco de mi casa, me basta pasear ocasionalmente con alguno de mis hijos por la ciudad para apreciar y respirar a profundidad el diáfano aire de la paz y la estabilidad social —por muy aparentes que sean—, y de eso que ahora llaman "progreso", tan afrancesado entre nosotros a últimas fechas.

—¿Imaginas esta ciudad invadida por los norte-americanos, con un policía yanqui apostado en cada esquina, que te mira con abierto asco al pasar a su lado, si no es que te detiene para preguntarte a señas a dónde vas, o de plano te escupe a la cara porque no te entiende, nomás no te entiende y te lo dice a gritos en un inglés pastoso que tú tampoco entiendes; o te detiene y te lleva a la plaza de Santo Domingo a que te den de varazos en la espalda para que aprendas a explicarte? —le pregunto a mi hijo mirando a mi alrededor.

—¿Y los franceses?

—Por Dios, hijo, los franceses son unos caballeros andantes junto a las bestias que tenemos por vecinos en el norte.

Recorremos la calle del Espíritu Santo con dirección a Plateros y descansamos un rato en los renegridos divanes de cuero del Café de la Concordia. Paladeo una copa de jerez y pienso que todo está bien y que yo estoy en el lugar en donde, desde siempre, tenía que haber estado. ¿Dónde dejé al joven aquél de veinticinco años que vivía al borde del suicidio y tenía éxtasis místicos? ¿De qué podría quejarme hoy, además de la artritis y de que las piernas no me responden? Por lo menos duermo mejor, ya no siento que el corazón se me va a parar a cada momento y los agujazos en la cabeza se aplacan mientras no convoque fantasmas y lucecitas en el cielo.

A veces me basta restregar los párpados y permitir que mis ojos acepten la luz tenue de la mañana filtrada a través de las cortinas para descubrir el mundo en calma y tranquilamente volverme a dormir, hundiéndome en la blandura de la almohada.

Quién me lo iba a decir, hay ocasiones en que hasta los ronquidos de Magdalena me arrullan. El subir y descender gorgoteante de la respiración, las eses silbadas, las intermitentes irrupciones volcánicas, los agujeros que abre en el aire, todo contribuye a reconciliarme con el mundo y con la noche. Yo, que llegué a acolchonar mi recámara para impedir que me llegara el más mínimo ruido del exterior.

Quizá, como para tanta otra gente "decente" de hoy, mi preocupación principal debería ser extender el Paseo de la Reforma, como escribía hace poco Manuel Gutiérrez Nájera.

> *Es necesario que el Ayuntamiento piense en hermosear aún más esta bendita ciudad de los Palacios en la que vivimos. Nunca hay que conformarse con lo que ya se tiene, por mucho que sea. La calzada de la Reforma pide urgentemente un remedio. En los días festivos es imposible que los carruajes logren moverse a placer y que los caballos puedan caracolear cuanto les venga en gana. Es necesario dar mayor espacio a los paseantes y, por último, habría que extender esta hermosa calzada hasta el bosque de Chapultepec. ¿Será posible?*

La verdad es que tampoco acaba de gustarme del todo la calma chicha en que vive México en este fin de siglo. Hay un desprecio total por las cuestiones del alma, como diría mi mujer. Por las cuestiones del alma y por la cantidad de mendigos que proliferan en todas las esquinas, haciendo gala de sus llagas, agitando sus muñones, mostrando a sus hijos famélicos, pidiendo limosna a gritos o sólo gimiendo con una especie de falsete. Un desprecio capaz de tragarse este presente, y cualquier futuro posible, como el mar a un naufragio.

—En el fondo sabemos de la falsedad de todo esto, ¿verdad hijo? —digo mirando a mi alrededor.

—No te entiendo.

—Que habría que relativizar nuestro punto de vista sobre las cosas que nos rodean, como bien dice tu madre.

—Ah.

—Parece, sólo podemos entender la realidad desde el sitio en el que estamos ubicados en ese momento —mi hijo deja los ojos perdidos en el techo, como siempre que empiezo a filosofar—. Creemos que hay una realidad postulable porque tú y yo estamos sentados hoy en este diván del Café de la Concordia, bebiendo una copa de jerez, y sabemos que dentro de una hora, o algo así, vamos a marcharnos a nuestras casas en donde nos esperan nuestras esposas y nuestros hijos. Todo esto nos ofrece una ubicación mental y ontológica, si me permites la pedante palabrita. Nos sentimos bien seguros en nosotros mismos, bien plantados en nosotros mismos y en todo esto que nos rodea. Ni siquiera nuestros fracs y nuestros relojes de oro desmerecen ante los otros, velos bien. Pero si al mismo tiempo se nos diera el don de la ubicuidad mental y pudiéramos contemplar esta misma realidad, por ejemplo, desde el punto de vista del mesero que nos atiende, con todo lo que es y ha sido ese mesero —mira con qué destreza maneja la charola, las continuas reverencias que hace, cómo juega a ser mesero—, entonces comprenderíamos que nuestro egocentrismo barato no nos permite postular ninguna realidad válida y concreta. Si acaso nos da una creencia fundada en el propio interés, en el valor de nuestros relojes de oro, en el delicioso sabor del jerez, una necesidad de afirmar lo que somos para no caer dentro del laberinto de las dudas, las preguntas inútiles que nos morderían los talones sobre qué diablos vinimos a hacer a este pobre planeta y por qué hay tanta gente muriéndose de hambre en la calle, y ve tú a saber si luego encontremos la salida del laberinto.

—Mejor vámonos, el mesero se dio cuenta de que estás hablando de él y ya lo pusiste nervioso —dice mi hijo, poniéndose de pie.

III

Hay no sé qué ritmo trágico en la historia de México que hace perder a los aptos y honrados en beneficio de los ineptos y ladrones.

Francisco Zarco

Lo cierto es que un sentimiento oscuro, de angustia pero a la vez de íntima y gozosa profanación, me acompañó desde que volví a dar vuelta a la cerradura de la puerta principal de la casa de Tacubaya, y giró chirriante sobre su eje.

Viví en esa casa durante mi juventud y me quedé a cargo de ella —hijo único— cuando mis padres, mexicanos por nacimiento, hartos de Santa Anna, se fueron a España, de donde eran sus propios padres.

Apoyaron nuestro movimiento independiente y siempre me infundieron la idea de que México debía ser de y para los mexicanos. Después, lo aguantaron todo: la farsa de Iturbide, los pronunciamientos y conspiraciones continuos, la "Guerra de los Pasteles", las confrontaciones de exaltados, puros y moderados, de centralistas y federalistas; la crisis financiera —la falsa moneda de cobre andaba de mano en mano tan campante y de setecientos pesos que retiró Hacienda de la circulación para examinarlos, sólo nueve resultaron legítimos—, aguantaron que Santa Anna aumentara los impuestos: un real por cada rueda de coche, un real por cada perro, un real por cada ventana que se abra a la calle, un real por cada canal que arroja las aguas que la lluvia deja caer sobre las azoteas… Pero no aguantaron, ya les fue del todo imposible aguantar que, en enero del 46, se desenterrara de Manga de Clavo el pie que una metralla francesa le cercenó a Santa Anna en Veracruz, y que una comitiva de ministros, gobernadores, oficiales del ejército, cadetes del Colegio Militar, alumnos de las escuelas y curiosos de todas las clases sociales, lo llevaran al cementerio de Santa Paula, donde el insigne poeta Ignacio Sierra y Rosso leyó un exaltado discurso profetizando que el nombre de Santa Anna —que no el pie cercenado— duraría hasta el día en que el sol se apagara y las estrellas y los planetas todos volvieran al caos primigenio; el presidente del Congreso colocó la urna cineraria en un cenotafio coronado con las armas de la República, se tocó la cavatina de *Semíramis*, la ópera favorita del general, el pueblo congregado en las afueras del panteón estalló en vítores y aplausos y Santa Anna lloró a mares y besó largamente el pabellón nacional que cubría la urna. Eso ya no lo aguantaron, y mi padre, indignado, lanzó por los aires el periódico donde leyó la noticia y preparó el viaje.

Por lo demás, desde que subió por primera vez al poder, la relación de Santa Anna con *su* pueblo me resultó reveladora para empezar a entender eso que llamamos "mexicanidad", y que con tantos esfuerzos y sobresaltos intentábamos construir por aquellas fechas.

"¿Qué traía ese hombre, a quien las masas populares se empeñaban en ver como un Mesías?", se preguntaría, años después, Justo Sierra.

Por lo pronto era, en el sentido más teatral del término, un farsante.

Coopera con la Independencia, proclama la República, ayuda a Vicente Guerrero a llegar a la Presidencia, es federalista declarado, derrota a los españoles de Barradas en Tampico, habla de la necesidad de liberar a Cuba, es furibundo defensor del gobierno legítimo de Guerrero y de pronto da un giro de ciento ochenta grados y se liga con el Partido Conservador, del que será instrumento y paladín. Deroga la Constitución de 1824 y establece el Sistema Centralista. Su conducta es siempre arbitraria, caprichosa y, por supuesto, muy teatral. Legisla a su antojo, sin plan ni método. En el fondo, me parece, mira con desprecio a *su* querido pueblo. Cada disposición suya remueve algún odio o despierta otro nuevo. Queda mal con los federalistas, con los centralistas, con el clero, con los léperos, con los trabajadores, con los empleados gubernamentales, con los capitalistas (a quienes constantemente exige dinero). Por ejemplo, cesa a todos los empleados gubernamentales que no se hayan adherido al Plan de Jalisco y a las Bases de Tacubaya —lo que desencadena un desempleo como no se había visto antes— y manda realizar una leva de quince mil hombres sin distinción de persona. Por las noches, los soldados pescan a léperos, borrachines y despistados y les encasquetan el chacó. De los campos llegan caravanas miserables de dizque nuevos soldados, seguidos por sus mujeres y sus hijos hambrientos. Espectros escuálidos que marchan como sonámbulos. Mientras, Santa Anna selecciona mil doscientos hombres para formar una guardia de granaderos que uniforma a todo lujo, con paño fino, correas de charol y gorros de medio metro de alto, forrados con piel de oso. Ha perdido un pie pero conserva una mano de hierro y decreta persecución y arresto a toda persona, sin distinción de clase, que de palabra o por escrito turbe la tranquilidad pública. Los periodistas trinan contra él —"con ponzoña de alacranes"— y clausura *El Cosmopolita*, *El Restaurador*, *El Voto Nacional* y otros diarios. (De su susceptibilidad ante la prensa dio fe Guillermo Prieto años después cuando Su Alteza Serenísima los mandó llamar a él, del *Monitor*, y a Eufemio Romero de *El Calavera*: "Al vernos en su presencia, se dirigió impetuoso a Romero, señalando y blandiendo el artículo en cuestión, y le dijo con la voz sorda de la cólera: '¡Eh, dígame usted de quién es este maldito artículo para arrancarle la lengua a su autor!'".)

Y, a pesar de ello, de sus múltiples caídas y descréditos, de lo acerbo de las burlas y de las maldiciones, cada vez que el héroe regresa al poder, se le organiza una nueva entrada triunfal a la capital y todo el mundo sale a la calle; el pueblo, es obvio, tan amante de los desfiles, pero también la "gente decente" espera ansiosa a su protector. Ante el disgusto de mis padres, yo no me perdía una de esas celebraciones, siempre con un salivar nuevo en la boca.

Al frente de los batallones, una banda toca el himno recién compuesto en su honor. Empiezan a desfilar los regimientos de artillería, de granaderos y de gastadores, la caballería suriana vestida de gamuza amarilla. De nuevo las carrozas alegóricas, las salvas, los arcos triunfales y los cohetes multicolores.

Recuerdo en especial aquella entrada a la capital en que el mutilado salvador de la patria, lánguidamente recostado en una suntuosa litera, sonriente y emocionado, deja ver descaradamente el pantalón vacío, la pierna tronchada por el cañón francés. La gente exclama a su paso un ¡ahhh! lastimero. (Luego Santa Anna reflexiona que no le va tan bien la pata de palo y estrena una magnífica pierna postiza, calzada con bota napoleónica de lustroso charol.)

Repican las campanas de Catedral. Las palomas, que el bronce dispersa un momento, regresan al campanario como los fragmentos de una paz que se reconstruye.

Todo y todos contribuyen al homenaje.

Los gritos y los clamores logran que hasta el viento se agite, alborota la melena de los árboles, arrancándoles al pasar hojas cobrizas que planean en el aire y se abaten al fin como alas muertas.

La verdad es que la clase adinerada se encanta con el boato que Santa Anna imprime a la vida oficial, a pesar de los constantes quebrantos económicos. Los banquetes, ceremonias y saraos se suceden sin interrupción. Carretelas traídas de Europa y extravagantes libreas llenan los paseos. A las peleas de gallos en San Agustín de las Cuevas van las damas enjoyadas, con sombreros de plumas y vaporosos trajes de muselina. De diario, los militares andan uniformados de gala con todas sus ostentosas condecoraciones. Los charros deslumbran con sus sombreros galoneados y sus botonaduras de filigrana que caen a los lados de las pantaloneras como dos chorros de plata. Una compañía italiana inaugura el Teatro Santa Anna con su más selecto repertorio de ópera. Señores vestidos de etiqueta y damas de brazos enguantados aplauden a rabiar. El dueño del teatro, Francisco Arbeu, informa en una entrevista en *El Siglo XIX*: "Se ha cumplido mi voto para que la inauguración fuese justamente el día de la instalación del Supremo Gobierno Constitucional. Era para mí no sólo un deber de gratitud, sino un homenaje al Jefe Supremo de la República, a quien todo le debemos y todo nos lo da".

Pero quizá nada me resultó tan significativo de la relación con *su* pueblo, como lo sucedido a raíz de un terremoto en la capital en abril del 45 cuando, sintomáticamente, Santa Anna padecía uno de sus momentos de mayor desgracia.

Recuerdo que el reloj de Catedral marcaba las cuatro y media de la tarde. La gente transitaba por las calles con aparente normalidad, entraba y salía de los comercios y restaurantes, asistía a los servicios en las iglesias, tramitaba sus asuntos en las oficinas. Un vendutero ofrecía su mercancía en una esquina. De pronto, todo se paralizó; mejor dicho, todo empezó a moverse porque la tierra se puso a temblar rudamente. La angustia empalideció los rostros. Hubo gritos y llantos y duraba tanto aquella sacudida que alguna mujer cayó de rodillas en la banqueta, con los brazos en cruz, suplicando al cielo que calmara su ira. Las losas del atrio de Catedral se cuarteaban. Los caballos de los carruajes se paraban de manos, relinchaban, los chicotes de los cocheros tronaban inútilmente. Yo mismo me puse a rezar en voz baja, me alejé de los edificios tambaleantes y fui a apretujarme entre la multitud al centro de la plaza.

La ciudad se vio seriamente afectada: el puente de Tezontlale se derrumbó, el hospital de San Lorenzo quedó en ruinas, la capilla de Santa Teresa la Antigua dejó de existir. Hubo graves derrumbes e innumerables muertos y heridos en las calles de La Misericordia, El Sapo, San Lorenzo, Tompeate y Victoria.

En los días siguientes continuaron los temblores y el gobierno concitó a la Mitra a que hiciera rogaciones públicas en demanda de la paz y la quietud (de la gente y de la tierra). El ministro de Gobernación se aprestó a mandar traer a la capital a la Virgen del Santuario de los Remedios, muy milagrosa para tales fines, se decía.

Pero lo más sorprendente fue el rumor que empezó a correr por la ciudad, tanto en los barrios pobres como en los más ricos: ¡cuidado, porque aquellos temblores de la tierra se debían a que Santa Anna, Benemérito de la Patria, Alma de México, estaba preso e iba a ser fusilado!

Protestaba el cielo a través de la tierra.

Por si acaso hubiera algo de verdad —y más le valía creerlo ante el creciente clamor popular—, el Congreso se apresuró a dictar una ley de amnistía que le conmutaba la pena a un simple destierro de diez años (que, por supuesto, no fue tal). Lo cierto es que los temblores de tierra cesaron.

Entendí mejor quién era Santa Anna —y cuánto se aprovechó de esa necesidad que teníamos los mexicanos de entonces de una figura aparentemente fuerte y carismática, pero sobre todo melodramática y sensiblera—, cuando tiempo después me enteré de una carta que en agosto de 1836 le había enviado Sam

Houston a Andrew Jackson, Presidente de los Estados Unidos.

México es un país con grandes recursos naturales, que podría levantar cabeza bajo un gobierno responsable y honesto. Entre sus políticos hay hombres con grandes luces, relegados a segundo plano por la insaciable ambición de los militares. Si alguno de ellos logra sostenerse en el poder, quizá México tenga la fuerza suficiente para reclamar con las armas el territorio del que ha sido despojado. Debemos, por tanto, fomentar la discordia civil por todos los medios a nuestro alcance y para ello puede sernos muy útil el general Antonio López de Santa Anna, quien en los últimos diez años ha sido cabecilla de otros tantos pronunciamientos. Contra el sentir de muchos convencionistas, que desearían comérselo vivo, prefiero dejar en libertad al ave depredadora. Te suplico reconsideres tu posición y le concedas una entrevista en Washington. La conferencia no reportaría beneficio alguno, pero serviría de pretexto para ponerlo a salvo y facilitarle el regreso a su patria, donde será nuestro mejor agente subversivo. Con su díscolo genio agitando la arena política, ningún gobierno podrá enderezar la nave del Estado y México se mantendrá sumido en el caos, donde nos conviene que permanezca por mucho tiempo, para que su débil ejército no pueda impedir las futuras anexiones de Arizona, Colorado y las dos Californias.

IV

*Nuestro México, nuestra patria, virgen que dormía en
su casto lecho de flores sin que el brazo impuro del invasor la hubiera ceñido como a una ramera, y celebrado su
deshonra como un triunfo.*

Manuel Payno

A pesar de la insistencia de mis padres, decidí quedarme
en el país: precisamente esa turbulencia social y política
que nos arrasaba, me parecía un incentivo ideal para
mis pretensiones literarias y periodísticas, aún de lo
más incipientes por lo demás.

No tenía problemas económicos y aunque exte-
riormente mi existencia no había cambiado —comidas a
horas regulares, lecturas, reuniones con los amigos, enfermedades pasajeras y largos periodos de insomnio—,
desde los inicios de ese año de 1847 se agudizaron mis
males nerviosos y presentí la intrusión de un elemento
exterior, nuevo y perturbador: la invasión del ejército
norteamericano a la Ciudad de México.

Desde que la posibilidad apareció, palpitante en el
aire, como una de aquellas llamitas en el cielo que yo
veía, me integré a un grupo de amigos en el Café del
Progreso a quienes, más allá de creencias religiosas o
convicciones políticas —tan confusas y cambiantes—
nos unía nuestro ferviente antinorteamericanismo, y
en él centrábamos nuestras pláticas.

—Ya les dimos Texas. ¿Qué más?

—No logramos consolidar nuestra independencia, es obvio.

—Nuestros gobernantes no supieron crearnos una identidad nacional.

—Con Estados Unidos encima de nosotros nunca seremos independientes. Es un sueño guajiro.

—El problema es el colonialismo mental que aún padecemos.

—Los españoles dejaron el país hecho una ruina.

—Los puros tienen la culpa.

—Los moderados.

—Los conservadores.

—Santa Anna nos vendió a cambio de mantenerse en el poder.

—Sólo los jesuitas podrían haber protegido Texas, impedir que cayera en manos de los protestantes.

—Nos pasarán a cuchillo como a los apaches.

—Se dice que escupen a los indios a su paso.

—Sólo un emperador español podría regresar a rescatarnos. Los españoles nos conquistaron pero se quedaron aquí a catequizar, a alfabetizar, a cruzarse con las indias, a fundar una nación; los norteamericanos sólo llegarán a exterminarnos, ya lo verán.

—El sistema republicano no fue imitado por México ni adoptado como un medio de supeditación voluntaria a los Estados Unidos. Quien lo suponga así es un canalla. Nuestra república es de creación interna, resultado de las propias luchas políticas mexicanas, véanlo. Sólo a través de sistemas representativos se encauzaron las demandas nacionales. Una comparación entre las instituciones norteamericanas y las de nuestro país es prueba suficiente para ver que la obra del Congreso de 1824 —recogiendo las altas ideas de los insurgentes, pero también de las diputaciones provinciales, de los representantes de Chilpancingo y de las proposiciones de Cádiz en 1808—, es ya fruto de un conocimiento cabal de la realidad de México.

—Imagínense que los norteamericanos se hubieran dedicado a matar y expulsar de su territorio a los ingleses, como nosotros hicimos con los españoles, ¿serían hoy lo poderosos que son?

—Por eso, créanmelo, se los vengo repitiendo desde hace años, mejor protegernos con un poder como el inglés, bien dotado, sereno y firme.

—El establecimiento del ejército inglés en terrenos mexicanos —Chihuahua y Sonora, por ejemplo— impediría futuras agresiones norteamericanas, ya que Estados Unidos jamás se atrevería a romper la paz con Inglaterra. Sabe con quién pelear.

—Ya lo escribió José María Luis Mora recientemente: "¿No convendrá más a México vender a Inglaterra parte de su territorio que le asegure lo que le quede, o de otra manera arriesgarse a perder sucesivamente por las invasiones norteamericanas el resto, y tal vez hasta su independencia nacional?"

—Pero también dijo Mora: "Hay una virtud interior que podría organizar a México, reconciliarnos, crear las instituciones que requerimos. Hay una virtud interior de nuestra nación, pero para desarrollarla necesitamos tiempo. Tiempo, tiempo. Porque, entre tanto, corremos el riesgo de que los Estados Unidos, de tratado en tratado, avancen sobre nuestras débiles fronteras y se lo apropien todo".

Dentro de aquel caos, algunos de nosotros, como el doctor Urruchúa y yo, sólo podíamos creer en reafirmar nuestra identidad como mexicanos y consolidar nuestra Independencia —donde lo educativo, pero también lo artístico, jugarían un papel determinante—, en la libertad irrestricta del hombre frente a la autoridad y las tiranías, en la honestidad de los funcionarios públicos que eligiéramos democráticamente, y todo esto sin dejar de lado las graves exigencias de justicia y equidad a favor de los indigentes. ¿Quién o qué partido podía representarnos, si hasta los liberales —con quienes simpatizábamos— se la pasaban agarrados de las greñas unos con otros? Por eso, por lo pronto, en lo que soplaban mejores aires políticos, éramos, eso sí, abiertamente antinorteamericanos.

El pueblo nos puso el ejemplo y nos arrastró sin importar ya la clase social a la que perteneciéramos. Hasta con mi cochero compartí, orgullosamente, un fusil en esa lucha.

Por eso, hay que decirlo de una vez: sólo la indignación de los más pobres ante la presencia yanqui, brutal y contundente, nos unió a los capitalinos que aún creíamos en un México libre y soberano, convirtiendo el *nosotros* en el gran personaje de la guerra, más allá de extracciones sociales, credos políticos o religiosos, y eso que hubo una gran mayoría —en especial, como era de esperarse, entre la gente más adinerada y los comerciantes extranjeros— que se fue de la ciudad, permaneció atrincherada en sus casas o se apresuró a manifestar su adhesión a los invasores, colocando sus banderas en los balcones o comercios, y hasta lanzando flores a su paso. Como escribió Guillermo Prieto:

> *Aquellas largas filas, no uniformadas, no recortadas ni fundidas en un molde, no con los movimientos mecánicos de los títeres, sino con la sola dignidad del hombre común, eran la familia que combatía en defensa del hogar grande que llamamos nuestra Patria.*

Me confieso escéptico en política —creo que sólo el renacer de la vida espiritual y la irrupción de lo *otro* en nuestra cotidianidad cambiarán algún día al mundo— pero esos sucesos del 47 me obligaron a una participación activa y decidida que antes nunca hubiera supuesto ni deseado por mi pacifismo irredento y mi hipersensibilidad emocional.

El miedo, que tan fácilmente se transforma en odio, y la confusión que reinaban a nuestro alrededor —nadie sabía en qué creer, nadie sabía en qué creía nadie y, parecía, estábamos todos contra todos—, fueron el caldo de cultivo en que se gestó nuestra acción desesperada. Verdad es que la capital se había habituado a la rutina casi invariable de los pronunciamientos y las conspiraciones, pero se trataba finalmente de asuntos domésticos que terminaban como una enfermedad a la que sucedía enseguida otra, y otra más, siempre pasajeras. La amenaza de la invasión del ejército yanqui fue otra cosa y nos tomó de sorpresa por ese mismo desconcierto, fatal, en que nos encontrábamos —casi hasta el último momento supusimos que Santa Anna y su ejército llegarían a rescatar la ciudad, pobres ingenuos de nosotros— y por eso también, como enseguida pudo ver el general Winfield Scott, comandante del ejército norteamericano, sus mejores aliados eran los propios generales mexicanos, enemistados entre sí, habituados al cuartelazo y cada uno en la creencia de reunir los atributos necesarios para ocupar la silla presidencial.

Al regresar a mi abandonada casa de Tacubaya —la tuve rentada varios años y luego me resistía tercamente a visitarla— todo aquello revivió con el esplendor y el espanto de los fuegos fatuos.

A pesar de la angustia que conlleva, ahí estaba nuevamente la vida, dócil a mis manos y a mis piernas cansadas, estremeciéndome con el antiguo zumbido poderoso del deseo de recordar y escribir, que había supuesto apagado para siempre. En esto, como en todo, debía ponerme en manos de mi mujer.

V

Hay crímenes que por su enormidad rayan en lo subli-
me. El apoderamiento de Texas por nuestros compatrio-
tas tiene derecho a este honor. Los tiempos modernos no
ofrecen un ejemplo de rapiña en tan vasta escala.

Henry Clay

¿Pero cómo evitar lo sentimental y ser un poco más
objetivo, si apenas di vuelta a la cerradura de la puerta
principal y giró chirriante sobre su eje, volvieron las
danzarinas llamitas en el cielo y el tiempo dio una brus-
ca maroma? Al caminar por el corredor en escuadra,
los macetones con la tierra seca y sin plantas ni flores,
la galería inmensa del comedor oscuro con las vigas
húmedas, el piso de tezontle, las vetustas y marchitas
habitaciones, los grandes ventanales con los vidrios
estrellados o sucios, que apenas dejaban pasar una
luz granulada. Al subir a la apolillada buhardilla, con
armarios maltrechos, sillas cojas, espejos empañados
y fantasmales. Ahí donde estuvo escondido el padre
Celedonio Domeco de Jarauta, un jesuita español que
organizó la guerra de guerrillas en Veracruz, derribó de
un certero balazo al yanqui que intentó izar su bandera
en Palacio Nacional, y luego comandó buena parte de
nuestra insurrección contra los invasores.

Quizá de veras las cosas no son como las vivimos
sino como las recordamos. Al volverme a sentar a la
mesa de mármol del jardín, junto a la gran cruz de
piedra, bajo los álamos perennes, los recuerdos podían

ser aún de más atrás, de mucho más atrás. Por ejemplo, del instante preciso cuando mi madre sacaba el mantel rojo con flecos y lo tendía en esa misma mesa, muy cerca de unos jazmines ya desaparecidos. Alguien encendía la vela de una bombilla y yo oía —vuelvo a oírlo al evocarlo— el tintinear de cubiertos y de platos en la bandeja. Alguna charla entre bisbiseos y risas en la cocina. Aquella cocina ubérrima en aromas, que me regresa, purificados por el tiempo, regustos de esencias, aleaciones de yerbas y especias, pero sobre todo el sabor único de "aquellos" tamales de hoja, la rica variedad de panes de dulce sobre paños de encajes, el chocolate espeso y espumoso. Ahí está el calor húmedo de la noche de verano después de la lluvia. Huelo de nuevo el olor de la tierra mojada —de "aquella" tierra mojada—, de los jazmines ávidos que ya no están, de la azalea llena de gotitas translúcidas que multiplicaban la luz amarillenta de la bombilla para algún niño con ojos nacidos para ver ese tipo de cosas. Para ver ese tipo de cosas y así revivir, tantos años después, la sonrisa luminosa de mi madre en el instante preciso en que servía la cena en el jardín —porque se trataba de una ocasión especial, porque no estaba mi padre, porque simple y sencillamente al menor pretexto nos sacaba a cenar al aire libre—, la llamita de la vela que se iba consumiendo, los ladridos del perro en el patio trasero al descubrir que acababa de nacer una gran luna. Todo tiembla entre los jazmines —que ya no están— y todo revive dentro de mí, tanto que casi sin darme cuenta empiezan a bajarme unas lágrimas furtivas por las mejillas.

VI

Es la guerra más injusta de que la historia pueda presentar ejemplo, movida por la ambición, no de un monarca absoluto, sino de una República, la norteamericana, que pretende estar al frente de toda la civilización del siglo XIX.

Lucas Alamán

Creo que desde muy niño me empezaron los insomnios. Luego, con la edad, en la adolescencia, se acrecentaron. Y con la amenaza de la invasión yanqui a nuestra ciudad llegaron a ponerme al borde de la locura.

Me moría de cansancio pero bastaba un leve abandono, entrar en esa segunda capa de negrura que trae consigo el insomnio al apretar desesperadamente los párpados, para sentir un vaivén en el cráneo. La cabeza parecía entonces llenarse de cosas vivas que giraban a su alrededor.

El doctor Urruchúa me mostraba verdadera preocupación y, creo, ya no sabía exactamente qué recetarme. Me decía con su vocecita atiplada, casi como un maullido:

—Por lo pronto, al margen de su enfermedad misma, está usted utilizando esa posible invasión yanqui, que quizá ni siquiera ocurra, como un pretexto para exhumar sus más secretas e impúdicas obsesiones, amigo mío.

—¿Sólo las mías, doctor?

—De acuerdo, en eso le doy la razón, es probable que sean también las obsesiones y los sueños más impúdicos de sus padres, de sus antepasados más lejanos y hasta de buena parte de la gente que se ha cruzado en su camino. Es bien sabido que toda atención funciona como un pararrayos y basta concentrarse en un determinado tema o suceso para que todo cuanto le es análogo brinque la barda y acuda extramuros. Cuidado.

Por su parte, el doctor Urruchúa manifestaba ante esa "posible" invasión yanqui a nuestra ciudad una resignación desesperante. Por momentos incluso parecía referirse a ella como si ya hubiera sucedido y la contemplara, no como un suceso que debía enfrentar, sino como un recuerdo, una anécdota, un cuadro ya colgado en la sala de su casa.

Era pequeñito y flaco como una vara de membrillo, pero me bastó tomarle el brazo en una ocasión para reconocer la energía empozada de sus movimientos, la dureza de sus huesos y el magnetismo de su piel.

Sus lentes de aro de metal escondían una mirada de frialdad serena, como de agua bajo la luna.

Tal vez, como él decía, precisamente la diferencia tan marcada de nuestros gustos y temperamentos, nos hizo buenos amigos —cualquier dolor extraño o pesadilla corría a contárselos a la menor oportunidad, obligándolo a demostrarme su más acuciosa paciencia— porque apenas lo conocí, en el Café del Progreso, sentí por él ese nexo único, ese mimetismo progresivo del juego amistoso en que aun las oposiciones más abiertas giran dentro de algo que las enlaza y las sitúa.

Una perfecta simetría reglaba nuestra relación, porque también él pasaba por fases confesionales. Cuánto lo he necesitado a partir de que murió, de qué cerrado tejido estaba hecha nuestra amistad, por más que siempre la mantuviéramos expuesta a un doble viento, a una alternada fuga.

Por lo demás, la época en que viví solo en la casa de Tacubaya estuvo marcada para mí por la espera (aunque, es cierto, antes de la invasión yanqui no sabía bien a bien la espera de qué), la infecundidad y el desconcierto. Tal como sucedía en el resto de la ciudad. Todo estaba confundido, todo tenía el mismo valor, idénticas proporciones, un significado equivalente, porque en realidad todo estaba desprovisto de importancia y de alguna manera sucedía fuera del tiempo y de la realidad real, por llamarla así. Un gesto repetido y la espera (aunque, insisto, no sabía bien a bien de qué) vibrando fuera de mí, en el aire y en los objetos descubiertos de pronto en el pequeño temblor de mis manos ociosas. Con los ojos abiertos o cerrados había la misma imagen obstinada de la espera (de qué, me decía, de qué), antes o después el mismo olor ácido, el mismo cansancio sucio de mi clase social privilegiada, el mismo resto de un llanto interminable que empezó en plena oscuridad hacía quién sabe cuántos años, o siglos, y que yo heredé.

—Si buscara usted un trabajo fijo, con un horario que cumplir, se evitaría la mitad de sus problemas —me aconsejó el doctor Urruchúa al poco tiempo de conocerme. Él mismo me ayudó a conseguirlo en la redacción de un periódico cuyo director era amigo suyo —recolectar y corregir los artículos, quedarme hasta altas horas de la noche con los cajistas que armaban las páginas—, pero sólo duré un par de meses. Ni siquiera cobré el sueldo que me debían y lo aboné a la causa y el sostenimiento del periódico; que, además, se llamaba *El eco del otro mundo* y era de franca tendencia cristiana y espiritista, pero no católica. Muy antinorteamericano, eso sí.

Quizá de veras —a pesar del dolor implícito— prefería vivir a plenitud mi ociosidad, mis obsesiones y visiones, y mis sueños más secretos e inconfesables. Porque hasta el tiempo se mezclaba y confundía en ese esperar continuo, aburrido, tenso, con noches en que apenas si lograba dormitar unas cuantas horas al amanecer —en ese sueño que es y no es, duermevela que disuelve la frontera entre la vigilia y el dormir—, despertares violentos plenos de imágenes truncas y de voces despedazadas, el embate de la luz tajando la penumbra, el crujir de la madera de los muebles, la salmodia del viento en los intersticios de las ventanas, los primeros murmullos de la calle que me sobrecogían de angustia (¿ya habrán llegado por fin?), como si mis nervios, alargándose más allá de mi piel, se ramificasen por toda la Ciudad de México y recogieran sus más íntimas vibraciones.

Lo intentaba todo para dormir, según la receta del doctor Urruchúa: cenar poco, infusiones de valeriana y tilo, baños con agua de rosas, masajes en la cabeza, lavativas de permanganato en caso de pesadez estomacal, píldoras de bromuro de potasio. Incluso, probé el consejo de un curandero del Portal de las Flores: acostarme en posición decúbito lateral y orientado hacia el polo magnético de la Tierra, siempre hacia el polo magnético de la Tierra.

Pero era por demás. La noche ardía como un aceite negro y devoraba mis pobres ojos pasmados.

Podría decir, como Otelo:

Ni amapola, ni mandrágora,
Ni todas las pociones adormecedoras del mundo
Te procurarán ya un dulce sueño.

Ciertamente, no podía evitar llevarme a la cama las preocupaciones del día, insistir en descifrar lo indescifrable, imaginar la ciudad, las calles, los rostros, el aire mismo cuando ya los tuviéramos aquí a ellos, entre nosotros, imponiéndonos su presencia brutal, alta y rubia, como la de un fantasma corporificado.

En ocasiones era peor dormir, porque entonces los sueños me hacían aún más angustioso el despertar, y antes de levantarme de la cama debía dilucidar y reconstruir el mundo —mi mundo, tan particular— con la minuciosa exactitud de un rompecabezas. Permanecía horas viendo las primeras evoluciones del sol en el techo y en las paredes, con el tortuoso picotear del tiempo en los relojes. La madrugada crecía por fuera y por dentro de mí. Por eso, si acaso lograba hacer entrar en foco algún sueño —a veces con sólo atraparle un hilo, una imagen—, me invadía un júbilo desgarradoramente anhelado, como si además se tratara siempre de sueños premonitorios, lo que por supuesto no era cierto.

—¡Ya lo tengo! —chasqueaba los dedos y podía saltar de la cama y bajar a la cocina por una taza de chocolate o, si ya era de día, salir a la calle a buscar un periódico.

Respiraba a profundidad la mañana naciente, bajo los primeros arponeos del sol.

Pero mi júbilo era fugaz sin remedio porque bastaba asomarme a la primera plana de los periódicos para que la larga sombra de la espera angustiosa volviera a cernirse sobre de mí.

Desde antes que el enemigo desembarcara en las playas de Veracruz, comenzaron a emigrar las familias, refugiándose en pueblos y rancherías cercanas si carecían de los recursos para irse a esconder a lugares más seguros como Orizaba o Jalapa. Los que valientemente decidieron quedarse, se agolpaban en los puntos más elevados de la ciudad y tendían sus anteojos de larga vista hacia la costa. ¿No adivinaban que pronto su ciudad, apenas empezara a ser cañoneada por los norteamericanos, se llenaría de muertos? Porque hasta a los niños los hacían partícipes del siniestro espectáculo. Es sabido que un poco más allá de las Vigas, a la izquierda del camino a la capital, que pasa por Perote, hay sitios privilegiados para ver el mar en toda su bella amplitud, desde el punto más lejano en donde las olas se unen al cielo, pasando por la masa lechosa de la fortaleza de Ulúa, hasta lo más cercano e inmediato, a unas cuantas varas de distancia: los siniestros buques yanquis reverberando bajo el sol.

"¿No adivinaban que pronto su ciudad se llenaría de muertos?" Las interrogaciones de la pregunta se quedaron vibrando dentro de mí durante un buen rato. Por supuesto, las invasiones han sido algo común en la vida de los hombres a lo largo de su historia, pero difíciles de creer cuando van a caer sobre la propia cabeza. "¡Esto no podía pasarme a mí!", es la exclamación más frecuente de quienes las padecen. Ha habido tantas invasiones como guerras en el mundo, pero invasiones y guerras siempre cogen a la gente desprevenida. "Esto no puede durar, es demasiado estúpido para que dure." Y, sin duda, una invasión o una guerra son algo estúpido, pero eso no evita que duren. Las invasiones y las guerras no están ya hechas a la medida de la gente "decente" de las grandes ciudades como la nuestra, ése es el problema, por lo tanto, se dice, son irreales, suceden afuera, en el campo, en la provincia, son un mal sueño del que se tiene que despertar cuanto antes. Pero no siempre despiertan, y de mal sueño en mal sueño, son ellos los que pasan, y más pronto los hombres de buena voluntad porque nunca están prevenidos.

Pasé por el doctor Urruchúa al hospital y le comenté mis últimas reflexiones.

—Ya van a llegar, de veras, no sea tan desesperado, amigo mío. Ya van a llegar —me contestó con ese aire entre irónico y displicente que, supongo, sólo se aprende en el trabajo diario con las frustraciones y el dolor humano—. Es mejor que piense en otra cosa, aunque, como dice, la invasión lo pesque desprevenido. ¡Dios mío, de tanto temerles, los va a atraer antes de tiempo! Concéntrese en el "aquí y ahora", en esta hermosa noche que tenemos encima, por ejemplo —sonreía y sus manos hacían unos amplios movimientos que parecían de esgrima.

Caminábamos por el callejón del Espíritu Santo y dábamos vuelta en la calle del Coliseo para ir rumbo al

Café del Progreso, donde nos veíamos con ese compacto grupo de amigos con el que disentíamos en muchos puntos —como sucedía en aquel entonces con cualquier grupo de amigos que se congregaba en la ciudad—, pero con el que, decía, compartíamos nuestro antinorteamericanismo irredento: anécdotas, preocupaciones, inquietudes, posibles soluciones y, sobre todo, las noticias más recientes de la guerra que libraba México contra los Estados Unidos. (Al escribirlo hoy, tantos años después: "la guerra que libraba México contra los Estados Unidos", me regresa una ola amarga a la boca y me recorren la espalda las mismas culebritas del miedo que la recorrían entonces. ¿Cómo pudimos librar nosotros los mexicanos una guerra *contra* los Estados Unidos?)

Y, en verdad, como decía el doctor, en lo alto había una noche purísima como una violeta.

Empezaban a llegar algunos carruajes al teatro Principal, que se comunicaba por un estrecho pasillo al Café del Progreso. Junto a los carruajes más elegantes podían verse otros, de alquiler, tirados por lentas mulas ojerosas. Algún cochero desesperado, sumergido en un capote que sólo le dejaba los ojos al aire, estimulaba a una mula con una fusta silbante. En la esquina, una india anunciaba a gritos su mercancía: "castañas asadas y cocidas, turrones de almendra molida".

Antes de entrar en el café, aún insistí, con una terquedad que colindaba con la impertinencia, casi bisbisando las palabras al oído del doctor:

—A veces…, a veces sueño que ya llegaron, que ya están aquí, y despierto… ¿cómo le diré? Como el enterrado vivo que abre los ojos a su destino, así mero, pero con la ventaja de haberlo asumido por fin. Yo pienso en esos momentos, entiéndame, doctor, que ningún destino es mejor que otro si se le asume. Digo, ¿no?

—Está usted purgando la culpa de quién sabe cuántos capitalinos con sus sueños y sus visiones, amigo mío. Pero no se preocupe, la primera copa de ajenjo, de preferencia doble, le quitará por un rato esa angustia, ya verá —me dio una palmada en el hombro y me cedió el paso al entrar en el café.

Nos sentábamos en una de las mesas de mármol arrinconadas —a un lado de la entrada a las salas de billar—, que apartaba desde una media hora antes Marcos Negrete, decano del grupo, a quien siempre encontrábamos devorando con avidez algún periódico. Alzaba su venerable cabeza calva, dos mejillas sonrosadas y una larga nariz en cuyo extremo cabalgaban peligrosamente los pequeños lentes de aro de metal. Un cuello duro y una corbatita negra ceñían su pescuezo hasta casi la estrangulación. Nos saludaba muy amable e iba a comentar algo de lo que leía cuando el doctor Urruchúa lo detenía con una imperiosa mano en alto.

—Todavía no, don Marcos, por favor, todavía no.

Aunque los temas de la guerra con los yanquis y las tropelías de Santa Anna iban a saltar tarde o temprano a la conversación, el doctor trataba de posponerlos lo más posible y sin que viniera a cuento lo mismo nos endilgaba la diferencia entre "pus trabado", "pus de buena especie" y "pus laudable" que preguntaba —y parecía preguntarse— por qué diablos morían más mujeres por fiebre puerperal en el hospital que fuera de él, atendidas por las comadronas. ¿Influía, como empezaba a sospechar a últimas fechas, que los médicos atendían los partos después de haber trabajado con los cadáveres en alguna autopsia, sin nunca lavarse las manos?

—¿Cómo puede usted pensar en que los médicos se laven las manos antes de atender un parto con esta ciudad a punto de ser arrasada por los yanquis, doctor? ¿A quién puede importarle eso? —lo interrumpía alguien, sin remedio.

Porque la verdad es que el veneno que corría por debajo de la piel de ese día —de todos aquellos días— y nos enfermaba, eran las nuevas y alarmantes noticias:

—Leí que un grupo de jóvenes veracruzanos está llevando a cabo una función de teatro para "hacerse de fondos e improvisar un hospital de sangre", y que las mujeres "cosen saquillos y arman cartuchos de cañón, y aprontan sábanas, vendas e hilas para atender a los heridos". Y que es impresionante la cantidad de hombres en edad de tomar las armas, que se alistan ya en la guardia nacional.

A la siguiente noche, alguien aportaba nueva información:

—Ya está frente a Veracruz la más poderosa fuerza naval que se haya congregado en un punto del continente americano: setenta barcos, entre ellos vapores de guerra y barcos de rueda.

Después, nuevos escalofríos:

—El general Winfield Scott da las últimas instrucciones para lanzar a los lanchones cargados con soldados sobre las elegidas playas mexicanas. Su "único temor", dicen, era el fuerte de San Juan de Ulúa, y como ignoraba el alcance de los fuegos del castillo hizo avanzar una muy pequeña escuadrilla que, cañoneada apenas por los veracruzanos, le hizo saber del poco peligro de las baterías de Ulúa. Seguro, pues, de que no expondría a sus hombres, hizo que la escuadra fondeara la isla de Sacrificios a las dos de la tarde del 9 de marzo.

—Se dijo que Ulúa poseía cuatrocientos cañones. La verdad es que tan sólo tenía doscientos veinticuatro, de los cuales poco menos de la mitad no pudieron hacer más de dos disparos por el pésimo estado en que se encontraban.

—Todo en este país está en pésimo estado. ¿Cómo vamos a librar así una guerra contra nadie?

—Seis mil proyectiles cayeron sobre la ciudad de Veracruz.

—Se habla de ochenta soldados muertos y unos cuatrocientos civiles, la mayoría mujeres y niños.

—El general Juan Morales huyó en un bote acompañado del mayor de la guardia nacional, y abandonó Veracruz a su suerte, dizque para no firmar la capitulación y saludar la bandera norteamericana, cuando en realidad, dicen, estaba cagado del miedo.

—Miren —y alguna de esas noches Félix María Ortega nos mostró un dibujo que acababa de hacer en una servilleta—. Ya sin Texas, nuestro país tendrá la forma de un cuerno de la abundancia, ¿no? ¡Sólo que la boca del cuerno está hacia los Estados Unidos! Esta puede ser la explicación de todo lo que está sucediendo. ¿Quién resiste tener ahí abajo, rendido a sus pies, un cuerno de la abundancia, sin tomarlo y beber de él, a ver? —y la sonrisa de plenilunio le expandía las mejillas rubicundas y las patillas rubias, a la inglesa.

El murmullo de las conversaciones y las risas se entreveraba con los chasquidos de las bolas de billar en el salón contiguo y el tintinear de las copas. El humo de los cigarros subía distendiéndose y formaba algo así como grandes arboladuras de navío en lo alto. Los que iban al teatro Principal se distinguían por su indumentaria: las mujeres con trajes vaporosos y los hombres con frac y chaleco blanco con botones dorados.

—Por cierto —dije yo—, *El eco del otro mundo* acaba de abrir una sección de cartas para que la gente mande sus impresiones, sus indagatorias y hasta sus sueños. Una mujer informó que desde hacía cinco años venía soñando con un yanqui gigantesco y rubio que entraba en su casa y apuñalaba a toda la familia.

—Nuestros sueños se poblarán cada vez más de soldados yanquis, no tiene remedio —dijo el doctor Urruchúa, mirándome muy fijamente. Sus ojos se agitaron atrás de los lentes como peces en una pecera.

Lo verdaderamente aterrador —el enterrado vivo que abre los ojos a su destino— era tenerlos ya tan cerca de nosotros y con la ciudad en total desorden.

—Ya también cayó Jalapa.

—Me dicen que en estos días no ha habido alumbrado en las calles de Jalapa, y en la oscuridad se escuchan los gritos y los lamentos de los fugitivos de Cerro Gordo, al igual que se escuchan los saqueos de tiendas y de casas que la población dejó vacías en su huida. En la madrugada, la caballería norteamericana entró en forma brutal a la ciudad, formándose en la plaza de armas y repartiéndose en diversos cuarteles.

—Pues ya también cayó La Joya, prepárense.

—Y Perote.

—La fortaleza de Perote quedó en manos del enemigo con cuarenta piezas de artillería nuevecitas, cinco morteros y todo lo que había en sus almacenes: parque, víveres, dinero, la ropa de los soldados. Una verdadera vergüenza.

—Ya también cayó Las Vigas.

—Y Puebla está a punto de caer.

—Qué horror —decía Martínez del Campo, delgado, elegante, culto, finísimo, con un temblor incontrolable de las manos.

Cada uno escarbaba en sus padecimientos y temores personales, los excitaba, los obligaba a crecer y contribuía con ellos a dilatar el gran miedo general, el miedo a la enorme nube negra que iba a desprenderse del cielo y a cubrir la ciudad entera.

—¿Quién va a protegernos? ¿La Virgen María? ¿El arcángel San Miguel? ¿Qué santo o qué santa va a llegar en nuestro auxilio? ¿Santa Anna? Qué horror —insistía Martínez del Campo, entre unos como gorgoritos de actor que se prepara a salir a escena.

En mi caso por lo menos, aprendí pronto a reconocer que ese horror en realidad tenía poco que ver con el miedo a la muerte. Más bien, lo que me causaba horror era continuar vivo ya con un yanqui encima de mí. Como explicaba el doctor Urruchúa, el miedo es siempre visible, tiene una forma definida en el tiempo y en el espacio: miedo a un animal, a una agresión física, a un rostro amenazante. En cambio el horror es angustioso, difuso, inasible, casi sobrenatural. Por eso cuando alguien dijo —creo que fue Juan Gamboa—, entre broma y en serio, que los yanquis eran la encarnación del

69

Mal en la Tierra, muchos sentimos un estremecimiento súbito, estoy seguro de que muchos lo sentimos. Todos menos el doctor Urruchúa, por supuesto, que hizo un comentario de lo más inoportuno.

—Supongamos que los yanquis fueran el Mal. ¿Y? —las comisuras de su boca se distendieron en una mueca sarcástica.

—¡Y! —le contestó Gamboa, con un alarido una octava más alta de su voz normal. Tenía una papada de pelícano que le colgaba sobre el cuello de pajarita.

El doctor, como era frecuente, recurrió a alguna de sus citas literarias.

—Yo creo, en fin, escúchenme, que el Mal no es monopolio de ninguna nación o raza. Pero suponiendo que hoy lo fuera de Estados Unidos, a la larga nos harían un favor trayéndolo a nuestro país. Recuerden lo que respondió Dante Alighieri en pleno carnaval veneciano, entre el enjambre de máscaras y disfraces, cuando el conde de Medici mandó buscarlo con sus sirvientes bajo la simple pregunta: "¿Quién conoce el Bien?", y Dante fue el único que respondió: "Conoce el Bien, quien conoce el Mal". "¡Ése es Dante, tráiganmelo, le gané la apuesta!", exclamó el conde de Medici al enterarse. ¿Molesta que lo diga? —y por la sonrisa, entre maligna y victoriosa, que recorrió la cara del doctor, supimos que enseguida dejó de preocuparse por saber si molestaba.

A Polo García Venegas —sus manos cortas, muy blancas, jugaban nerviosamente con la leontina que llevaba sobre el chaleco oscuro— las palabras del doctor debieron parecerle envueltas en un cierto tufo de cosa rebuscada y culterana, porque intentó simplificar:

—Para conocer el Mal, a los mexicanos nos es suficiente con Santa Anna, para qué más.

—Pero ése es un mal con minúscula. En todo caso, se asemeja más a la estupidez que al verdadero Mal —insistió el doctor, terco.

—Entonces, doctor, según usted tenía que ser así, ¿sufrir hoy los mexicanos una invasión yanqui para luego apreciar mejor las ventajas de la libertad y la independencia, Dios Santo? —continuó Gamboa, incrédulo, con una voz que seguía subiendo en la escala hasta hacerse ríspida. Apagó su puro de hoja en el cenicero con una fuerza innecesaria.

—Es posible —dijo el doctor Urruchúa, mostrando las palmas de las manos.

—Doctor, temo confirmar que usted sólo viene aquí a burlarse de nosotros, no hay derecho, no es de amigos —agregó Gamboa descarándose, con la nariz respingada, como si repentinamente lo hubiera invadido un mal olor.

—A propósito de lo que dicen sobre el mal, escuchen esto que acabo de leer en el *Monitor* —interrumpió Marcos Negrete, quien siempre interrumpía apenas intuía la más mínima confrontación en el grupo, y aquélla podía ser una de las más graves—. Dicen que dijo Sam Houston: "El asunto del comercio africano de esclavos no está desconectado de la fuerza política de nuestro país. No puede dejar de pensarse que miles de africanos han sido importados a últimas fechas de la isla de Cuba con el designio de transferir una gran parte de ellos a Texas". Y, bueno, hay que recordar que en los años treinta, el precio de los esclavos, por una ley promulgada en Luisiana, descendió considerablemente. Para aumentar ese precio les era indispensable apoderarse de Texas. Vastas regiones que poblar con nuevos esclavos. Qué mente la de los yanquis.

—¿Será? ¿Usted qué opina de esa forma del mal, con mayúsculas o con minúsculas, doctor? —insistió Gamboa, que no lo soltaba, aunque con un tono ligeramente conciliatorio.

Una cierta sonrisa de resignación, muy dulce, amaneció en los labios del doctor.

—Yo, en estos momentos, me limitaría a decir como Horacio: "Si buscas la paz, prepárate para la guerra".

Regresé a mi casa en el carruaje de Marcos Negrete. Un sacudimiento fue el signo inequívoco de que habíamos llegado. Iba a bajarme, cuando me detuvo por un brazo, con una mano que era como una garra. Aunque el carruaje no estaba en movimiento, en su larga nariz cabalgaban aún más peligrosamente los lentes de aro de metal.

—En verdad, amigo Abelardo, ¿no cree usted que lo mejor que podría sucedernos a los habitantes de esta ciudad… es que la invadan los norteamericanos?

Me zafé de su mano con un movimiento brusco. Debió sentir que mi mirada lo horadaba.

—¿Cómo puede usted suponer…?

—Pienso en mis hijos, en los hijos de mis hijos. En los hijos que usted tendrá. Piénselo. Algunos ansían ser parte de los Estados Unidos a fin de alcanzar la paz y la prosperidad, en lugar de la miseria y el caos de hoy. Otros encuentran en la guerra la ocasión de librarse de los Santa Anna y destruir la hegemonía del viejo ejército carlista y el predominio de la capital sobre los estados. Yo soy un hombre de principios, usted me conoce y por eso he llegado a la conclusión… —su cuello parecía particularmente congestionado, palpitante y muy rojo. A pesar de la indignación que me causaban sus palabras, estuve a punto de sugerirle que se desabrochara el primer botón de su camisa y aflojara la corbatita.

—Por favor, don Marcos, ¿para qué plantearme una cuestión tan delicada en la que de antemano sabe que no vamos a estar de acuerdo, que no podemos estar de acuerdo? Parece que no me conoce, que no ha escuchado cuanto he dicho y repetido en el grupo respecto a mis convicciones en este asunto.

—Permítame. Se lo digo… porque sé cuánto compartimos el mismo miedo.

—Cada vez me ofende usted más.

—Perdón que se lo diga, que me atreva a decírselo, quizá porque me tomé un par de ajenjos más de la cuenta, pero el miedo nos delata a quienes lo padecemos, nos une, nos solidariza —se aclaró la garganta y en el mismo tono añadió—: El miedo determina nuestras relaciones amorosas tanto como nuestras posturas políticas. Y hoy, en este momento, se lo confieso sin tapujos, yo estoy muerto de miedo. Así como dicen que le sucedió a más de tres mil de nuestros soldados en Cerro Gordo o al tal capitán Morales en Veracruz cuando, dicen, salió huyendo: cagado del miedo. ¿Puede entenderme?

No me quedó más remedio que sincerarme con don Marcos, quien por lo demás me despertaba respeto y simpatía.

—La diferencia es que yo estoy muerto de miedo porque *ellos* van a llegar. Simple y sencillamente no puedo concebirlo.

—Sí, lo entiendo, pero dele una vuelta a la tuerca. Tenemos miedo de que lleguen, de acuerdo, ¿pero qué va a ser de nosotros si les impedimos llegar?

—No le entiendo.

—Muy sencillo. Pienso que la guerra está perdida y es inútil derramar más sangre. Pero en el caso remoto de que lográramos vencerlos, que lográramos vencer a Scott y a su ejército, impedir que invadieran la ciudad. ¿Cómo cree usted que iban a reaccionar los norteamericanos?

—Regresándose a su país. Dejándonos en paz.

Ahora fue él quien me puso encima unos ojos de lo más duros e incisivos.

—No sea iluso, amigo Abelardo. Jamás hubieran desatado esta guerra si pensaran así. ¿No vio el dibujo que hizo Ortega del cuerno de la abundancia, cuya boca les quedó enfrente ya sin Texas, de lo más apetitosa? No van a renunciar a beberse toditito el cuerno, y de un solo trago. Lo que harían es que miles y miles de soldados norteamericanos llegarían a reforzar a Scott, hasta lograr su objetivo final. La carnicería, créamelo, podría prolongarse durante meses, o años.

Sus palabras —que no carecían de lógica— me sirvieron para reafirmar mi posición.

—Entiendo lo que me dice, don Marcos, pero le voy a confesar algo relacionado con ese miedo que menciona. He llegado al convencimiento de que mi miedo no es tanto a la muerte, sino a tener un yanqui encima de mí.

—¿Encima de usted?

—Es un decir. Todos tenemos miedo a la muerte, pero hay quienes tenemos aún más miedo, mucho más miedo, a las crisis de angustia, a los escalofríos, a los sudores helados producto de cierta presencia cercana. A saber que esa presencia está ahí, en la sombra, que quizá ya se dirige hacia nosotros. Un rostro que nos repugna, intolerable, un rechazo que nos llega más de las vísceras que de la cabeza. ¿Ahora me entiende usted a mí?

No dijo más. Al despedirme bajó la mirada sombría, hizo una mueca bondadosa que no llegó a cuajar en sonrisa y me dio una palmada en ese mismo brazo que un momento antes había oprimido con una fuerza innecesaria.

No tardaría en comprobar que mucho más gente de la que yo suponía pensaba como Negrete.

VII

Que se abracen al fin los mexicanos, que cese de las madres
el gemido, y cese de las armas el crujido.
¡Dios Inmortal, perdona a mis hermanos!

Manuel Carpio

—¿Y estas páginas quién las escribió? —preguntó mi mujer al descubrir una escritura diferente a la mía, con las narices vibrándole de curiosidad, desordenándome las hojas y los recortes de periódico que tengo sobre el escritorio.

Asegura, nada ha anhelado tanto en la vida como que yo la deje en paz, pero ella nunca ha podido evitar meterse en mis cosas cada vez que tiene oportunidad de hacerlo.

—Son unas notas del doctor Urruchúa, del que tanto te he contado. Me las dio poco antes de morir porque en algunas de ellas habla de mí y de mis padecimientos nerviosos. Aunque también se refiere a los problemas que enfrentó como médico cuando nos invadieron los yanquis y la ciudad se llenó de muertos y heridos.

—¿Qué dice de ti?

—Escucha esto, por ejemplo. "En su *Anatomía de la melancolía* asegura Burton que la tristeza, en grados extremos, puede 'paralizar los músculos, impedir el habla y provocar visiones negativas'. Pero quizá no todas esas visiones sean tan 'negativas', e incluso quizás algunas de ellas tuvieran algo que ver con la realidad, con *otra* realidad. ¿Será posible que, en ciertos casos, el melancólico se vuelva un visionario? Además de la relación que pueden tener con su enfermedad nerviosa —y no hay duda que la tienen— recordé un pasaje de la Biblia que podría ayudarnos a entender las llamitas que a veces ve en el cielo mi amigo Abelardo: *Se levantarán naciones contra naciones y reinos contra reinos. Sobrevendrán grandes terremotos y pestes y escasez de comida. En diversos lugares ocurrirán fenómenos espantosos y grandes señales en el cielo para quienes sepan verlas.* ¿Será que los melancólicos descubren señales premonitorias en el cielo para las que nosotros —pobres seres normales— estamos incapacitados? ¿Y vale la pena el precio que pagan por tal privilegio? Hay que ver cómo llega el joven Abelardo al hospital a buscarme, después de una de esas devastadoras visiones (entrevisiones las llama él), para calcular ese alto precio: tambaleante, tembloroso, cara ojerosa, piel amarillenta, palabra tartamudeante, manos húmedas, mirada débil y vidriosa. Tratándose de una enfermedad tan devastadora como es la melancolía, y ante la situación tan grave en que se encuentra nuestra ciudad, un médico responsable —como supongo serlo— no debe descartar ninguna hipótesis de trabajo." ¿Qué te parece?

—Me parece poco serio que un médico haga un diagnóstico de una enfermedad nerviosa a partir de un pasaje de la Biblia.

—Él era un médico muy especial, el único al que he consultado por puro gusto, y tú sabes lo poco afecto que soy a los doctores. Por suerte, a mi edad, ya sólo tendré que ir con el patólogo a que me haga la autopsia.

—Pues yo preferiría que me evitaran al patólogo y mejor me pintaran un poco la cara y me arreglaran el pelo por si alguien quiere despedirse de mí a través de la ventanita del ataúd. No quisiera que dijeran de mí lo que ese médico dice de ti: cara ojerosa, piel amarillenta, mirada débil y vidriosa. Uf.

VIII

*Oh, Dios, ¿por qué te haces el dormido, mostrándote olvi-
dado de las tribulaciones en que gemimos los mexicanos?
¡Levántate!, no sea que nos diga el enemigo, ¿dónde está
vuestro Dios que a auxiliaros no corre en el conflicto?
¡Levántate, y blandiendo tu tremendo cuchillo, venga,
venga, que corra la sangre de este pueblo inocente!*

Carlos María de Bustamante

Qué pena, doctor Urruchúa, usted para quien la posibilidad de evitar el dolor en las operaciones llegó a
volvérsele una verdadera obsesión, que a veces recurrió
al hipnotismo o a una sangría profusa aunque reconocía que no eran suficientes para producir insensibilidad
plena ni para suprimir los movimientos involuntarios de
los músculos, usted ya no pudo enterarse de que apenas
un año después de su muerte, en 1848, un médico de
Edimburgo, James Simpson, descubrió el cloroformo
como agente anestésico integral. En recuerdo de usted,
asistí a una de esas primeras operaciones que se hicieron
con cloroformo en el hospital de San Pedro y San Pablo
y no imagina la experiencia tan especial de abrir el tubo,
embeber el paño en ese bendito líquido, de un olor
penetrante y dulzón, colocarlo cuidadosamente en la
nariz, sobre unos labios que primero se tuercen en una
mueca de angustia y luego, milagrosamente, se relajan
con celestial apacibilidad.

¡Una operación con el paciente bien dormido, el
milagro que usted tanto esperó y tanto le pidió a Dios!

Y tampoco, qué pena, pudo enterarse de que, casi al mismo tiempo que usted, un médico austriaco, Ignaz Semmelweis, exigía a sus alumnos en Viena que se lavaran las manos en una solución de hipoclorito de calcio antes de asistir un parto, lo que encontró sentido —¿por qué esos extraños enlaces en el desarrollo y la concreción de las ideas humanas?— en 1865, cuando Louis Pasteur, químico francés, publicó su teoría de la enfermedad por gérmenes, fundamento científico para la antisepsia y la asepsia.

Tendría usted que ver —ahí, en ese mismo hospital en el que usted trabajó tantos años— las palanganas humeantes en que se desinfectan hoy bisturís, agujas, hilos, tijeras, antes de una operación.

¡Los médicos ya no sólo no atienden un parto sin antes lavarse las manos, sino que además —parece increíble, ¿verdad?— desinfectan su instrumental!

Recuerdo tanto cuando me decía, convencido, que "algún agente nocivo" debía pasar de los muertos a los vivos por mediación de los médicos que atendían a ambos. Este agente —materia animal descompuesta— era sin duda el causante de la septicemia puerperal que en nuestros hospitales acababa, nada más y nada menos, que con la vida de una de cada tres mujeres que daban a luz.

Pero he vivido lo suficiente para asombrarme y a la vez relativizar el progreso. Algunos inventos como la bombilla eléctrica de filamento incandescente, que nos iluminó la noche aunque a cambio ahuyentó a los fantasmas; o la fotografía —tendría usted que conocer las modernas cámaras con trípode y fuelle, que al dispararse hacen brotar una nubecilla de humo blanco— me parecen de una utilidad incuestionable. Otros, como la fotografía en movimiento llamado cinematógrafo —que, me temo, pronto desplazará al teatro—, o como un automóvil con motor de gasolina del que ya empieza a hablarse, creo que más bien nos empobrecerán, nos complicarán aún más la vida y, lo que es peor, ese tipo de vehículos nos privarán del placentero trotar, lento y pausado, de nuestros insustituibles carruajes de caballos.

Hay otros inventos, como el teléfono, al que no logro acostumbrarme por una limitación personal. Algo le comenté a usted de esto por aquel entonces. El hecho insólito de entrar en un café, pedir una copa de ajenjo y que un momento después aparezca la copa sobre mi mesa, me ha producido siempre tal sorpresa y alegría —usted lo recordará— que sentía ganas de postrarme de hinojos en ese mismo momento y dar gracias a Nuestro Señor por la Gracia concedida. Imagínese nomás, doctor: expeler un poco de aire por la boca, accionar la lengua y las mandíbulas y conseguir, de esta simple forma, algo para mí tan vital a media tarde como es una copa de ajenjo, qué milagroso. Pues con este invento ese puro aire expelido por la boca y el accionar de las mandíbulas se extiende... ¡a infinidad de leguas de distancia! Nuestras voces crean una como telaraña invisible a lo largo y lo ancho de la ciudad, reproduciendo una y otra vez su eco y, le juro, aún no logro acostumbrarme, rebasa mi capacidad de asombro.

¿A dónde va nuestro mundo? Es una buena pregunta para un médico como usted, doctor Urruchúa

—donde quiera que se encuentre—, que igual habría apreciado en todo su valor la anestesia con cloroformo que aún hoy hubiera recetado la lectura de un pasaje de la Biblia para una cierta enfermedad nerviosa, en lugar de recurrir por comodidad a cualquier tratamiento de la medicina tradicional. Por eso, porque esta crónica quiere ser de todos los que algo tuvimos que ver con aquel año negro, incluyo aquí algunas de sus notas.

IX

No sólo eran las armas y el entrenamiento lo que di-
ferenciaba a nuestros ejércitos; era sobre todo que ellos
se alimentaban bien y bebían whisky por las mañanas.
Manuel Balbontín

Hasta hace poco creía que el cansancio de pasarme el día entero en el hospital me liberaría de ideas y reflexiones inútiles, pero desde que Abelardo me ha metido de cabeza en el tema de la melancolía y las enfermedades nerviosas, aprovecho cualquier pretexto para acompañar a algún colega al manicomio de San Hipólito y ver de cerca esa manifestación, ya extrema, del *otro* mundo.

Volverme el mirón al borde del acuario donde el pez me observa medio bizco y hace y deshace soñoliento sus vagas burbujas.

O, por el contrario, ser el pez que mira a través del vidrio al doctor que se acerca a observarlo con ojo clínico.

¿Cuál es *en el fondo* la diferencia?

Porque ahora que los he estudiado con un poco más de atención, me parece que lo que pierde a ciertos locos es la forma insoportable que para la sociedad asume su conducta exterior. Los tics, las manías, la degradación física, la perturbación oral o motriz, facilitan rápidamente la colocación de la etiqueta y la separación profiláctica.

Pero apenas nos acercamos un poco más a ellos —hay que escuchar algunos de sus argumentos— descubrimos que no están tan locos como el médico suponía. O, lo que es peor, que el médico no está tan cuerdo como quisiera hacernos creer.

Por ejemplo, una mujer para quien de pronto todo resplandece y brilla de tal forma que se queda pasmada, con unos ojos como platos y las manos engarruñadas. La vi durante una de las visitas ocasionales de su marido, quien ingenuamente trataba de alentarla hablándole de su casa y de sus hijos pequeños. De pronto, la mujer pegó un grito y protestó acremente: cómo podía hacerle perder el tiempo hablándole de dos niños latosos y sucios, cuando lo importante en ese preciso momento era la belleza indescriptible de los dibujos y destellos que formaba la luz del atardecer en la camisa de él, cada vez que movía los brazos. Vaya visión, pensé. Porque a la pobre mujer no le duraron demasiado tiempo las estancias en el paraíso. Las bienaventuradas treguas se hicieron cada vez más breves hasta que finalmente desaparecieron y sólo quedaron el horror, el espanto, los ojos pasmados y una boca congelada y chueca.

Al recorrer las salas y ver los rostros y los gestos me invade un estremecimiento súbito —tú *eres* el loco y el loco *eres* tú— y afloran a mi lado algunos raros testimonios fugaces de la *otra* realidad: quizás apenas una ráfaga lejana, una puerta que se entorna para dejar pasar un hilo de luz viva y quemante: un guiño de amistad, una sonrisa que más bien es una mueca horrenda, un dedo tembloroso que me llama —"ven, doctor Urruchúa, ayúdame a entender el mundo y mi locura, seamos amigos, nos parecemos tanto"—, un gesto que me conmueve hasta la compasión más dolorosa y enseguida me aterra, un tic que se parece tanto, sospechosamente, al de una prima muy querida.

Recuerdo cuando un enfermo con un tumor inoperable en el estómago, me confesaba:

—Bendito sea el dolor físico, doctor, que nos priva de los dolores verdaderamente insufribles, que son los del alma.

Se levanta un frente de vientos contrarios y una ráfaga de contraste me regresa a mi supuesta realidad real, la de afuera, la de todos los días, la de los médicos cuerdos y los hombres "sanos", quienes por cierto —¡oh locura!— están en guerra con el país más poderoso del mundo.

Y concluyo —no me queda más remedio que concluir— que la única cualidad de nuestro señor Presidente… es que no babea.

X

La constitución mexicana nunca ha estado en vigor. El gobierno es despótico y, estoy seguro, así lo será durante muchos años venideros. Los gobernantes no son honestos y los mexicanos en general carecen de inteligencia.

**Sam Houston al Presidente
Andrew Jackson. Febrero de 1833**

—¿Crees que puedan interesar las notas de ese doctor amigo tuyo (su apellido nunca he podido aprendérmelo) sobre la locura, cuando la ciudad estaba a punto de ser invadida por los norteamericanos? —preguntó mi mujer, quien en esos días había leído algunas páginas de mi crónica con una actitud ligeramente más tolerante.

—Me parecen indispensables para entender mejor lo que sucedió después. Bien dice que lo único que salvó a Santa Anna es que no babeaba, reflexión que nos llevaría a reinterpretar la historia de nuestro país en los últimos años. Además, esas notas reflejan el humanismo del doctor Urruchúa y el por qué dejó la vida en atender un dolor que nos desgarró a todos.

—Pues yo creo que las incluyes por una razón más bien sentimental.

—Eso también es cierto. A veces, al escribir, tengo la impresión de que volvemos a estar juntos. Quizá más juntos que entonces.

—¿Y también te sentirás más cerca de Isabel cuando escribas sobre ella? —con una chispita de picardía en sus hermosos ojos.

—Me encantaría averiguarlo. En especial porque lo importante entre nosotros empezó, precisamente, cuando dejé de verla.

—Siempre te has complicado la vida gratuitamente. Y de paso se la complicas a los demás.

A mediados del año 47, dejé de ver a mi novia, la señorita Isabel Olaguíbel, cuando me enteré de que su padre estaba a favor de la invasión norteamericana. Vivían en la ciudad, pero los fines de semana se trasladaban a una casona de Tlalpan, con azulejos traídos de España, una chimenea con adornos de bronce y lapislázuli, balcones de hierro forjado y una escalera de mármol que remataba en dos figuras de cerámica blanca, muy brillante: dos leones melenudos que parecían vigilar celosamente a todo el que entraba en la casa.

Las comidas de los domingos con su familia eran insufribles, pero yo realmente amaba a la señorita Isabel Olaguíbel, con sus lánguidos ojos sombreados en los que titilaban, en perpetua excitación, unas pupilas muy negras, sus movimientos y ademanes tan cursis como los de un corazón bordado.

Su padre, don Vicente Olaguíbel y Torre, quería volverme aficionado a las peleas de gallos a la fuerza —sus hijos se inventaban mil pretextos para no acompañarlo— y lo que casi consigue es dejarme en la bancarrota.

Los domingos íbamos a la plaza del pueblo —coronada por una capilla blanqueada llamada El Calvario— donde se montaba el palenque. La verdad es que iba por gusto: me distraía de mis angustias nocturnas y me gustaba el ambiente. En pocos lugares como aquél podían codearse, con tanta naturalidad, el lépero y el catrín.

Formalizada la pelea, un macuteno con el sombrero de paja en la nuca y la camisa abierta, anunciaba desaforado:

—Viene la pelea… Aquí están los gallos… Primer careado a navaja libre… Hagan sus apuestas, señores.

Se desprendían de la valla los encomenderos, brindaban y ajustaban apuestas, proclamaban los nombres de los gallos y de los soltadores.

—Diez pesos a Saldaña… Seis pesos a Ledesma… Cierren ya las puertas…

Ahí empezaban mis problemas. Me dolía el codo, pero por llevarle la contra a mi suegro, le apostaba siempre al otro gallo, fuera el que fuera y, como es lógico, perdía. Don Vicente —con su calvicie pronunciada, el vientre que le avanzaba redondo, como independiente del resto del cuerpo, y una nariz curva, triunfante de la decrepitud y la grasa de la cara—, me palmeaba burlonamente la espalda:

—Va usted a perder, joven amigo.

Me explicaba, en un tono insoportablemente pedante, que los gallos de más renombre y de más papeles eran los de San Antonio el Pelón, cerca de Cadereyta, y los de Tlacotalpan en Veracruz. Pero —no había que olvidarlo— tenían pésima reputación los de Tepeaca y también los chinamperos.

A alguno de esos últimos le aposté un domingo y don Vicente se limitó a respirar hondo, se quitó su sombrero de palma y se enjugó el sudor de la calva con un paliacate. Tardó un buen rato en volverme a dirigir la palabra.

A una orden del juez los apostadores abandonaban el palenque y sólo permanecían en él los soltadores y topadores.

Los soltadores mascaban plumas. Careaban a los gallos, incitando su furia con sólo obligarlos a mirarse a los ojos, lanzarse los primeros picotazos —algo que, no podía evitarlo, me refería a las permanentes confrontaciones de nuestros rijosos políticos—; luego, con un ligero impulso, lanzaban los gallos a la pelea, como quien suelta una bomba a punto de estallar, y ellos permanecían en cuclillas, en una actitud de lo más tensa.

Dentro del remolino de picotazos, plumas y chisguetes de sangre, en algún momento uno de los gallos reculaba y se volvía incapaz de levantar siquiera los espolones. Ese era el mío, sin remedio.

Yo perdía, con un gusto agridulce en la boca.

Los altercados y el tintinear del dinero se confundían con la música que festejaba al ganador. Corrían encomenderos y soltadores al pie de los palcos a ofrecer los detalles del combate. El gritón clamaba al último:

—¿No hay quién reclame? ¡Abran las puertas!

Ya en la casa, a las dos en punto de la tarde, la madre —guapa, maternal, con una risa grácil que la rejuvenecía, y unas manos de largos dedos como pájaros— anunciaba que todo estaba dispuesto para la comida: la vajilla de Talavera había salido de la despensa y compartía honores con el mantel deshilado de Aguascalientes. Las jarras de vidrio soplado lucían bebidas de colores variados y las servilletas dobladas en varios pliegues aparecían alineadas al lado de los platos.

Presumía, uno por uno, los platos del menú: sopa de pan con rebanadas de huevo cocido, garbanzos y perejil y tornachiles de queso. Pechugas de pollo. Mole rojo por un lado y mole verde por el otro, y en el centro de la mesa una fuente de frijoles gordos con sus rábanos, cabezas de cebolla y trocitos de chicharrón. De postre, cocada, arequipa y rosquetes rellenos.

Empezábamos a sentarnos, cuando reaparecía don Vicente, enérgico y sonriente, con el andar pesado de sus lustrosas botas federicas. De pie parecía más obeso; la enorme barriga se movía con un flujo y reflujo acompasados.

Lo primero que hacía era anunciar lo sucedido por la mañana en el palenque.

—Volvió a perder a los gallos el joven Abelardo, qué pena —y, en lugar de dirigirse a mí, lo hacía a su hija, quien invariablemente hundía los ojos en el plato de sopa—. ¿Por qué no lo convences tú de que me deje adiestrarlo, Isabel? Si algo sé en esta vida es de peleas de gallos, tú lo sabes.

Había un silencio que creaba estalactitas de hielo a nuestro alrededor. Isabel respondía con un ansia nerviosa, pero no por ello menos explosiva:

—Deja de pedirle que te acompañe, por favor. No le gusta. ¿No te has dado cuenta? ¿Verdad que no te gusta acompañar a mi papá a las peleas de gallos, Abelardo?

—Si no me gustara, no lo acompañaría, Isabel. Al contrario, cada vez me gustan más y ya les estoy entendiendo —argumentaba yo con la cucharada de la espesa sopa de pan con huevo cocido atorándoseme en la garganta.

—Pues no se nota que les esté usted entendiendo, joven —replicaba don Vicente, con un tono seco y aún sin mirarme, mientras le echaba nuevos trocitos de queso a su sopa—. Tal parece que más bien le gusta ir a perder su dinero, caray. Hasta Rafa Madariaga me lo dijo el domingo pasado: "Tal parece que a tu yerno le gusta perder su dinero". Me da pena porque van a pensar que soy yo mismo, con mis malos consejos, el que lo hago perder, joven.

Luego me dejaba en paz y pasaba a criticar o a regañar a alguno de sus hijos —un poco más jóvenes que Isabel—, por cualquier tontería, viniera o no al caso. Con su mujer y su hija era un poco más considerado, siempre y cuando ellas no le replicaran y permanecieran en total silencio.

Conducía la conversación como si dirigiera una orquesta, y yo —con la tensión nerviosa y el cúmulo de preocupaciones que me cargaba por esas fechas— intentaba comer con los ojos dentro del plato o concentrarme en un punto indefinido del techo, en los prismas irisados de los candiles, mirar por la ventana los árboles más lejanos, el grupo de servidores que alistaban unos caballos remolones.

Después de la tercera copa de vino, don Vicente se ponía aún más sentencioso, le daba por invocar la tradición familiar y los preceptos morales heredados. Subrayaba alguna frase echándose por un momento hacia atrás en la silla, se llevaba las manos a las bolsitas del chaleco con solemnidad y el vientre se le terminaba de redondear.

—No lo olviden: si somos algo los Olaguíbel se lo debemos al trabajo honrado y tenaz. No somos aristócratas, sino una familia liberal y modesta.

O se refería a su obsesión por el tiempo y la puntualidad. Isabel miraba al techo con unos ojos de fastidio que, por suerte, nunca pareció descubrir el padre. Nos presumía un abultado cronómetro de oro que sacaba de la bolsa del chaleco y con el dedo índice, que remataba una uña muy limpia y encorvada, movía la aguja del minutero uno o dos minutos si estaba adelantado o retrasado (y siempre, todos los domingos a esa hora, estaba adelantado o retrasado, lo que le permitía la valiosa oportunidad de ponerlo a tiempo frente a nosotros).

—Ustedes nacieron en una época ruidosa y desorganizada, qué pena. Yo nací cuando un reloj de mi casa gobernaba la vida familiar. Oigan sus campanadas —y todos escuchábamos, muy atentos, los sonidos graves y agudos de las campanadas del reloj de la sala, tan bien previstas—. Nos despertaba en la madrugada con su imperioso llamado, a las dos en punto nos sentaba a la mesa y a las diez su orden definitiva nos conducía a la cama.

O:

—Mi padre perdió una fortuna, fundada en la minería. La minería, como es bien sabido, se contrajo desastrosamente a partir de las guerras de Independencia, pero la disminución de su fortuna no hizo sino aumentar el orgullo de mi padre, y finalmente renació de sus cenizas, como el Ave Fénix.

A la menor oportunidad, sacaba a colación el Ave Fénix. Seguramente en algún lugar leyó, o alguien le contó lo que simbolizaba, y le parecía de una persona ilustrada citarla.

Luego proponía un brindis de lo más inoportuno:

—Salud por mi padre…, su abuelo —y miraba a sus hijos.

Levantaba la copa y todos teníamos que brindar por su padre, el abuelo de sus hijos.

Hasta que un domingo don Vicente, en su postura predilecta con la espalda echada hacia atrás, se atrevió a hacer un comentario que me colmó la paciencia:

—Como liberal moderado que soy, estoy convencido de que la invasión norteamericana es una oportunidad de oro para acabar con el despotismo de dictadores militares como Santa Anna y que una vez que los yanquis ganen la guerra y ocupen todo el país impondrán el federalismo y el régimen liberal.

El estómago se me contrajo y una ola de sabor amargo me subió a la garganta. No pude tragar el bocado de enchilada de mole verde que tenía en la boca. Temblorosamente, cambié de posición un vaso con agua de jamaica y aproveché para quedarme observando fijamente una gota derramada en el mantel blanquísimo, la mínima huella de algo que era el pasado —tenía que ser el pasado, pronto estaría en mi casa recordando la vergonzosa escena como una más de mis pesadillas— y que alguna de las sirvientas aboliría sin piedad con un trapo húmedo de cocina una vez que levantaran la mesa.

—Qué barbaridad, derramé el agua de jamaica en el mantel.

—Es sólo una gota, Abelardo, no se preocupe. Por suerte se lava muy fácilmente —dijo, muy amable, la madre de Isabel.

Pero ante el asombro de la familia ahí reunida —además de un tío que acababa de llegar de Querétaro— lancé la servilleta sobre la mesa con un chicotazo inevitable, me puse de pie, hice una reverencia ridícula, tiesa y totalmente fuera de lugar. Con voz sincopada expliqué que me era imposible, del todo imposible quedarme a comer con ellos después de la grosería que acababa de cometer, que me entendieran por favor, un mantel manchado era un mantel manchado, algo que no podía disculpárseme así como así, con una familia tan decente como era la de ellos, prefería marcharme por lo pronto, dejarlos terminar a gusto su excelente comida; no, que no se pusieran de pie, por favor, habían sido tan amables, al día siguiente le mandaría una carta a Isabel para ofrecerle disculpas por escrito de lo sucedido, y me dirigí hacia la puerta sin dejar de hacer nuevas reverencias, cada vez más tiesas, forzando los labios a mantener un principio de sonrisa, que debió verse de lo más falsa, llena de dientes apretados.

De regreso en mi casa, me sentí muy apenado por haber lastimado así a mi amada Isabel —finalmente, la única persona de esa familia que podía importarme—, pero me consolé al haberme ahorrado la soporífera sobremesa y, sobre todo, las mazurcas y los nocturnos que tocaría en el piano de marquetería de la sala. Al final de cada pieza, Isabel me miraba interrogante y yo debía sonreírle y asentir con la cabeza, reconociéndole que, en efecto, poseía ciertas virtudes modestas para tocar el piano.

Al día siguiente fue la propia señorita Isabel quien me mandó una carta lacrada, en un sobre rosa —y muy perfumado—, pero endurecí el corazón y ni siquiera la abrí.

En el mismo sentido de la indignación por el comentario de mi suegro, me preguntaba yo, ¿cómo entender que incluso algunos de esos mismos amigos del Café del Progreso —que, por supuesto, dejaron de asistir a nuestras reuniones—, apenas en febrero pasado, tomaran las armas contra el gobierno federal sólo porque el vicepresidente Gómez Farías impuso un préstamo forzoso de quince millones de pesos al clero mexicano? ¡Enfrentarse al gobierno federal ya con los yanquis encima de nosotros! ¿En qué cabeza cabía, si no era por la confusión y el desconcierto generalizado en que habíamos vivido en los últimos años? Quienes lucharon por la liberación del yugo español, dejaron de sentir aquel fervor patrio de los tiempos de revuelta, y poco a poco lo sustituyeron por la crítica acerba y la desesperación ante la estupidez de nuestros insufribles gobernantes. Pero, por desgracia para todos, una cosa no justificaba la otra. De hecho, la absurda confrontación imposibilitó al gobierno el auxilio de Veracruz y me obligó a escribir un artículo en *El eco del otro mundo*, que me ganó otras varias enemistades.

Cuánta ceguera entre los mexicanos. Qué vocación de canibalismo la nuestra. Los habitantes de una tierra ocupada por el norte y a punto de ser invadida por el oriente, se entregan a su ocupación predilecta: desgarrarse a sí mismos. Porque precisamente cuando el invasor —el Perro mismo del Anticristo que ha venido a la Tierra a

reclutar prosélitos— es más visible que nunca y encien-
de manchas de un fuego infernal a nuestro alrededor,
algunos de los mejores y más honorables mexicanos, en
vez de olvidar sus enconos y diferencias ideológicas para
salir al encuentro del verdadero enemigo, del enemigo
que terminará por engullirnos a todos, intentan desatar
una guerra civil inicua y vergonzosa. ¿Cómo, con qué
cara, quejarnos después de nuestra mala suerte?

Decían los propios sublevados que el apelativo de polkos les venía de su desmedida afición al baile de la polca, tan en boga. Otros, la adjudicaban a su gusto por el pulque. Lo cierto es que el pueblo los apodó así por considerar-los, con justeza, como viles instrumentos —seguramen-te sin muchos de ellos mismos saberlo— del presidente Polk. Como sea, su relación con el clero pareció la causa determinante de su absurda e incomprensible acción.

Los escapularios, las medallas, las vendas y los zurrones de
reliquias en docenas, pendían del pecho de los pronunciados.
Especialmente de la sibarita y muelle juventud que forma
la clase de nuestros hombres más adinerados y elegantes.

También, una carta de la que me enteré posteriormen-te, de Moses Beach, agente confidencial del gobierno norteamericano infiltrado en México durante la guerra, a James Buchanan, secretario de Estado, me aclaró el fondo del asunto:

Justo cuando las tropas del general Scott desembarcaban
en Veracruz, ejecutaron la más importante maniobra

a favor de los Estados Unidos, al sublevarse contra el gobierno de la capital. Fortificados en los conventos, donde sus tiernas madres acuden a llevarles bocadillos y mantas, los polkos han resistido durante casi diez días los embates del ejército regular, gracias al apoyo que les brindan los mayordomos de las órdenes religiosas. Enterado de que la Iglesia necesitaba cincuenta mil dólares para sostener la revolución otra semana, recurrí a los fondos que la Secretaría de Estado puso a mi disposición, y facilité un préstamo blando al obispo Fernández Madrid. Considero justificado el gasto, pues el general Scott apenas había desembarcado la artillería en Veracruz y necesitaba un poco de tiempo para vencer a los defensores del puerto.

Por lo pronto, cuando el doctor Urruchúa leyó mi artículo de *El eco del otro mundo*, chasqueó la lengua y me habló en su tono más duro y displicente.

—Está bien, pero se sorprende demasiado ante lo evidente y, me parece, empieza usted también a alucinar en sus escritos. ¿A qué viene eso "del Perro del Anticristo que ha venido a la Tierra a reclutar prosélitos"?

—Estoy en contra de las marrullerías de la Iglesia Católica, pero soy un cristiano convencido.

—Pues de cualquier manera, me parece la frase más desafortunada que le he leído. Hay que entender al demonio como la voluntad humana por alejarse de Dios, pero nada más. No le ofrezca cuerpo y autonomía. ¿Por qué no intenta mejor pensar en otra cosa, en cualquier otra cosa, dedicar su valioso tiempo a algo más que la espera angustiosa de lo inminente?

¿Pero cómo pensar en otra cosa, me decía yo, si todos los ojos que me miraban me referían a lo mismo, y los sueños que tenía, y las conversaciones que escuchaba, cuanto leía en los diarios y hasta el puro parpadear de las estrellas me referían siempre a lo mismo?

Por eso casi prefería concentrarme en las notas —la mayoría actuales, pero también muchas otras de tiempo atrás— sobre lo inminente, lo que esperaba con ansiedad. Todo intento de fuga, creo, me ponía peor. Algunas de esas notas antiguas me parecían de lo más reveladoras. Por ejemplo, ésta de 1830, hacía más de quince años, que publicó Manuel Mier y Terán en *La voz de la Patria*, anunciando, desde entonces, la pérdida de Texas.

> *Los texanos están ya coludidos con la nación más ávida y codiciosa de la Tierra. Así lo ha sido ayer, así lo es hoy. Los ambiciosos norteamericanos se han apoderado de cuanto está al alcance de su mano. En menos de medio siglo se han adueñado arteramente de extensas y ricas colonias que estuvieron antes bajo el cetro español y francés, y de comarcas aún más dilatadas y fructíferas que poseían tribus de indios, innumerables tribus de indios a los que han pasado a cuchillo, como desearían hacerlo con nosotros los mexicanos.*

Es cierto, ¿en qué nos diferenciamos nosotros de los apaches que poblaron sus vastas tierras y de las que fueron dueños hasta que los yanquis los exterminaron sin piedad? ¿Qué mejor espejo podíamos encontrar para reflejarnos?, me dije, al tiempo que me pasaba la uña del índice por el cuello, ensayando el degüello que, suponía, no tardaría en sufrir.

Mier y Terán describía también los pasos cautelosos que han seguido los norteamericanos antes de asestar el golpe fatal y definitivo a la presa elegida.

Comienzan por enviar exploradores y empresarios con el supuesto ánimo de "ayudar" al progreso económico. Sin embargo, los ojos ávidos de algunos de esos exploradores y empresarios norteamericanos clavan enseguida su atención en la riqueza del suelo. La miden, la calculan, le imaginan un precio. Aparentan hipócritamente que su interés en nada afecta al derecho y a la soberanía del país en cuestión. Pronto, provocan algún conflicto político. O muchos conflictos políticos. Debilitan la autoridad del legítimo poseedor. Lo desplazan. Precisamente, en este punto tan peligroso se encuentra hoy Texas. ¿Vamos los mexicanos a quedarnos de brazos cruzados ante tal situación?

Tres años después de escrito lo anterior, Vicente Filisola, comandante general de la zona, rindió un parte oficial de sus primeras actividades en Texas. Hizo un sumario de las tentativas de sublevación de los colonos y dedujo:

A no poder dudar que sus miras no son sólo formar un territorio o Estado separado sino, algo inconcebible, independizarse definitivamente de la federación mexicana.

Filisola citaba los actos previos de aquella política de los colonos: negarse a pagar impuestos, no admitir tropas mexicanas en la frontera, desprecio de las leyes estatales y federales, destrucción de los edificios públicos y organización de su propia milicia únicamente con jefes norteamericanos. A lo anterior, se agregaba, en forma por demás sintomática, la llegada de Nueva York de más y más aventureros dispuestos a la conquista.

—¿No es sorprendente hoy, en pleno 1847, la actualidad de la visión que tuvo Mier y Terán de la política expansionista norteamericana hace ya más de quince años? —pregunté al doctor Urruchúa durante una de nuestras caminatas nocturnas, pero no pareció escucharme: tenía la mirada perdida en un punto indefinido del horizonte, como quien mira marcharse un barco, y tuve que insistir: —¡Hace ya más de quince años que Mier y Terán vio las intenciones de los yanquis para con nuestro país y quizá para con el mundo en general! Es más, después de presidir la comisión de límites para fijar la frontera definitiva entre México y los Estados Unidos, y angustiado ante la pérdida gradual de nuestro territorio, de plano prefirió suicidarse en 1832.

—¿Que hizo qué? —preguntó con unos ojos que estaban de regreso.

—Eso. Al comprobar que el expansionismo norteamericano terminaría por engullirnos, no se anduvo con cuentos y de plano se suicidó.

—¿Y usted qué opina de ese suicidio?

—Lo entiendo.

El doctor Urruchúa cambió enseguida de tema, me sugirió la lectura de libros como el *Kempis* y me preguntó por qué había dejado de buscar a mi novia, tan bonita, tan de buena familia, con la que además compartía mi afición al teatro y a la ópera, según le había dicho.

Pero lo que en verdad me afectó es que poco después condicionó el valor de la crónica que intentaba escribir por mi alterado estado emocional:

—Si no encuentra usted un punto de equilibrio, sea el que sea, me temo que esa anhelada crónica, en la que ha invertido tanto tiempo y esperanzas, será muy poco objetiva porque quedará horriblemente contaminada por sus alteraciones nerviosas.

—¿Dónde está ese punto de equilibrio, doctor? ¿Existe?

—Por lo pronto, seguro no se encuentra en lamer sus propias llagas, amigo mío. Salir de usted es salir al mundo real, quizá renunciar a las visiones y a las entrevisiones, como usted las llama, ver gente de carne y hueso y no sólo fantasmas, escucharla y amarla. Recuerde aquella frase de Blake: "El agradecimiento es ya el cielo".

—Lo primero que yo debería de hacer, es agradecerle al cielo haber encontrado a alguien como usted, doctor, de veras.

Al nublarse, los ojos del doctor se empequeñecieron notoriamente atrás de los lentes.

—Sí, a veces ocurre que… También yo, alguna vez, amigo Abelardo…, he sentido la necesidad de agradecerle al cielo una mera presencia, un gesto, un silencio. O saber que uno puede empezar a hablar…, decir algo que no diría a nadie y que de pronto es tan fácil de decir.

No logré sacarme de la cabeza sus palabras el resto del día. Porque era cierto: cómo conseguir la objetividad de una crónica si el punto de vista del que se partía estaba tan seriamente alterado. El conocimiento de lo exterior conlleva sin remedio un previo conocimiento de lo interior, me decía. ¿O es al revés? ¿O debería ser simultáneo?

Por la noche, en mi cuarto, me invadió una como cosquilla de intimidad. Me serví un poco de vino, encendí mi pipa de marfil (a la que agregaba en ocasiones especiales, como aquella, un poco de vainilla). La primera bocanada de humo se abrió en lo alto como el follaje de un pequeño árbol, lo que siempre me ayudaba a concentrarme.

Las cosas cambian si se las mira fijamente. El observador afecta lo observado. No es el mismo árbol el que mira un hombre tonto que el que mira un hombre sabio, como dice el doctor Urruchúa que decía Pascal.

¿Cuánto puede cambiar esta invasión norteamericana si la miro yo fijamente, muy fijamente, iluso de mí? ¿Qué es lo que en verdad encamina una cosa a suceder? El otro lado de un suceso, el misterio que lo trajo aquí. (Sería algo muy diferente decir "que lo llevó".)

¿Qué, o quién, trajo a los yanquis a las puertas de la Ciudad de México?

¿Podemos decir que todo empezó el 13 de mayo de 1846, cuando el Congreso de los Estados Unidos aprobó el decreto sugerido por el presidente Polk?

¿O fue el 25 de abril de ese mismo año, cuando la caballería mexicana sorprendió y derrotó a una columna de exploradores estadounidenses en Carricitos, Texas?

¿O más bien se inició desde 1842, cuando el comodoro Jones intentó ocupar Monterrey de California, creyendo que la guerra ya estaba en marcha? ¿Sería ese simple despiste del comodoro Jones lo que desató los subsiguientes sucesos?

Ah, el papel que han jugado siempre los despistados en la historia humana.

La luz de la bombilla cabrilleaba sobre la hoja de papel y se refugiaba dentro de la copa de vino, como un pájaro.

Bajé los ojos, miré las puntas redondeadas de los zapatos y me lo repetí interiormente: debía tratar de descifrar esta situación, era mi obligación o, mejor, mi única posibilidad de conservar la salud, de dejar de lamer mis propias llagas.

Mi sombra se desdoblaba, minuciosa, en el piso.

¿Por dónde empezar? ¿Con qué método de trabajo?

Detuve la punta de la pluma un momento en la lengua. Me volví hacia la ventana, donde la cara de la noche se aplastaba contra el vidrio. Unos hilos de escarcha se colaban por los costados del marco. Al fondo estaba el tinte vago e inexpresivo del cielo.

¿Debía quizá concentrarme en la más inmediata actualidad de mi ciudad? (Según se dice, somos doscientos mil habitantes y para nuestra subsistencia se calcula el consumo anual de diecisiete mil reses, doscientos ochenta mil carneros, sesenta mil cochinos, un millón doscientas sesenta mil gallinas, doscientos cincuenta mil pavos, ciento dieciocho mil cargas de maíz de tres fanegas, trescientas mil cargas de pulque y cuarenta y dos mil barriles de aguardiente. Hay en la ciudad cuatrocientos diez abogados, ciento cuarenta médicos, catorce arquitectos, ochocientos cuarenta y siete aguadores, noventa y cuatro billeteros, cuatro mil seiscientos cargadores, mil cien criados, cuatro mil doscientas cincuenta criadas, once dentistas, treinta y cuatro farmacéuticos. El promedio de vida de nuestra población es de veintisiete años.)

¿O, mejor, remontarme algunos años atrás en la historia de los Estados Unidos? (Habría que recordar que, en efecto, los métodos que aplicaron los gobiernos de Washington, Jefferson, Adams, Madison y Monroe coincidieron en desalojar y exterminar a las tribus indígenas de sus tierras y, muy en especial, en ampliar a como diera lugar las fronteras del país.)

¿Buscar otros puntos de vista de escritores mexicanos? (Fray Servando Teresa de Mier escribió en 1821: "España, para contentar a los Estados Unidos, les cedió el año pasado las Floridas, de las que están ya en posesión, metiendo a los norteamericanos en el seno mexicano. Ya habían obtenido la Luisiana, que sin arreglo de límites regaló Carlos IV a Napoleón, y que éste vendió a los angloamericanos. Así, Estados Unidos amenaza absorbernos con su población, que crece asombrosamente. Todas esas cesiones son agravios a nosotros los mexicanos, no sólo por los derechos de nuestras madres, que todas fueron indias, sino por los pactos de nuestros padres los conquistadores, que todo lo ganaron a su cuenta y riesgo".)

Cuán revelador el comentario de Fray Servando de que "Estados Unidos amenaza absorbernos con su población, que crece asombrosamente", si pensamos que, en efecto, en aquel 1847, ellos eran un país riquísimo con dieciocho millones de habitantes, y nosotros otro muy pobre, con apenas siete millones. ¿Qué futuro podía esperarnos? En especial, si se piensa que de esos siete millones apenas el cincuenta por ciento producía más de un real por día. Que de los trescientos sesenta y cinco días del año, ciento cincuenta eran festivos. Que entre alcabalas y diezmos, la producción nacional tenía una merma del veinticinco por ciento. Que la industria del país no alcanzaba para surtir a más de la quinta parte de la población. Que en la Ciudad de México, los salarios fluctuaban entre veinte y treinta centavos. Que las rentas públicas ascendían escasamente a seis millones de pesos. Que la moneda circulante era, en un ochenta por ciento, de cobre. Que las minas, que en otro tiempo habían constituido una fuente de riqueza, estaban paralizadas. Que las capellanías, desde 1835, habían suspendido parcialmente sus préstamos a los agricultores. En fin, que los caminos estaban infestados de bandidos y que la inseguridad social y el temor se habían enseñoreado del país. ¿Qué futuro podía esperarnos?

¿O también debía buscar puntos de vista de escritores extranjeros? (No creo en el mito del "buen salvaje" de Rousseau, al que tanto contribuyó Colón al afirmar en sus cartas a los Reyes Católicos que había encontrado aquí la mejor tierra y la mejor gente del mundo. Pero tampoco comparto el punto de vista de Voltaire —a quien en otro sentido admiro tanto—, cuando no reconoció como semejantes suyos a los "hombres degradados" de este Nuevo Mundo.)

¿O podía ayudarme con alguna interpretación de los sueños? (¿Cómo entender a fondo, por ejemplo, las guerras napoleónicas sin conocer los sueños del propio Napoleón?)

¿O no descartar la ayuda de la magia, de la quiromancia, tal vez del espiritismo?

Y todo ello entre una infinidad pavorosa de simultaneidades y coincidencias, entrecruzamientos y rupturas.

Mundo mosaico —o calidoscopio cósmico—que a pesar de sus constantes reestructuraciones y combinaciones se cuida de reunir siempre a los factores semejantes.

Me daba ánimos: ¿por qué no suponer que, alguna que otra vez, la telaraña mental se ajustaría, hilo por hilo, a la de la vida?

¿Qué inesperado revés de la trama podía nacer de una sospecha última que sobrepasara lo que estaba ocurriendo —y, sobre todo, lo que estaba por ocurrir— en mi pobre y desastrada ciudad?

El acercamiento de los destinos de dos pueblos, de millones de almas, que de pronto se volverían gavilla a partir de la confrontación, el triunfo o la derrota, la mezcla pavorosa de soledades individuales, transformadas en un único, gran cuerpo. ¿Y qué sucedería con ese gran cuerpo —americanos y mexicanos entremezclados— en el futuro, en cincuenta, cien, doscientos años, cómo se iría conformando, transformando, quizá desintegrando?

Por momentos —cuando lograba esa anhelada distancia ante mí mismo, ante mis obsesiones y mis miserias— sentía el imperativo de recorrer los hechos con la actitud del vigía que ha subido a la cofa a atisbar el horizonte, la tierra anunciada. Cuánto ayuda a relativizar la angustia esa visión. Considerar cada situación con la mayor latitud posible, no únicamente como una sola situación sino desde todos sus desdoblamientos imaginables, empezando por su formulación verbal, en la que mantenía yo una confianza más bien mágica. Suponer que las cosas son más ciertas cuando se las pone en palabras escritas. Fijarlas para conservarlas ahí, como cuadros familiares colgados en la pared.

Quizá de veras la historia del mundo brilla en cualquier botón de bronce del uniforme de cualquier soldado, mexicano o americano, que con toda seguridad combatía mientras yo escribía esas líneas. En el instante en que nuestro interés se concentrara absolutamente en ese botón (el tercero contando desde el cuello), veríamos todas las confrontaciones del hombre con el hombre que en el mundo ha habido y, lo que es más importante, su resolución o su falta de resolución, que para el caso era lo mismo.

¿Lograría por un momento instalarme en esa nueva dimensión desde donde sería posible ver, simultáneamente, todo cuanto ven los ojos de los habitantes de la Ciudad de México; los doscientos mil pares de ojos, tan abismados y confundidos como los míos?

La realidad —nuestra pavorosa realidad citadina de ese entonces— dejaría de ser sucesiva, se petrificaría en una visión absoluta en la que el "yo" desaparecería aniquilado. Pero esa aniquilación, ¡qué llamarada triunfal!, me lo decía, me lo repetía, lo escribía.

Me faltaba aún descubrir la poética escritura, de inspiración divina, de Santa Teresa de Ávila, para que esas pobres notas se medio encauzaran y mi propia vida diera un vuelco inesperado: el libro me lo hizo llegar una mujer a la que amé con locura.

Segunda parte

I

Patria, patria de lágrimas, mi patria.

Guillermo Prieto

Una de esas mañanas escuché el signo inequívoco de que un carruaje se había estacionado a las puertas de la casa. Tocaron la aldaba y la criada fue a abrir. Me pareció raro por la hora —me acababa de levantar y estaba en bata—, y aún más raro que quien me visitara a esas horas fuera la madre de la señorita Isabel Olaguíbel, también llamada Isabel. Llevaba un velo oscuro, lo que acentuaba el aire sombrío que la envolvía. Sin embargo, su perfume era dulce, insistente, un como perfume matinal. Le ofrecí una taza de chocolate, aceptó, y con voz temblorosa me narró lo sucedido con su hija.

—Desde que usted dejó de visitarla no sale de su cuarto y casi no come. Entiendo la pena y el disgusto de usted por haber cometido la grosería de derramar un poco de agua de jamaica en el mantel, conociendo lo quisquilloso que es mi marido, pero le aseguro que de inmediato fue usted disculpado y que, por nosotros, haga de cuenta que el hecho se borró de nuestra memoria y que en realidad no ha sucedido nada. Por lo menos, nada que amerite que usted se haya alejado de nuestra casa tan molesto y apenado.

Por lo visto, la situación era más grave de lo que en un principio intentó pintarme doña Isabel. Al negarse a

113

comer, al tiempo que le nacían unas fiebres y unos dolores muy raros por todo el cuerpo, varios médicos vieron a la señorita Isabel. Se le sometió a unas curaciones de árnica, se le untó el cuerpo con telas de contray, se le pusieron unos parches de cantárida para la fiebre, pero todo con muy poco resultado. Incluso, desarrolló un tal grado de hipersensibilidad que obligaba al médico en turno y al boticario a mantenerse a distancia por sus tufos de linimentos. Entonces, cuando ellos salían, había que asperjar la habitación con agua de colonia. Sólo entonces, parecía, Isabel volvía a respirar.

—Todo ha sido inútil. Ya ni siquiera quiere ver a los médicos y cada día come menos y durante horas no para de llorar. Una de nuestras criadas le habló de unas curanderas de por el rumbo de Peralvillo que hacen verdaderos milagros y, parece, está dispuesta a ir a verlas… siempre y cuando la acompañe usted.

—¿Yo?

—Usted. No irá si no es con usted, lo dice una y otra vez. En realidad, si me permite…

—Por favor, señora, diga usted lo que guste. No imagina cuánto me duele la situación que está viviendo su hija, y en la que mi absurda actitud, creo, ha jugado un papel definitivo e imperdonable.

—Ya no me hable de perdonarle algo, por favor. Lo del mantel manchado con agua de jamaica fue una tontería. Por eso está mi hija como está, porque usted insiste en que comete acciones supuestamente imperdonables.

—Pues entonces perdóneme por haberlo dicho —y sonreí.

—A partir de este momento, está usted perdonado por todo cuanto haga o cuanto diga. ¿De acuerdo?

—Como dice un amigo: el arrepentimiento transforma el pasado, así que puede usted hablar como si todo cuanto de penoso sucedió aquel domingo, en realidad no hubiera sucedido.

—No quería decírselo abiertamente pero lo que mi hija necesita, además de la atención médica a su extraña enfermedad, es verlo a usted. Sí, a usted, no ponga esa cara. No estaría aquí si no fuera porque… a veces, en la familia nos sentimos tan desesperados e impotentes… Yo misma…

Tomó todo el aire que, parecía, era capaz de absorber, se puso muy pálida, echó la cabeza hacia atrás como si se le hubiera desprendido del cuerpo, y cerró los ojos.

Mandé pedir un poco de alcanfor y la criada me ayudó a recostarla en el sofá. Le desabroché el primer botón de su traje de crespón negro.

Cuando le di a oler el alcanfor, abrió unos ojos nuevos, que no le conocía. La criada se marchó y nos dejó solos.

En aquel momento cometí el segundo error en mi incipiente relación con la familia Olaguíbel. El primero fue creer que me gustaba la señorita Isabel. El segundo, descubrir que quien realmente me gustaba era doña Isabel.

Sus ojos tenían un fulgor relampagueante, que me estremeció hasta el sonrojo al mirarme tan fijamente, apenas volviendo de su extraño mareo.

La mujer tendría alrededor de cuarenta y cinco años. Pero eso era lo de menos, porque lo que no podré olvidar de ella —lo que aún siento que me estremece ahora, tantos años después— al recordarla tendida en el sofá de la sala de mi casa, era un cierto aire de jovencita de otro siglo (¿cuál?), que se hubiera quedado dormida y despertara para mí, sólo para mí, con el primer botón de su vestido abierto. A punto de despertar del todo y regresar a su edad verdadera, pero desprendida —como de una falsa piel— del trabajo sigiloso de los últimos, largos e insustanciales años de su vida.

En lo que terminaba de despertar, aún alcancé a tomarle una mano entre las mías y a descubrir que había ahí, rodeando su cuello desnudo, en las venas palpitantes, viniendo desde el interior tibio del vestido, una como sombra donde le adiviné un deseo quizá muy antiguo, tal vez a punto de también marchitarse y, lo peor, quizá nunca revelado al mundo exterior.

—Abelardo —dijo al despertar del todo.

Mi nombre le nació con un timbre como no lo había oído antes, cargado de algo que iba más allá de la mera pronunciación de un nombre, por más que fuera mi propio nombre.

Ni siquiera me había dado cuenta de que tenía su mano entre las mías.

Si la mano de doña Isabel hubiera sido un ave, la hubiera ahogado.

Antes de ponerse de pie para marcharse, hizo un comentario que sentí más relacionado con el sentimiento amoroso que acabábamos (¿acabábamos?) de descubrir entre nosotros, que con el pasajero malestar que sufrió.

—Dios mío, qué pena con usted. Cuando no es por una cosa es por otra. ¿Por qué me sucede esto, por qué mi frágil corazón me delata y se encoge en los momentos donde más necesitaría tenerlo endurecido y protegido?

Iba a preguntarle más detalles sobre ese frágil corazón que la delataba, pero no me atreví.

En la puerta de la calle, al despedirnos, me pareció que aún le quedaban restos de la juventud revelada secretamente unos momentos antes, en los ojos revividos, entornados al decirme adiós. Una luz rabiosa en los ojos, desafiante, de la que seguramente se arrepentiría enseguida.

Hizo un último comentario, que ya llevaba implícito el arrepentimiento.

—Ayude a mi hija, por favor, Abelardo. Nada puede preocuparme y dolerme tanto como la situación en que está la pobrecita. Y créame, usted sabrá, en un momento dado, cómo ayudarla, cómo sólo usted puede ayudarla —subrayando la peligrosa palabra: "ayudarla".

—Estaré con ella mañana en la tarde, doña Isabel.

II

No queremos ver nuestras sagradas catedrales conver-
tidas en templos de esas sectas protestantes que escan-
dalizan al mundo con sus querellas religiosas; y en vez
del tricolor estandarte nacional, no queremos ver en
nuestras torres el aborrecido pabellón de las barras y
las estrellas.

Lucas Alamán

—¿Y si hubiera un orden secreto en las cosas, doctor Urruchúa? —me preguntaba recientemente Abelardo—. ¿Cómo incluirle entonces esta guerra absurda que estamos padeciendo? En lo cotidiano, en lo más simple y sencillo, sin embargo, es posible descubrir ese orden secreto, o por lo menos intuirlo. Inténtelo usted.

Lo intenté y, en efecto, me ha sucedido que el ruido de una puerta al cerrarse bruscamente en el hospital se superponga al rostro de un enfermo al que acabo de operar, con el recuerdo —que aparentemente no viene al caso— de una calle muy soleada en la que jugaba de niño. ¿Por qué las tres cosas simultáneamente? Sus posibles nexos —oído, visión y recuerdo, dados en un instante fulgural e irrepetible— me ofrecen una como unidad diferente, en esencia y significación; algo que con toda seguridad se despierta y se desarrolla ampliamente apenas uno se abre y lo promueve.

Por eso, apenas me pasaron su tarjeta de visita, supe que el enlace no era casual, tratándose además de quien se trataba.

Se llamaba Wolfgang Fichet y daba la impresión de ser un anciano prematuro, endeble, con la barba gris, muy rala, en forma de candado. Sus ojos, sin embargo, eran de un azul muy intenso. La frente amplia y la depresión de sus sienes delataban en él al fantaseador. Llevaba un sombrero de hongo y cargaba un misterioso maletín de cuero marrón.

Un médico, amigo mutuo, le había hablado de mi interés por el tema de la melancolía y por eso me visitaba. Tenía la intención de abrir en México una sucursal del mesmerismo. ¿Había oído hablar de Mesmer? ¿Lo veía yo factible en México? Por lo pronto lo iba a hacer en Curazao, a donde saldría en unos días más. ¿Por qué había venido a México?, le pregunté. Miró hacia los lados, el plumerito de pelos grises de su mentón tembló suavemente, y me contestó en voz baja. La mismísima esposa de Santa Anna le pagó el viaje desde París porque quería que revisara a su marido, por lo visto aquejado de graves problemas emocionales. No pudo hacerlo en esta ocasión —Santa Anna se negó rotundamente—, pero Fichet le ofreció a la señora esposa del Presidente que regresaría a intentarlo nuevamente apenas terminara la guerra con los Estados Unidos. Le pregunté si, de paso, podía ver a un amigo mío quien también padecía serios trastornos nerviosos y se negó rotundamente, con un gesto que no dejaba lugar a dudas. El viaje se lo pagó, y en forma por demás generosa, la señora doña Dolores para revisar a su marido, y se comprometió a no atender a nadie más, por ningún motivo. Ni siquiera podía dar a conocer demasiado su presencia en nuestro país. Lo que podía hacer, si me parecía, era dejarme algún material escrito sobre el método de curación de Mesmer, llamado "magnetismo animal". Le eché ahí mismo una ojeada. La clínica se encontraba, simbólicamente, en la misma plaza Vendôme de París, en donde Mesmer impartió sus primeras sesiones. Se conservaba la misma escenografía original: grandes espacios vacíos, luz tenue, espejos esmerilados por los rincones, balcones abiertos para que los cortinajes de terciopelo se agitaran como alas con el viento y dieran la impresión de levantar la casa en vuelo. Todo un escenario teatral. El discípulo de Mesmer hacía lo mismo que hacía su maestro: se aparecía ahí de pronto, con una túnica de seda color lila, que recordaba a la de Zoroastro, empuñando un largo bastón imantado con el que apuntaba a sus pacientes elegidos. Se detenía ante alguno, le preguntaba en voz baja por su mal, lo escuchaba con atención —"maestro, padezco un llanto ahogado y nocturno que no he sido capaz de revelarle antes a nadie"—, le pasaba el bastón por una zona específica del cuerpo al tiempo que lo miraba con perturbadora concentración, con una concentración que ya por sí sola, se aseguraba, empezaba a curar. No pasaba mucho tiempo sin que alguno de los pacientes comenzara a temblar, a sudar, a gemir, a agitarse con bruscas convulsiones, en ocasiones también a pegar de brincos, a bailar y a cantar en forma desaforada, principio de la famosa y redentora "crisis". Porque, según Mesmer, toda enfermedad de origen nervioso sigue la gráfica de la fiebre: debe llegar a un punto álgido, hay que obligarla a llegar a un punto álgido, sólo para después encontrar el camino del restablecimiento y la armonía mental y corporal.

Pensé: ¿y si trataba de convencer a Abelardo de que se marchara a Europa con sus padres para tomar ese tratamiento del "magnetismo animal"? Daño no iba a hacerle, conocería París, gritaría, cantaría y quizá bailaría, algo que lo ayudaría a desahogarse. Aquí cada día lo veo más pálido y desesperado. A veces, la pura mención de una nueva noticia, casi cualquier noticia, sobre la posible invasión norteamericana a la ciudad lo hace pasar de la lividez a una congestión preapoplética o del verde más sombrío a un amarillo verdaderamente mortecino.

El doctor Fichet también me habló de un sistema para dormir a los enfermos antes de operarlos, y así evitarles el dolor: el hipnotismo. ¿No lo conocía yo?, con una curva de asombro en las cejas. Lo descubrió el discípulo más fiel de Mesmer, el conde Maxime Puységur.

Tenía el maletín apretado contra el pecho. Había ido subiendo el tono de la voz y sus palabras eran cada vez más encendidas y convincentes.

Por puro amor al arte y a la ciencia, en sus vastas posesiones de Buzacy, el conde de Puységur se dedicaba a practicar el tratamiento magnético, de acuerdo a las prescripciones del maestro. Sus pacientes no eran marquesas histéricas sino soldados de caballería, campesinos y gente de los pueblos cercanos. En una ocasión, a un joven campesino que tenía un fuerte dolor de cabeza, lo magnetizó con la punta de su imán, pasándosela una y otra vez por la frente, pero en lugar de provocarle las esperadas convulsiones o por lo menos algún tipo de espasmo, el joven cayó en un extraño letargo, mientras permanecía inmóvil e impávido. Entonces el conde le ordenó que caminara hasta un árbol cercano, ¡y caminó hasta ahí, con los ojos cerrados y cual sonámbulo! Le ordenó que se recostara en la tierra, y obedeció. Que se pusiera de pie de nuevo, y lo mismo. Su sorpresa fue mayúscula cuando, sin despertar, respondió con absoluta coherencia a sus preguntas. Hizo con él una fugaz demostración en un teatro semivacío de París. Otros campesinos se ofrecieron a participar en el divertido experimento. El conde aprendió a elegir a los candidatos más sugestionables. Descubrió lo que hoy parecía obvio a los mesmerianos: con pasarles varias veces el imán por el rostro, o incluso las puras manos, pidiéndoles que lo miraran fijamente, provocaba el extraño sueño. El conde llegó incluso a practicar algunas órdenes posthipnóticas, que cumplían al pie de la letra apenas habían despertado. Luego, otros médicos habían perfeccionado el sistema para anestesiar a los enfermos que debían ser operados.

No podía dejar ir a Fichet sin que me hiciera una demostración inmediata del extraño y por lo visto revolucionario procedimiento anestésico. Le ofrecí discreción absoluta, lo llevé a una de las salas del hospital y lo planté ante un enfermo con un tumor en la mejilla del tamaño de una toronja. El pobre hombre tenía tan pocas posibilidades de sobrevivir a la operación que íbamos a practicarle, que nada perdía con arriesgarse al experimento. Invité a un par de colegas de toda mi confianza a presenciarlo y dispuse a un lado de la cama mi instrumental para operar en el momento indicado.

Los largos dedos de Fichet empezaron a recorrer el cuerpo del enfermo como si tocaran un piano invisible. Desde la coronilla, por sobre el rostro y el pecho, hasta el epigastrio. Los músculos de la cara deformada —con la hinchazón que produciría una gran postemilla en las encías— se le reblandecían en forma notoria. Sus ojos se volvieron de pronto dos canicas blancas; luego los cerró plácidamente. Un enfermero, sentado a su lado, le enjugaba el sudor de la frente a Fichet. Sesenta, ochenta, cien, ciento veinte pases más, como si el piano ampliara su teclado invisible con cada pase.

El cuerpo del enfermo se crispaba al contacto del fluido magnético.

Yo tenía el corazón encogido y un desasosiego enorme.

—A veces se necesita más de una hora para dormirlos del todo, y nunca se puede garantizar que lo estén al cien por ciento —explicó Fichet, enchuecando un poco más la boca—. Un par de enfermos se me han despertado a media operación, algo en verdad horrible.

Por lo pronto, el sistema no iba a funcionar en un hospital de urgencias como era el nuestro, deduje, decepcionado. Había operaciones que debíamos practicar a la entrada misma del hospital, en la primera plancha de cemento que encontráramos disponible.

El enfermo fue hundiéndose lentamente en la almohada, como si fuera de espuma. También le empezaron unos ronquiditos silbantes, muy acompasados.

Cerca de una hora después, Fichet estaba agotado, hizo sonar los nudillos, aplastándoselos, se enjugó el rostro con una toalla que le extendió el enfermero, fue a jalar un poco de aire a una ventana abierta, dio un par de largas fumadas a un cigarro que encendió con dedos temblorosos. Luego se sentó junto a la cama, tomó una de las manos del paciente y le buscó el pulso.

—Vea, hace un rato era de casi cien. Ahora es de setenta.

Levantó el brazo: la mano colgaba inerte. Pidió al enfermero que lo hiciera con el otro brazo, y lo mismo. Al soltarla, la manó cayó de golpe, como si le hubieran cortado el hilo que la sostenía.

—Listo. Puede usted empezar a operar.

Fui a explorar el tumor. Tenía sus raíces en el maxilar, de donde se había difundido hasta casi llenar la nariz, había aparecido ya en la órbita del ojo derecho, obstruía a medias la garganta. Le pedí al enfermero que, por si acaso, tuviera lista la sonda con la que podría penetrar, a través de las fosas nasales, hasta el oído interno y, de ser necesario, a las cavidades craneanas del occipucio. Describí a Fichet y a los colegas que me acompañaban, lo que haría, etapa por etapa.

—Comienzo estirando la piel —y estiré la piel y pasé la punta del bisturí por la mejilla—. Hago aquí una leve incisión. Corto los tejidos subyacentes. Diseco la mejilla hasta la nariz. De vez en cuando me interrumpo para ligar un vaso sanguíneo… ¿Está claro? ¿Qué hacemos si se despierta?

—¿Qué les da a sus pacientes para adormecerlos? —preguntó Fichet.

—Ron.

—Pues si se despierta, dele un largo trago de ron. ¿Qué otra cosa podemos hacer?

Fichet parecía más nervioso que yo y sólo de reojo se asomaba al rostro tumefacto, convertido en una sanguinolenta mazmorra de piel levantada, huesos salientes, dientes pelones y pelos revueltos. Las gasas se tragaban con avidez la sangre que recibían. De vez en cuando, el enfermero levantaba la cabeza del hombre para que tosiera y echara fuera, sobre una palangana, la sangre que se le había ido a la tráquea.

En un momento dado anuncié a voz en cuello:

—¡Vamos a acabar!

Introduje dos dedos como pinzas en la garganta y extraje la raíz del tumor, como un pequeño sapo verdoso a punto de saltar. En ese momento, el paciente se despertó con ojos desorbitados, levantó ligeramente la cabeza y la mordida que me pegó casi me arranca los dedos. Nunca olvidaré aquellos ojos muy negros, saltones, como dos bolas de goma, abiertos de pronto. Por suerte, se desmayó enseguida.

III

Llego aquí como salvador de un pueblo sojuzgado por corruptos partidos políticos y por militares ambiciosos y asesinos.

Manifiesto del general Winfield Scott al tomar la ciudad de Jalapa

En momentos de depresión —que eran cada vez más frecuentes— ciertas notas de los periódicos me incitaban, como una cosquilla vergonzante, a marcharme de esta insufrible ciudad. Aún era tiempo. ¿Por qué no? Podía, sin ningún problema, alcanzar a mis padres en Europa, ellos mismos me lo pedían por carta una y otra vez. Con tantas dudas sobre la crónica que pretendía escribir —demasiado hermética la llamó el doctor Urruchúa cuando leyó algunas páginas—, dentro del oscuro absurdo que nos rodeaba, sin el ánimo ni la habilidad para tomar un fusil, con los nervios cada vez más alterados y el horror a la pura presencia cercana de los norteamericanos, ¿a qué me quedaba?

Ah, querido doctor Urruchúa, usted sabía por qué me quedaba, ¿no es verdad? Aunque le fallara a la mera hora, aunque no estuviera con usted —y con quienes lo acompañaron— durante las batallas de Padierna, de Churubusco, de Molino del Rey, de Chapultepec, aun así usted sabía que no iba a marcharme de la ciudad, por más que le dijeran que mi casa estaba abandonada, y yo me había vuelto como de humo. Sólo usted lo sabía

127

y por eso cuando tuvimos el mismo sueño, la misma noche —por la fuerza de mis sueños, cabe pensar que yo se lo transmití, además de que se trataba de una pesadilla sobre el futuro de la ciudad—, usted me miró fijamente y se limitó a preguntarme: ¿ha pensado en dejarnos ahora que el fantasma se acerca? Y yo le respondí que no, no los iba a dejar a usted y a mis amigos, de ninguna manera. Aunque, se lo confieso, en el fondo de mi corazón ya buscaba algún pretexto para hacerlo y mi supuesto compromiso de quedarme era de lo más ambivalente, con usted y con todos.

—Porque si tiene que irse, por ejemplo a París en donde hay algunos médicos especializados en enfermedades nerviosas, que yo mismo quisiera conocer…

—Ni me lo sugiera, doctor.

—No lo descarte, amigo Abelardo. Logran curas milagrosas a través de un método que llaman "magnetismo animal". Usted no tendría más que dejarse conducir por la punta magnetizada de un bastón y permitir que broten de su interior los miedos, la furia y también los anhelos más escondidos que pueda tener. Hay gente que baila, que canta, que pega de gritos…

—En verdad doctor, ni lo sugiera. ¿Me imagina bailando, cantando y pegando de gritos, en el estado de depresión en que me encuentro?

—A lo mejor es lo que le hace falta.

También por eso, por tanto como usted me cuidaba en aquellos momentos difíciles, me pareció tan significativo que al referirse a sus propias debilidades, lo hiciera a través de una tercera persona para no lastimarme.

—No hace mucho… alguien me estuvo hablando de sí mismo con una sinceridad descarnada —dijo usted—. Alguien muy desesperado y que no ve en su vida más que un precario aplazamiento. ¿Aplazamiento de qué? Él mismo no lo sabe. A esa persona yo le doy una impresión de gran fuerza y salud, y supongo que por eso confía así en mí. Pero no quisiera que esa persona, en fin, se enterara de lo que voy a decirle, porque la suma de dos debilidades no ayuda a nadie y más bien puede generar una fuerza negativa atroz, que para qué —pensé que en cualquier momento su chillona vocecita soltaría un gallo—. Sabe usted, me parezco mucho a esa persona. Creo que he llegado a un límite parecido al suyo en donde las cosas más tangibles empiezan a perder sentido, a desdibujarse, a dejarme en las manos algo así como una especie de lluvia de polillas muertas. ¿Me comprende? Nada de nada.

Y aún insistió:

—A veces llega un momento en que uno se confronta a sí mismo, se da un frentazo en el espejo, no es posible ubicarlo con precisión pero se siente, se intuye. Y, lo peor, ni caso tiene hablar sobre algo que no podría ser dicho. Es como tratar de explicar el color azul o el morado, o lo que uno ve como azul o como morado, para qué.

¿Fue aquella noche en que habíamos llegado casi sin darnos cuenta a la plazuela de Santo Domingo y nos sentamos en una de las bancas que rodean el atrio? ¿O habíamos salido del hospital, a donde pasé a recogerlo y, como tantas veces, caminábamos por la calle del Espíritu Santo rumbo al Café del Progreso, con mi carruaje siguiéndonos de cerca por si llovía? Pero había llovido por la tarde y la noche estaba ya de lo más despejada, envuelta en una música que surgía de no sabíamos dónde, seguramente de alguno de los cafés con las puertas abiertas por los que pasábamos. ¿O sería de algún teatro porque, me parece recordar, más bien se trataba de un cuarteto de cuerdas, y no es el tipo de cosas que se tocaban, a esa hora, en los populosos cafés de la ciudad?

Usted ya nada dijo. El fervor con que acababa de hablar había sido suficiente para fijar lo que antes sólo parecía latente. Bajé la cabeza, como si no entendiera nada, como si no entendiera que no había entendido nada.

En tales momentos, una palabra de más puede resultar fatal, derrumbar todo lo construido con un chirrido como de caracol entre las llamas.

Arriba de nosotros, una nueva nota musical, tensa y continua, se iba cargando poco a poco de sentido, aceptaba una segunda nota, cedía a su apuntación hacia la melodía para ingresar, perdiéndose, en un acorde cada vez más rico, que nos guiaba en nuestro recorrido. Al cruzar una calle iba usted a tropezar y me bastó tomarle el brazo un momento para reconocer la energía empozada de sus músculos, la dureza insospechada de sus huesos. El cielo era un cristal transparente, detrás del cual había otro cristal, y luego otro más. Los planetas flotaban ahí como sobre un mar apacible.

—No, doctor, no me voy a marchar —le confirmé al final.

Y ya ve, durante cuántos días todos creyeron que de veras me había marchado.

IV

*México tendrá menos extensión, la mitad de su territo-
rio, es cierto, pero si salva su nacionalidad e independencia y se pone a trabajar en serio, con entrega y honradez,
quédanle todavía abundantísimos recursos, naturales y
humanos, para llegar a ser una de las primeras y más
importantes naciones del mundo.*

**El Eco del Comercio. Editorial
del 9 de mayo de 1848**

No puedo decirle a nadie que se quede, cómo podría
hacerlo, más bien le sugiero que, si puede, se marche
de la ciudad cuanto antes, como acabo de hacerlo con
Abelardo. ¿Para qué van a quedarse? A Leonor, una
sobrina muy religiosa, encaprichada en no dejar su casa,
que además tiene dos niños pequeños, le leí un pasaje de
la Biblia para, muy sutilmente según yo, sensibilizarla
sobre lo que podía sucedernos, lo que estaba a punto
de sucedernos.

Durante una reunión familiar, casi la obligué a
invitarme un chocolate a su casa, tenía que ser en su
propia casa, de preferencia sin marido ni hijos. Me preguntó con ojos de asombro qué iba a decirle o a preguntarle y le respondí la verdad: tan sólo quería leerle
un pasaje profético de la Biblia.

—Dime cuál y yo lo leo, tío. Juan y yo constantemente leemos juntos la Biblia. ¿Para qué te molestas?

—Necesito leértelo yo mismo —insistí.

La quiero mucho porque es la única hija de mi hermana —ya muerta— y sus hijos, tan pequeños, tan con el aire de familia, tan insoportablemente traviesos, me derriten el corazón de tan sólo imaginar lo que podría sucederles si se quedan cuando la ciudad sea invadida.

Leonor tiene unos bellos ojos de un castaño colindante con el dorado y la boca y la barbilla muy finas, pero le sienta mal engordar y heredó las ampulosas caderas de mi hermana, que columpia al caminar. Esa tarde llevaba un vestido verde de cambray con un cinturón azul. La cinta de seda en el pelo le llegaba a media espalda. Cada vez que la veía —y la veía poco porque su marido me resultaba total y absolutamente insufrible— me preguntaba por qué no tuve una mujer como ella, o como mi hermana, o como mi madre, o por lo menos como alguna de mis tías. ¿Por qué la vida me llevó a ese callejón sin salida en que no había más nada que mi trabajo rutinario en el hospital y una soledad que prefiero no confrontar? Confrontarla sería como mirarme al espejo al llegar por las noches a mi casa: no vería mi rostro sino un agujero negro, un embudo que se lo traga con un gorgoteo repugnante.

Leonor me llevó a un saloncito, junto al vestíbulo, llamado el "chocolatero". No perdía oportunidad de presumirme su nueva casa, la mesita central con manteles chinos, las mariposas clavadas en cajas de terciopelo, el reloj de porcelana de Sajonia en el antepecho de la chimenea, con unos músicos tocando violines y flautas y unas damas con jubones y faldas de anchos vuelos, una verdadera joya que era la delicia de los niños; los escudos de la familia de Juan labrados en los altos muros (algo que me confirmó la antipatía que sentía por él). A pesar de la situación política que se vivía en esos momentos en la ciudad —y de la que ella no entendía una papa—, el negocio de telas de Juan iba de maravilla y ya había abierto una nueva sucursal en la calle de la Misericordia.

—La gente sigue comprando telas, tío, eso quiere decir que el país no anda tan mal —dijo, descubriendo una cestilla de pan, colmada de esponjosas conchas que asomaban entre los picos artísticamente doblados de la servilleta almidonada.

Al terminar las dos tazas del espeso chocolate y algunas de las conchas untadas con nata —que me cayeron pesadísimas al estómago— le dije muy sucintamente lo que pensaba de la guerra que sosteníamos contra los Estados Unidos, la alta posibilidad de que la ciudad fuera invadida por los norteamericanos, por lo cual creía que debía marcharse con su familia cuanto antes porque —la voz se me quebró— esta ciudad se iba a llenar de muertos.

—Ay, tío, tú ves muertos por todas partes por tanta gente que se te muere en el hospital.

Preferí ir directamente a la lectura de la Biblia que, ella misma lo reconocía, era nuestra mejor guía, y que por favor leyera el pasaje a Juan esa misma noche. Creo que logré mi propósito y al final parecía francamente asustada y hasta demasiado pálida.

Cuando veáis Jerusalén rodeada de ejércitos, entenderéis que su fin está próximo. Repito: ¡cuando veáis a Jerusalén rodeada de ejércitos! Cuando veáis la desolación de que habló el profeta Daniel establecida en el lugar santo. Entonces, los que estén en Judea huyan a los montes y los que estén en las ciudades salgan de ellas cuanto antes, y los que estén en los campos no entren en ninguna ciudad. El que se encuentre en el jardín no regrese a llevarse las cosas que hay en su casa, y el que esté en el campo no vuelva la vista atrás. ¡Ay de las mujeres preñadas y de los lactantes en aquellos días! Y pedid que vuestra fuga no vaya a ocurrir en invierno ni en día sábado, porque entonces habrá una aflicción como no la hubo jamás desde el principio del mundo.

V

*En esta guerra, la bandera del honor y de la justicia
será la de México, y la norteamericana, me avergüenza
decirlo, será la bandera del deshonor y de la esclavitud.*

John Quincy Adams

Me ha ocurrido con frecuencia cumplir ciclos dentro
de los cuales lo realmente significativo giraba en torno
a un como agujero central que era, paradójicamente, el
periódico por leer o la página por escribir. En aquellos
años turbulentos la saturación llegó a tal punto que lo
único aconsejable era reconocer sin discusión el enlace
de una cosa con otra sin pedir mayores explicaciones y,
claro, incluir la lluvia de meteoritos que con toda pro-
babilidad vería al salir a la calle. Así, una mañana salté
—y ese salto es el que me intrigaba— de la lectura de los
Evangelios a una nota en el *Monitor* que hablaba de un
sacerdote, exiliado español, ¡quien se declaraba furibundo antinorteamericano y había organizado una guerra de
guerrillas contra las fuerzas de Scott!

Me tallé los ojos, salí a dar una vuelta al jardín, releí
la nota y, en efecto, constaté que tal personaje existía.

La parte central era un comunicado del general
Rebolledo desde Veracruz, dirigido al Ministerio de
Guerra y Marina:

> *Tengo el honor de comunicarles los perjuicios cau-
> sados hasta el momento a nuestros enemigos por
> las guerrillas del sacerdote español, exiliado entre*

nosotros, Celedonio Domeco de Jarauta, para que
puedan ustedes elevarlo al conocimiento del Supre-
mo Gobierno:
75 hombres muertos.
86 caballos y mulas aparejadas y de tiros.
También fueron sustraídos:
28 barriles de vino y aguardiente.
23 bultos de diversas mercancías.
14 cajas de parque.

Me es satisfactorio trasladarles dicha noticia, agre-
gando que las guerrillas tienen por acá un aumento
notable, calculándose que las que operan de Perote a
Veracruz reúnen a más de trescientos hombres, por cuya
razón se le hace más difícil la comunicación al enemigo,
habiéndose cortado igualmente el tráfico de la diligencia,
que estuvo corriendo por aquí por algunos días.

Ruego a ustedes se sirvan poner lo anterior en co-
nocimiento del Presidente de la República, aceptando a
la vez mis consideraciones y distinguido aprecio.

¿Quién podía ser ese sacerdote español, exiliado entre nosotros que, seguramente desde su fe cristiana,
montaba esa guerra de guerrillas tan eficaz contra los
norteamericanos?

Esa —y no la Iglesia hipócrita, involucrada con los
polkos, con los emisarios norteamericanos o con nuestros políticos corruptos— es la Iglesia que en mí también,
alentaba la fe en Cristo, en la justicia y en la libertad.

Recordé con entusiasmo algunos nombres que lucharon en las tropas insurgentes, empezando por Hidalgo, cura de Dolores; Morelos y Pavón, cura de Carácuaro;

Mariano Matamoros, cura de Jantetelco; Sixto Berdusco, cura de Tusantla; Eugenio Bravo, cura de Tamazula; Marcos Castellanos, cura de Palma; José Manuel Correa, cura de Nopala; Ignacio Couto, cura de San Martín Texmelucan; Miguel Gómez, cura de Petatlán; Joaquín Gutiérrez, cura de Huayacocotla; José Manuel Herrera, cura de Huamuxtitlán; Antonio Macías, cura de La Piedad; José María Mercado, cura de Ahualulco; Moctezuma Pérez, cura de Zongolica, y muchos otros más.

Tengo registrados en veintiséis el total de párrocos. Además, veintiocho presbíteros.

De entre los religiosos, se enrolaron en las filas de los insurgentes: un agustino, dos carmelitas, cuatro dominicos, once franciscanos, un hipólito y seis juaninos.

Qué admirable gente: luchar no sólo contra un enemigo concreto sino, sobre todo, contra la tenebrosa sombra de la reaccionaria institución eclesiástica que se cernía sobre ellos. Tal como sucedió durante la Santa Inquisición.

Cuánta curiosidad se me despertó por conocer al tal padre Jarauta, jesuita además, pensando en las palabras que acababa de escribir Carlos María de Bustamante:

Notorio es que las guerrillas son las que han puesto una verdadera, única y tenaz resistencia al enemigo norteamericano, atacando y disminuyendo sus fuerzas y cercenando sus convoyes; pero no nos hagamos ilusiones, las guerrillas no pueden generalizarse porque nuestros soldados no tienen el espíritu requerido, y tampoco podrían organizarse con los jovencitos relamidos de las capitales y ya corrompidos en sus garitos. Las guerrillas necesitan hombres sin una gota de duda en sus decisiones, con una fe religiosa inquebrantable, tanto como la tuvieron los cruzados o los caballeros andantes o, en otro sentido, como la puede tener un hombre que es capaz de presentar el cuerpo ante un toro bravo.

Interrumpí mi trabajo —la cantidad de fichas que estaba reuniendo empezaba a atosigarme y a confundirme aún más— y esa misma tarde fui a visitar a la señorita Isabel a su casa del centro de la ciudad, tal como había quedado con su madre.

Ya al tocar la manija dorada, con fauces de león, sentí que el corazón se me salía del pecho. ¿Cómo podía evitar, ya ahí, recordar vivamente los encendidos ojos de su madre?

Me abrió un criado muy serio y amanerado, con guantes blancos, quien dijo, tenía instrucciones precisas de llevarme directamente hasta la recámara misma de la señorita.

—¿A la recámara?

—Sí, señor, a la recámara. Esa fue la instrucción que se me dio.

Cruzamos un patio sombreado por cuatro naranjos. En el corredor había macetas y jaulas con pájaros.

Los nervios me obligaban a pasarme la mano por el pelo una y otra vez, en un largo y trabajoso recorrido hasta la nuca.

Pasamos por un amplio salón con cortinas de brocado, muebles de madera y mimbres opacos. En el descanso de la escalera que daba a las recámaras había un gran lienzo de la Crucifixión.

—Es por aquí, señor —decía el criado en voz muy baja, ceremonioso, como si él tampoco pudiera creer a dónde me llevaba.

Isabel estaba recostada en un *chaise-longue* de seda color miel, con la cabeza muy erguida, peinada con tirabuzones, entre una nube de cojines esponjosos, un libro displicentemente abierto en las manos y un mantón con flecos y flores de colores en las piernas. En su cara, consumida por el encierro y el sufrimiento, un par de ojos enormes, muy oscuros, abrillantados por la fiebre, eran el único signo de belleza real; de alguna manera, una belleza atormentada y misteriosa.

—Abelardo —dijo apenas me vio, alargándome una mano muy blanca y lánguida.

Su cuello era apenas visible, envuelto en encajes azules, y de golpe me pareció demasiado maquillada, maquillada hasta la caricatura, como si llevara una máscara de polvo, impresión a la que quizá contribuían las cortinas de terciopelo corridas y la luz temblorosa de los candelabros. Por lo demás, resultaba inaudito estar ahí, en su recámara, yo solo con ella. En todo, hasta en el decorado y en los recargados polvos de las mejillas de Isabel, intuía la cuidadosa y detallista mano de la madre. Ah, mi adorada señora doña Isabel. La imaginé recostando a su hija en el *chaise-longue*, peinándola, empolvándola, poniéndole el libro entre las manos con un falso desdén.

De reojo miré la cama con dosel, la colcha blanca de piquet. En el tocador de mármol había frascos de colores y una jarra de porcelana con nomeolvides pintados, la cómoda era monumental y el ropero, en una esquina, tenía cuatro puertas de grandes lunas. Junto a la ventana había un reloj octogonal de números romanos.

—Isabel querida, cómo pude… —le dije sentándome en una silla frente a ella y besándole largamente su mano.

Sonrió por toda respuesta y tocó una campanilla. Nos llevaron té y una bandeja con dulces envueltos y enseguida nos dejaron solos. Entonces se me quedó mirando fijamente, le nacieron dos llamitas en los ojos, y dijo sin una fisura de duda en la voz:

—Te amo.

—Yo también te amo, Isabel.

Pero ella continuó como si no me hubiera escuchado, aún más enfática.

—… y estoy dispuesta a demostrártelo en el momento que sea y en donde sea.

Debió notar mi alteración porque regresó a su sonrisa apenas insinuada, entornando aún más los ojos. Luego dejó los labios redondeados y parpadeó continuamente. Le pregunté cómo se sentía y me lo contó todo con una sinceridad desarmante.

El problema era su padre, al que no soportaba. A mí me amaba, a él lo odiaba. Después de aquel domingo en que me levanté de la mesa —por Dios, todos se dieron cuenta del verdadero motivo de mi enojo: las ideas proyanquis de su padre—, Isabel enloqueció y le dijo lo que nunca se había atrevido a decirle: mal padre, odioso, arbitrario, vendepatrias y, lo peor, se refirió abiertamente a la amante que tenía escondida en una casa de Mixcoac. Todos en la familia lo sabían, por lo demás. Su padre le dio una cachetada, la madre sufrió un desmayo, los hermanos y el tío recién llegado de Querétaro las llevaron a sus respectivas recámaras.

—Por lo pronto, supongo, si tu padre me encuentra aquí me mata, por lo menos —dije mirando hacia la puerta.

—No te preocupes. Está de viaje. Mi madre lo previó todo.

—¿Y ella… está?

—Tampoco. Quiso que nos quedáramos totalmente solos en la casa. Hasta los sirvientes tienen órdenes estrictas de no molestarnos si no los llamamos.

Tragué gordo, sin mirarla a los ojos, y le pregunté qué había sucedido después. Recordé al doctor Urruchúa: "Es usted un niño, amigo Abelardo, y lo único que no soporta es que lo confronten con su infantilismo".

Isabel a cada momento me hablaba con mayor sinceridad, lo que no dejaba de ser preocupante en aquellas circunstancias.

Durante días se negó a recibir ningún alimento. Enflacó hasta casi volverse transparente. Aún más transparente de lo que ahora la veía. La visitaron los mejores y más caros médicos de la ciudad, pero ella los rechazó sistemáticamente. Y cada vez que se contemplaba en el espejo de su armario, sus ojos vidriaban de una maligna alegría. Lo culpable que iba a sentirse su padre si algo grave le sucedía.

Luego, qué frustración, supo que él, poco dado a melindres de mujeres, apenas si se enteró de lo sucedido y casi no estaba en la casa. El coraje la obligó a redoblar su protesta. Su madre —que no paraba de llorar— tuvo que rendirse, darle la razón, proponerle una fuga conjunta, irse a vivir las dos solas a la casona de Tlalpan, la gente qué podía decir, iba a suponer que se trataba de una medida precautoria ante la inminente invasión yanqui. Pobrecita de su madre, le preparaba y le servía ella misma la comida. Primero Isabel la esquivaba, terca en su voluntad de dejarse consumir, pero terminó por ceder, pudo más el cariño que su calculada y auto-destructiva venganza. El problema fue que, en efecto, quedó muy alterada de sus nervios y con unas fiebres que no terminaban de quitársele, aunque gracias a Dios le habían disminuido. Una de las criadas le habló de una curandera milagrosa en las afueras de la ciudad, por Pe-ralvillo, y a su madre se le ocurrió la (brillante) idea de ir a pedirme, a rogarme que la acompañara. ¿Quién más podía hacerlo si se trataba de un lugar tan peligroso, imposible confiarse en los chismosos de sus hermanos o en algún criado, por mucha confianza que le tuvieran? Porque ahora estaba decidida a recuperar la salud y a no darle más problemas a su madre, para lo cual debía evitar nuevas confrontaciones con el padre, qué remedio.

Me tomé una nueva cocada —llevaba tres—y con una mueca que no llegó a cuajar en sonrisa le dije que la acompañaría a donde quisiera y cuando quisiera.

—Mi madre decidió ir a buscarte, a pesar de que le conté de la carta que te mandé y no me habías con-testado, lo que entendí enseguida, no tienes para qué disculparte, por favor. Pero dijo que ella estaba segura de convencerte porque sabía cuánto me querías.

—Tu madre es una mujer muy intuitiva y sabe cuando dos personas se aman, de eso no tengo duda.

—Sin embargo, antes de aceptar que mi madre fuera a buscarte, algo muy especial se cruzó en mi camino.

No podía ser otro hombre, supuse, puesto que no había salido de su cuarto. ¿Entonces? Mi sorpresa fue mayúscula cuando me dijo lo ocurrido.

—Estaba decidida a meterme de monja.

—¿Tú, de monja?

—Mira lo que estoy leyendo —y me alargó el libro.

Era un viejo libro empastado en piel: *Su vida* de Santa Teresa de Ávila. Descubrí en las primeras páginas una frase subrayada, que nunca más olvidé: "Más dolor causan las plegarias atendidas que las no atendidas".

Relacionada con la de San Marcos resultaba estremecedora: "Por tanto, os aseguro que todas cuantas cosas pidiereis en la oración, tened fe de conseguirlas... y se os concederán..."

Yo no había leído a Santa Teresa, pero bastó esa sola frase suya para que se diera, de golpe, ese mimetismo, ese nexo misterioso y progresivo entre un autor y su posible lector.

¿Habría también la madre incluido el libro de Santa Teresa, el subrayado y la intención de su hija de meterse de monja, en el montaje teatral que me preparó? Cada vez admiraba más su calculadora inteligencia y mayor era mi necesidad de verla —¿y si aquel relámpago de juventud que manifestó al despertar de su mareo en mi casa no hubiera sido tan fugaz como supuse?

Escuché todas y cada una de las palabras de Isabel como si en realidad se trataran de un lenguaje secreto, por descifrar.

Entre morir consumida de odio contra su padre, a hacerlo dentro del más alto y puro amor a Dios, ¿cuál era preferible?

En algún momento, Isabel supo que la Virgen estaba con ella, rezaba fervorosamente y sentía sobre su cabeza las caricias de una mano invisible. Pero, por desgracia, al poco tiempo le sobrevenía un ataque nervioso, le subía la fiebre, las imágenes místicas se alejaban, sentía la congoja de la soledad, la incomunicación con su familia, el abandono del mundo, sordo y mudo, y entonces fue cuando recurrió al padre Luis, un sacerdote amigo de la familia que le había impartido la Primera Comunión. Al creer que iba a morir, hizo con él una confesión total, como nunca había supuesto que pudiera hacerla con nadie. El padre le sugirió un convento y ella respondió con un "sí" rotundo.

—Pero…

—¿Pero? —le pregunté desesperado. Me bebía sus palabras como el más embriagante de los vinos. Supuse que en realidad se las dictaba la otra Isabel —¿por qué descartarlo?— quien se encontraba escondida entre los pliegues de las cortinas de terciopelo, dictándole a su hija las palabras como el apuntador a un actor de teatro.

—Pero casualmente escuché una conversación del padre Luis con mi madre.

—Ah.

—Me sentía mucho mejor y había bajado por un vaso de agua a la cocina, cuando oí la voz del padre Luis en el comedor.

—¿Recuerdas, con el mayor detalle posible, lo que él decía y lo que tu madre le respondió?

—Perfectamente.

—Cuéntamelo todo.

—Dijo el padre: "Mi estimada doña Isabel, su hija Isabelita, bajo la influencia de Santa Teresa ha decidido meterse de monja". Oí un grito como de terror de mi madre. El padre continuó. "¿Quién fue Santa Teresa sino la mujer más realizada de su época, poetisa, fundadora de conventos, una verdadera intelectual?" Mi madre dijo: "No me venga con cuentos, padre. La mayoría de las monjas no pasan de ser pobres mujeres vulgares, hipócritas y mustias. La vida de una monja, por caer en la rutina y en la hipocresía, puede ser la peor posible a los ojos de Dios". El padre: "Calma, señora. ¿Por qué no, dados su talento y vocación, suponer que Isabelita está más cerca de la alta realización espiritual de una Santa Teresa? ¡Qué mundos tan plenos, qué Universo de soles resplandecientes dio aquella vida de claustro y renuncia!". Y mi madre, en un tono medio burlón: "¿Y entonces qué aconseja usted hacer con mi pobre hija para conducirla por ese camino excepcional?" Y el padre, ya encarrerado en su discurso: "Es necesario que, por lo pronto, Isabelita frecuente las fiestas del culto; que oiga más sermones, más misas, que asista a las novenas, que se integre a las cofradías como socia activa, que visite los sanatorios de la ciudad y cuide voluntariamente a los enfermos". Mi madre: "¿Y si se niega, conociéndola como la conozco?" El padre: "Al principio, es verdad, tales ocupaciones pueden parecerle farragosas, prosaicas, desviadas del camino que conduce a la contemplación y al éxtasis. Pero poco a poco, tomando gusto a tan humildes menesteres, y gracias a oraciones frecuentes y piadosas, reconocerá el camino correcto". Y como mi madre no preguntara nada (seguramente estaba atónita) entonces se descaró el padre Luis: "Verá usted, amiga mía, cómo tiene la Iglesia Católica una sagacidad muy especial para introducirnos en el camino hacia Dios. Verá cómo Isabelita reconoce la sabiduría de nuestros santos padres, de tantos ritos religiosos que instauraron, de ceremonias y pompas de culto que ahora, pobrecita, pueden antojársele insignificantes, frívolos. Pero cuando voltee hacia atrás ya no tendrá regreso porque las santas celdas del claustro se habrán cerrado a sus espaldas. Entonces apreciará lo que antes despreciaba y le parecerá una locura el mundo que dejó afuera, el rencor contra su propio padre, las frustraciones con el novio, la envidia a los hermanos. Regresará, con mayor fervor, a la obra de Santa Teresa, leyéndola con mucho más calma y concentración para no desesperar. Porque en un inicio puede ser un gran peligro el desaliento que produce la comparación entre la propia vida y la de esa santa. Pobre de usted si desmaya porque descubre que para ella son pecados actos que usted creía intrascendentes y banales. Y al contrario, que le damos demasiada importancia a lo que no la tiene. Puede volverse una dolorosa prueba creerse santo antes de serlo, se lo digo por experiencia propia. Por eso, hay que seguir leyendo y releyendo el libro de Santa Teresa sin ninguna meta ni ambición. Él, por sí solo, obrará el milagro, estoy seguro…"

—¿Y tu madre, qué respondió a todo eso tu madre?

—Ya no dijo nada. Sólo la oí despedir al padre en la puerta y luego subió a decirme que siguiera leyendo el libro de Santa Teresa sin ninguna meta ni ambición, que lo terminara a la brevedad para luego leerlo ella.

—¿Y lo hiciste?

—Sí, y ahora estoy volviéndolo a leer.

—¿Y tu madre, lo leyó entretanto?

—Claro. Todos estos subrayados son de ella, y ella fue la que me aconsejó que lo volviera a leer.

Apenas salí de casa de Isabel, corrí a buscar el libro de Santa Teresa. Quién iba a decirlo: por primera vez en meses, la autobiografía de una santa suplía la lectura obsesiva de los periódicos del día. (Luego me enteré: *En Puebla la población pide armas a gritos para defender su ciudad, pero no las tiene el gobierno del estado. Tampoco se las puede proporcionar Santa Anna, quien al fin resuelve el abandono de la ciudad —de nuevo, el abandono de una ciudad que va a ser atacada—, para dizque irse a proteger la capital de la República, en donde todo le es hostil, por lo que determina presentar su renuncia como Presidente y como Comandante en Jefe del Ejército. Renuncia que, como en tantas otras ocasiones, cabe pensar que será tan sólo temporal, una pura pantomima.*)

Leí de corrido el libro de Santa Teresa, hasta que la luz de las velas se consumió y comprobé que ya era de día.

Lo leía como si doña Isabel lo estuviera leyendo conmigo, con la sensación de que participábamos del mismo éxtasis los tres: ella, la santa, y yo. Por ejemplo este pasaje revelador:

Aquí, en esto que siente el alma, no hay remedio de resistir, ni de prevenir con el pensamiento. Viene una

147

como luz en el cielo y un ímpetu tan acelerado y fuerte que sentís levantaros por esta nube como levantaría ella de la tierra los vapores, o como os levantaría esa águila caudalosa al cogeros entre sus alas. Os dejáis llevar sin saber a dónde. Y aunque es con deleite el abandono, la flaqueza de nuestra naturaleza nos hace temer faltar a nuestros principios. Por eso es menester un alma animosa, mucho más que por lo que queda dicho, por arriesgarlo todo en todo, venga lo que viniere para dejarse en manos de Dios, e ir a donde nos lleve de buen grado, pues una vez entregada el alma os llevará a donde le plazca aunque os pese.

Lo leí con una emoción que me ponía el corazón a latir como un bombo. ¿Una luz en el cielo precedía a las levitaciones de Santa Teresa? Por suerte, yo me sentía total y absolutamente alejado de la santidad, así que no supuse ningún peligro en que pudiera yo mismo levitar. Sólo eso me faltaba. Ni el doctor Urruchúa lo iba a creer y era posible que lo tomara como una broma. O que de plano me mandara internar a un manicomio donde, aseguraba, sufriría yo menos de lo que sufría entonces.

Las siguientes líneas las subrayé.

Algunas veces quería yo resistir y ponía todas mis fuerzas en hacerlo, como si peleara con un jayán fuerte, y quedaba con un gran quebrantamiento. Otras, era imposible, sino que se llevaba mi alma y mi cuerpo con Él, hasta levantarlo del suelo. Esto ha sido pocas veces por mi resistencia, y porque una vez fuese a donde estábamos juntas las monjas en el coro, yendo a comulgar y estando de rodillas. Dábame grandísima pena porque me parecía cosa muy extraordinaria, de la que se hablaría después mucho. Y así mandé a las monjas (porque ahora tengo oficio de priora) no lo dijesen. Mas otras veces, como comenzaba a ver que iba a hacer el Señor lo mismo y estaba en la fiesta de la vocación, tendíame en el suelo y aún así se echaba de ver cómo se elevaba mi cuerpo. Supliqué mucho al Señor que no quisiese ya darme más esas dulces mercedes que tenían muestra exterior porque yo estaba cansada de andar en tantas bocas. Pero era así, que aunque quisiera resistir, desde debajo de los pies me levantaban fuerzas tan grandes que no hay con qué compararlas. Y yo quedaba hecha pedazos por mi pelea de resistir. Y en fin poco provecho se saca de resistir cuando el Señor quiere, que no hay poder contra su poder.

Abrí la ventana para contemplar el amanecer. El sol parecía a punto de dar un salto sobre la sombra inmensa. ¿Quién dijo aquello de que si no hay alguien velando se corre el riesgo de que el sol no nazca? ¿Y si de veras un día el sol no sale, se rebela a salir? Por eso alguien tiene que estar despierto para decirle: vamos, decídete, aunque sólo sea una vez más, sólo por hoy, sal de una buena vez. Ese sol del que, dicen, en una ocasión enfermó en Egipto quedándose ciego y hubo que mandarle un dios a curarlo.

Unos instantes después había ya tomado la forma de una oronda naranja.

En esos momentos, a esas horas, no era difícil ver a la gente que empezaba a transitar por las calles como figuras de una representación a escala, moviéndose en una ciudad reducida a las proporciones de un pequeño teatro infantil, entrando y saliendo de casas y establecimientos que en realidad tenían fachadas de cartón, iluminadas desde atrás del escenario por una vela.

¿Era esta ciudad, la Ciudad de México, donde alguna vez sus habitantes quisimos construir una Ciudadela de Dios, una isla de caridad y de trabajo?

¡Oh interminable noche de la patria amenazada, pozo ciego y borboteante!

Por lo demás, en un momento de tibia vanidad, durante aquel amanecer en que terminé de leer el libro de Santa Teresa, contrastado por la oscuridad de la tragedia que se avecinaba, me creí omnímodo, vidente, llamado a las revelaciones, y me ganó la oscura certidumbre de que existía un punto central desde donde cada elemento discordante podía llegar a ser visto como un rayo de la rueda. ¿Por qué no?

¿En algún lugar de esta desastrada ciudad se escondería esa fuerza misteriosa que elevaba del suelo a Santa Teresa?

¿Y si nuestra ciudad entera levitara, se atreverían a invadirla los yanquis?

El sol, me parecía, había interrumpido su ilusorio movimiento orbital, y desde hacía un buen rato se reducía a condecorar el borde superior de los álamos del jardín.

Nunca, como aquella mañana, había sentido un atolondramiento tal del corazón, interrumpido de pronto por unas desconcertantes pausas en las que, parecía, dejaría de latir del todo.

Pensé que si se ponía en duda la validez de un testimonio como el de Santa Teresa sobre *el otro* mundo y la fuerza misteriosa que la animaba —¡y que la obligaba a levitar!— lo que habría que declarar inexistente era el testimonio humano en general. ¿Qué sería entonces de la historia, de la historia que ese mismo día de 1847, estábamos viviendo? ¿Podría creernos alguien algo en el futuro? Y nuestro punto de vista, el punto de vista de cada crónica que se escribiera, ¿determinaría *lo que ahí sucediera*? Las cosas cambian si se las mira fijamente. Dos más dos son cuatro, más el que hace la suma.

Porque aunque sólo nos llegara apenas un fulgor visible de ese *otro* mundo del que habla Santa Teresa, y le diéramos crédito, qué transformación en una humanidad habituada, diga ella lo que diga, a no aceptar como existente sino lo que ve y lo que toca. Basta observar cómo los hombres se entregan al placer, a la ambición y a la guerra. No lo harían, o al menos no lo harían hasta ese punto, si no vieran en el placer, en la ambición y en la guerra un asidero contra la Nada. En verdad, si el hombre estuviera seguro, absolutamente seguro de sobrevivir, ya no podría pensar en otra cosa. Subsistirían quizá los placeres y las guerras, pero empañadas y descoloridas, ya que su intensidad es proporcional a la atención y la energía que ponemos en ellos. Palidecerían como la luz de una vela ante el sol de la mañana. Las guerras y los placeres serían eclipsados por la alegría.

¿Sabía ella, mi adorada doña Isabel, lo que provocaba en mí la lectura del libro que a través de tantos vericuetos me hizo llegar?

¿Y si además de la atracción física —que, cabía suponer, ella también sentía— mi relación con doña Isabel venía también de alguna *otra parte* y quizá de una vida anterior compartida? Un par de sueños me lo confirmaron.

VI

Cuando salgo a la calle, por las mañanas, siempre me hago la misma pregunta: ¿cómo es posible que esta ciudad siga en pie?

Carlos María de Bustamante

¿Debería renunciar a esas controvertidas reuniones en el Café del Progreso, en que mis opiniones seguramente dan la impresión de falsa indiferencia o, lo que es peor, de frivolidad?

¿Por qué no dice de una buena vez lo que piensa de la situación que estamos viviendo, doctor Urruchúa? —me dicen—. ¿Por qué tan reservado a últimas fechas?

Me temo que, si lo dijera, no tardaría en haber una confrontación con algunos de esos amigos, por ejemplo con el tal Gamboa. ¿Qué puede entender un aristócrata que vive como si la Revolución Francesa no hubiera tenido lugar, que considera el idealismo una palabra "difusa"?

No puedo ni debo hacerlo —podría hablarlo con Abelardo, con quien tengo una verdadera comunicación, pero el pobre anda demasiado preocupado con sus sueños y visiones y, por lo que he leído, con una supuesta crónica, de lo más hermética, como para escucharme—, porque quizá mis argumentos les parecerían demasiado sencillos y directos: para mí la guerra con los Estados Unidos es un puro supuesto, no existe como tal.

Para que haya una guerra tiene que haber dos que quieran pelear. Aquí sólo uno quiere —la indignación del pueblo y de algunos generales y soldados excepcionales es otra cosa—, mejor dicho, al comprobar que es tan relativa la oposición que se le presenta, el yanqui se limita a arrasar los pueblos por los que pasa y toma de ellos lo que le viene en gana. Hasta que le venga en gana tomar el país entero, y también se lo daremos.

La historia mexicana puede representarse por el ensanchamiento paulatino de un círculo: el de los propietarios de la riqueza. De los conquistadores a los frailes, a los encomenderos, a nosotros los criollos. Parece entonces imposible que la riqueza se derrame hasta las masas ínfimas de la población. Grandes intereses se oponen al desarrollo de ese proceso. Así, cada nuevo ensanchamiento del círculo se ha logrado a costa de ahogar al país en ríos de sangre, de convertirlo en fácil presa de rapiñas extranjeras, de arrojarlo al caos; terreno propicio para la aparición de falsos redentores y de caudillos venales, y para que la gente "decente" se haga de una fortuna y la conserve con el apoyo de la violencia represiva o la llamada chicana legal.

¿Qué es entonces México hoy para los mexicanos sino un laberinto, un vago fantasma, un monstruo sin rostro?

Por eso los norteamericanos descubrieron pronto, como quien descubre filones de oro en una roca, que nuestros grupos políticos hacían la simulación de pelear contra ellos, cuando en realidad sólo se peleaban entre sí. Además, con la esperanza de ganarse su simpatía y sus favores. Vaya mascarada. La víctima, como siempre sucede, ha sido el pueblo —en el que incluyo a los soldados, la mayoría enganchados por la fuerza—, que ha pagado con su sangre esa falta de patriotismo. ¿Puede concebirse peor tragedia? Pobre gente que es capaz de dar su vida —como sucedió en Veracruz y Puebla— por una simple mentira, llamada nación mexicana, inexistente fuera de los ampulosos discursos, los sellos oficiales, y del territorio que depredan propios y extraños.

Así de dolorosa y confusa veo hoy nuestra realidad política. Tan confusa, que recuerdo cuando mi madre me pedía que desenredara un ovillo de estambre. Todo iba perfectamente al principio, parecía que estaba perdiendo el tiempo porque el hilo salía sin tropiezos, era increíble que de esa masa glutinosa y bofa pudiera nacer un hilillo tan largo y limpio, que subía y corría por el aire a mi mano sin dificultad. Ah, pero el mal (éste sí con minúscula) aguardaba por ahí escondido para implantar la desarmonía y el caos. Los dedos —y yo diría que casi todo el cuerpo— sentían de pronto "sonar" la fatal ruptura, algo que se resistía y se tensaba. El hilo, que antes volaba puro y libre hacia mí, envuelto en su aura de pelusa, se había enredado: ¡un nudo cerraba su salida!

Mi madre me miraba con una sonrisa maliciosa, que aún ahora reaparece en mí cada vez que enfrento un problema en mi profesión o trato de entender la situación por la que atraviesa mi país.

—A ver, desenrédalo.

VII

Yo, por mi parte, aseguro a V.E. que preferiría mil
veces morir antes que ver a mi patria humillada por
una raza hipócrita y avarienta, como es la vuestra,
que pregonando la libertad no hace más que esclavizar
a los habitantes que tienen la desgracia de hallarse en
sus inmediaciones.

Juan Nepomuceno Almonte, enviado
extraordinario y ministro plenipotenciario
en Washington durante 1844

Caminamos, evitando los charcos, por la disparatada orografía de casuchas de adobe, enjarradas, como caras sucias. Tenderetes, pocilgas, criaturas revolcándose en el lodo, perros gruñones rascándose la sarna y las pulgas. Algunas mujeres que molían maíz arrodilladas en el suelo suspendían su tarea al vernos pasar, con los brazos rígidos como integrados a la piedra del metate, los senos fláccidos colgando dentro de la camisa, las pupilas empañadas y remotas.

La suave, deprimente luz, se depositaba en el aire y en la tierra. Un vientecillo silbante, que doblegaba los ramajes desnudos, me ponía la piel de gallina. ¿Eran los nervios? ¿Era el miedo de ir al lado de Isabel, con su vestido muy blanco con volandas y su sombrilla tornasolada, a quien en cualquier momento podía darle un mareo o un soponcio, suponía yo?

Afuera de la casucha había un estante de cuatro tablas y coyunturas flojas que intentaba producir la impresión de un mostrador. Atados de hierbas, botellas con líquidos turbios, que la gente compraba al salir de la consulta.

Llegando de la luz de afuera, el penumbroso interior —con sólo un velón de sebo— se hacía doblemente impenetrable. Hasta que hubieron transcurrido algunos segundos, pude dar alguna configuración a las sombras. Ollas de barro desportilladas, troncos de árboles en vez de sillas, petates deshilachados, cruces de madera y palma entretejida, la hornacina con su veladora frente a la estampa dorada de la Virgen inclinada sobre el Niño. Un brasero ardía mansamente en un rincón.

La débil luz del velón de sebo temblaba, transfigurando las cosas con su macabro resplandor, inventaba sombras enloquecidas.

La curandera, Fortina, era una mujer de edad indefinida, muy flaca, de piel cetrina y apergaminada, que se le hundía entre los huesos salientes de los pómulos y los brazos. Llevaba unas trenzas entrelazadas con comité encarnado. Recibía a la gente sentada en un petate, mientras otra mujer, un poco más joven y menos flaca, iba y venía por el cuarto, daba la impresión de que guiándose más por el tacto que por la vista, contaba unas monedas haciéndolas tintinear, amarraba nuevos atados de hierbas, soplaba las cenizas del brasero para desnudar el rostro de la llama.

Con un ojo rapaz y certero, Fortina pareció valuar a Isabel y le hizo un casi imperceptible guiño de consentimiento.

—Siéntate, marchantita. Cuéntame cuál es tu mal. Tienes cara como de que tus males son más bien de la tristeza que del cuerpo.

Nunca se lo hubiera dicho. A Isabel la desbordó el llanto. Fortina la recostó en el petate, a un lado de las hierbas y se puso a hablarle al oído. Isabel contestaba entre unos pucheros que parecían ahogarla. Hipaba, gimoteaba, lentas lágrimas le empapaban las mejillas. Yo permanecí de pie y apenas si podía escuchar la conversación.

Un rato después, Isabel —notoriamente más tranquila— se incorporó, sosteniéndose con el codo derecho sobre el petate; se pasó el dorso de la mano que le quedaba libre por la cara como para borrar los restos del llanto, las telarañas que debía apartar de su vida.

—¿Verdad que sí? —le dijo Fortina, ya en voz alta, sonriéndole con unos grandes dientes amarillos y unos ojos que estaban continuamente moviéndose, como divisando cosas ocultas a los demás.

—Sí —contestó Isabel mientras le pagaba y recogía el atado de hierbas que le ofrecían.

Ya afuera, me pareció imprudente hacer cualquier comentario y ella se limitó a decirme que Fortina le preguntó mucho sobre ese lugar donde duele la memoria y ese otro donde duelen los sueños. También, le recetó un té que debía tomar bien caliente cada vez que se despertara por la noche.

¿No debería yo también consultar a Fortina sobre ese lugar donde duelen los sueños? Por desgracia, los acontecimientos se precipitaban, los yanquis estaban a las puertas de la ciudad y ya no tuve oportunidad de hacerlo. Precisamente por la mañana había leído una noticia que me aterró.

Los norteamericanos disponen del novísimo fusil de percusión Colt, los cañones Rinngold y el Howister, los más modernos, contundentes y brutales. Nuestro ejército, por su parte, sólo tiene cañones heredados de la dominación española y viejos arcabuces de chispa comprados a Inglaterra como desechos de la guerra napoleónica.

¿Con ese armamento íbamos a enfrentar al ejército más poderoso y sanguinario del mundo?

Por su parte, Isabel no parecía muy preocupada por la invasión que íbamos a sufrir. Algo sucedió en su visita con Fortina que la cambió. La vivificó a partir de entonces una fuerza indefinible, una alegría que, sin desperdiciarse en ostentosos ademanes ni en alharaquientas efusiones, estaba ahí, presente y cierta, visible y tangible.

Aún alcanzamos a ir una de esas noches al teatro con sus padres —don Vicente se mostraba conmigo de una amabilidad desarmante en los saludos y doña Isabel no dejaba de sonreírme, aunque casi sin mirarme directamente a los ojos.

Fuimos al Principal a ver una representación —no muy afortunada por cierto, los actores se equivocaban en cada parlamento, quizá también nerviosos por la sombra que se cernía sobre la ciudad— de *Tras una nube una estrella*, comedia en tres actos de Juan Miguel de Losada.

Quedé sentado en el palco entre Isabel y doña Isabel, cuando lo adecuado, suponía, hubiera sido que fuera don Vicente el que estuviera a mi lado. Pero quizás él prefirió colocarse después de su mujer para evitar alguna nueva confrontación conmigo. ¿O fue ella la que, de nuevo, lo planeó todo? Lo cierto es que desde que se apagaron las luces, el telón se alzó con un frotar de terciopelo y nos envolvió una ráfaga de aire tibio —la pura idea de respirar ese mismo aire que ella me aceleraba el corazón—, y sentí claramente que su brazo se acercaba un poco al mío para separarse enseguida. Algo casi imperceptible que nadie pudo notar. Por lo demás, los cuatro permanecíamos muy derechitos en nuestras butacas, con las manos anudadas en el vientre, o bien un poco inclinados hacia el frente, con las manos apoyadas en el antepecho del palco. En algún momento, Isabel sacó un abanico de tafetán verde.

Los murmullos, los aplausos y el viento temblaban, concluían por sorpresa, se mezclaban girando. Ese mismo viento que nos obligaba a doña Isabel y a mí a suspirar a cada momento, que llenaba los espacios del escenario, se posaba sobre las butacas como rasguños, se enredaba en los abanicos o pasaba de largo por un rostro como una caricia descuidada.

Hubo un pasaje de la obra en que me pareció sentir aún más cerca su brazo del mío, precisamente cuando el personaje principal dice:

Oh, si mi señora supiera
el amor que me consume
cuando feliz me presume
cuánto conmigo padeciera.
De este amor sin esperanza
el alma en duro quebranto
sólo el dolor y el llanto
en el porvenir le alcanza.

161

Ella suspiró, y suspirar era la precisa —y preciosa— admisión de que todo eso era cierto. *Algo* que se escondía en el diafragma, en los pulmones, en la garganta. La emoción de la cercanía nos obligaba a conservar largamente el aire compartido, como si uno se lo transmitiera al otro de boca a boca.

Nunca, en ninguna otra circunstancia, he vuelto a vivir una emoción amorosa como la de aquel momento. Yo, que presumo de ciertas intuiciones y entrevisiones, apenas si logro revivir con exactitud aquella noche en el teatro Principal. Trato y trato de recordar detalles pero apenas lo consigo, y es inútil desesperarse. Tan inútil como desesperarse por recordar un sueño del que sólo se alcanzan las últimas hebras al abrir los ojos.

Recuerdo, eso sí, que en los oscuros de la obra cerraba yo los ojos un momento, me abandonaba, flotaba en una disponibilidad total, en una espera de lo más propicia. Ah, sólo el amor nos permite ceder sin condiciones a esa moviente armazón de redes instantáneas que es la vida, aceptarnos en la baraja simplemente como una carta más, consentir sin preocuparnos a eso que nos mezcla y nos reparte.

En uno de esos oscuros, fui yo quien reclinó el hombro hacia ella, y del puro contacto fugaz con su brazo emergió una ola de calor que me recorrió el cuerpo, subió a las mejillas y se puso a palpitarme desbocado en las sienes.

Un instante imposible de calcular con nuestros pobres relojes, pero suficiente para que sintiera a doña Isabel deshacerse voluptuosamente contra mí.

Ahí donde la acariciaba —y por sobre la ropa— nacía yo como flama.

Decía el personaje de la obra, compartiendo conmigo (¿con nosotros?) la emoción del momento:

Los que aman y se separan dejan el alma en lo que aman.
Y les parece que será el alma inmortal ahí donde la dejan.
¿Dónde dejamos nosotros nuestra alma, amada mía?

De regreso a mi casa, ya en el carruaje, me llamó la atención la cantidad de léperos, indios y gente menuda que había en la calle de Mercaderes. Primero creí que celebraban alguna fiesta, pero pronto descubrí que era una especie de protesta callejera. Gritaban insultos a los yanquis, que estaban por llegar, pero también al gobierno y muy en especial a Santa Anna. Algunos empuñaban hachones encendidos con leña. El viento luchaba con las llamas y elevaba al cielo densas espirales de humo. Apenas pudimos pasar —el cochero dirigía su fusta silbante lo mismo a los caballos que a quienes se acercaban demasiado al carruaje— y una pedrada nos rompió un vidrio. La escena me pareció un simple anuncio de lo que estaba por suceder.

Creí oportuno llevarle al día siguiente a Isabel un librito con poesías de Juan Miguel de Losada, autor de la obra que acabábamos de ver. Ya que doña Isabel y yo estábamos en el intercambio secreto de libros —qué pena, y a través de su hija— supuse que ella se enteraría y lo leería, especialmente una cierta poesía, para lo cual hice un ligero doblez a la esquina superior de la página.

Ante las aras de tu ser se inmola
mi existencia por tu amor ansiosa.
¡Te idolatro!, y de mi alma en el sagrario
antes de conocerte, señora, ya vivías

163

porque de noche siempre aparecías
en las sombras de mi cuarto solitario.
Me pintaba tu imagen por doquiera
el resplandor plateado de la luna
y las horas pasaban una a una
sin llevarse a su paso esta quimera.

Apenas unos días después, durante una nueva visita que le hice a su casa, Isabel —ya totalmente repuesta y yo diría renacida— me preguntó, con su voz más clara:

—¿De veras crees que tenemos altas posibilidades de morir ahora que lleguen los yanquis?

—Lo creo a pie juntillas.

—Pues antes de que eso suceda quiero estar contigo. Invítame una de estas tardes a tu casa.

Recordé la encomienda de su madre:

—Ayude a mi hija, por favor. Nada puede preocuparme y dolerme tanto como la situación en que está la pobrecita. Y créame, usted sabrá, en un momento dado, cómo ayudarla, cómo sólo usted podría ayudarla —subrayando la peligrosa palabra: "ayudarla".

VIII

¿Y Dios? ¿Qué papel le han asignado a Dios en esta guerra?

La Columna.
Editorial de abril 8 de 1847

El general Scott vivió algunos de sus momentos de mayor preocupación después de permanecer diez semanas en Puebla. La guerra de guerrillas, organizada por un tal padre Jarauta, mermó seriamente sus líneas de abastecimiento y además la disentería se ensañó con sus tropas y a muchos les quitó el entusiasmo de seguir adelante. Pero al general Scott nada lo detiene y su plan de campaña se desarrolla ahora con asombrosa precisión. Desde que dejó el camino de Ayotla al Peñón para seguir a Chalco, Xochimilco y Tlalpan, nada ha entorpecido su marcha, con lo cual el jefe del ejército de los Estados Unidos tiene hoy del todo limpio el camino hacia la capital, que no tarda en ser suya.

Qué pena confesarlo —confesárselo sobre todo a usted, doctor Urruchúa— pero ya con los yanquis en el valle de México, y durante las sangrientas batallas de Padierna, Churubusco, Molino del Rey y Chapultepec, yo permanecí en mi casa, encerrado a piedra y lodo, feliz de la vida, haciendo enloquecidamente el amor con Isabel, fuera de mí, fuera de mis males y mis llagas, fuera de la ciudad en que vivía y hasta fuera de la Tierra, cargado con una energía que nunca imaginé poseer, durmiendo mejor que nunca sin necesidad de infusiones de tilo y pasiflora, sin leer un periódico ni enterarme de nada de cuanto pudiera acontecer en la calle (los criados tenían órdenes precisas de no abrirle la puerta a nadie, fuera quien fuera, dar la impresión de que la casa había sido abandonada), con una bien surtida despensa y una cava que me hubieran permitido permanecer ahí varias semanas más, sin privarnos de nada.

Después, Santo Dios, me enteré de que, mientras algunos de mis amigos huyeron de la ciudad, o se manifestaron abiertamente a favor de la intervención norteamericana, otros tomaron las armas valientemente para defender la ciudad y algunos de ellos incluso murieron. El doctor Urruchúa adquirió una enfermedad estomacal de la que ya no se repuso y estuvo al borde del colapso nervioso porque no durmió durante noches enteras atendiendo a los heridos y ayudando a enterrar (o a quemar) a los muertos.

Por eso, confesiones como la que hago —y en la que tanto ha insistido mi mujer— atestiguan que a toda fe religiosa sobrevive en la mayoría de los hombres esta angustiosa necesidad de *rendir cuentas*. ¿Ante quién? ¿Ante un amigo que ya murió, como es el doctor Urruchúa? Seguro estoy de que tengo su perdón anticipado. ¿Ante un puñado de posibles lectores? Dudo de que llegue a tenerlos. ¿Ante el soldado al que apuñalé? Estábamos en guerra y yo no tenía opción. ¿Ante mi familia? Mi mujer chasqueó la lengua cuando le dije que también ella debía perdonarme. ¿Ante la posteridad? En fin, todo junto puede ser. Pero, ¿no se tratará también, aunque sea involuntariamente, de anticipar el encuentro con Aquél que nos dio el alma y que la reclamará de vuelta en cualquier momento? Nada que atempere ese encuentro puede resultarnos banal. En especial si, como he pensado siempre, es a través de la escritura que se hace más posible el encuentro.

Lo cierto es que desde la primera vez que estuve con Isabel —una tarde muy lluviosa, por cierto— decidí no salir más de la casa. Sobre todo cuando dijo:

—Mi madre sabe que estoy contigo y con toda seguridad adivina las enormes posibilidades de que me quede aquí varios días.

—¿Y tu padre?

Sonrió, con una sonrisa como de más atrás de los labios y los dientes.

—Mi padre debe estar feliz de que haya yo desaparecido. Además, mi mamá ha de haberle inventado un cuento chino con el que quedó más que satisfecho, lo conozco.

Esa primera tarde en que estuvimos juntos resultó de lo más sorpresiva para los dos. Para Isabel, es obvio, porque era la primera vez que hacía el amor, y para mí porque nunca, ni remotamente, calculé su secreta sensualidad. ¿Sería un atributo compartido con su madre, quizás heredado? Al principio supuse que la atracción que me despertaba era precisamente porque sus lánguidos ojos sombreados, en los que titilaban, en perpetua excitación, unas pupilas muy negras, me recordaban los de su madre, pero pronto esa fogosidad, combinada con su dulzura natural, me atrapó del todo y, por decirlo así, adquirió un alto valor por sí misma. La relación con su madre tenía que ver con algo de *antes*; la de ella, con un encendido presente.

Sus mejillas habían recuperado su color sonrosado y me pareció enseguida que todos sus poros se abrían, ansiosos, y aguardaban. Llevaba un vaporoso vestido de muselina blanca, con una faja azul, salpicada con dibujos de flores áureas, guantes de cabritilla y un pequeño bolso de terciopelo y chaquira. Días después, en lo que le lavaban su vestido, tuvo que conformarse con ponerse alguna bata de mi madre, lo que no dejaba de provocarme un cierto desconcierto y un nuevo empalme de rostros —su madre, la mía, ella misma—, pero era imposible que permaneciera con la misma ropa durante tantos días.

No paraba de hablar, parpadeaba y movía ampulosamente las manos, como si siguiera los compases secretos de una melodía. Estuvimos en el jardín, tomando té en la mesa de mármol, junto a la gran cruz de madera y bajo los álamos perennes. Me confirmó lo bien que se sentía de salud —el té que le recetó Fortina era milagroso— y permitió que le diera un beso en los labios, con los de ella apenas entreabiertos. Sus manos sudaban si las tenía demasiado tiempo entre las mías. Luego empezó a llover y la invité a la sala a tomar un dulce y una copa de vino de Borgoña, que le achispó aún más la mirada. La llevé a conocer mi biblioteca, nos sentamos en los sillones de cuero renegrido y le leí algunos de los primeros fragmentos de la crónica que intentaba escribir sobre los graves acontecimientos que asolaban a nuestra ciudad. Quiso ella misma leer algo de las últimas hojas —donde, Dios mío, estaba lo sucedido en el teatro Principal, al lado de su madre— y naturalmente se lo impedí. Me puse de pie para ir al escritorio a guardar las hojas delatoras (que nunca debí mostrarle) en el fondo de un cajón, cuando me alcanzó y se me puso enfrente con actitud retadora.

—Hay algo ahí que no quieres enseñarme. Déjame verlo.

—Pronto, cuando lo rescriba. Así como está no podría mostrárselo a nadie.

—No es por eso, dime la verdad —con unos ojos que escarbaban el fondo de los míos.

—Definitivamente, no.

Nunca se lo hubiera dicho con tal contundencia, porque se lanzó como tromba sobre mí y entre borbotones de risa trató de quitarme a la fuerza las hojas acusadoras. Las llevé a mis espaldas, visto lo cual Isabel me abrazó por la cintura, me trabó los movimientos y me buscó las manos escondidas. Pero yo rompí la cadena de aquellos brazos y levanté las hojas en el aire. Entonces ella se irguió sobre las puntas de sus pies y aún trató de alcanzarlas ahí, apoyándose toda en mi pecho. ¿Qué hice entonces? Pasé las hojas por detrás de ella y quedó sin remedio como la prisionera de mi abrazo, gracias a lo cual pude besarla largamente y aun llevarla al sofá —dejando las hojas discretamente sobre el escritorio— para besarla más.

Subimos a la recámara —ella no dejaba de parpadear y de abrir y cerrar las manos, como si exprimiera limones— y tardó una eternidad en el baño.

Supuse que así iba a suceder, era previsible, lo primero que haría sería entrar ahí, y tardarse una eternidad, y por eso en la mañana tuve sumo cuidado en mandar limpiar y pulir los mosaicos —unos mosaicos españoles que envolvían e iluminaban todo el baño, muy blancos y con dibujos de ramazones verdes de los que brotaban algunas rosas minúsculas—, al igual que la bañera de palastro esmaltada en color crema. Compré toallas nuevas, un cepillo para los dientes con mango de plata, los polvos de carbón para la limpieza dental, su perfume y lociones predilectos, el aplicador de polvos, peines y cepillos para el pelo, pañuelos, un estuche de cuero, que era de mi madre, con pinzas y limas de metal de todos estilos y tamaños.

Pero, para mi sorpresa, salió exactamente como había entrado —aún más nerviosa— y tuve que apagar la bombilla para que se desvistiera, sin permitir que la ayudara en lo más mínimo.

Desde el baño, pegando la oreja a la puerta, escuché caer al suelo las diferentes y complicadas prendas de vestir, algunas pesadas, con un golpe sordo, otras apenas insinuadas como el aletear de un pájaro, hasta que el golpe seco de los botines de charol me hizo saber que ahora era yo el que podía salir, ya en bata, por supuesto.

En una penumbra malherida por un tajo de luz indirecta que llegaba del jardín, distinguí el insinuante dibujo de su cuerpo bajo las sábanas, con sólo sus ojos fosforescentes al descubierto.

Incapaz todavía de creer que aquello estuviera sucediendo, fui a hincarme a un lado de la cama, sin decirle nada. Le besé los cabellos, la frente, el puente de la nariz, las mejillas, el mentón. ¿Era de veras ella, Isabel, la única novia que había tenido en mi vida, la mujercita que acababa de salir de una grave crisis nerviosa y que en algún momento pensó en meterse de monja, a la que yo consideré tan cursi como un corazón bordado? Esas flores de tallo frágil, sus manos, aún temblorosas y aferradas a la sábana. Respondió con una suave sonrisa a mis besos. Sus ojos, un par de lunas llenas, en éxtasis.

Le hice la pregunta más absurda y torpe que podía hacerle en aquel instante tan especial.

—¿Por qué lo haces?

Soltó un suspiro muy hondo —quizá más bien fue un sollozo— y respondió con una voz gutural:

—Porque si no lo hago me muero, por eso.

Fui bajando muy lentamente la sábana —conteniendo el deseo imperioso de arrancarla de un tirón—, para descubrir su cuerpo desnudo, el misterio de lo apenas develado hasta entonces.

—¿Quién conocía así tu cuerpo? Tu madre, pero hace tanto tiempo. ¿Quién más?

—Un día descubrí a un primo espiándome por el ojo de la cerradura del baño.

—Pero no es lo mismo. También pudo haberte visto un doctor, y no es lo mismo, porque ahora, al mirarte como te estoy mirando, te estás entregando verdaderamente.

—Lo que estoy es muy nerviosa.

—Lo demás será lo de menos, ya verás. Como dijo el poeta, la única virginidad que cuenta es ésta, la que precede a la primera mirada profunda sobre nuestro cuerpo desnudo, y se pierde bajo esa mirada.

—¿Y tú cómo te sientes? Dime cómo te sientes, eso me va a ayudar a dejar de estar tan nerviosa.

171

—¿Yo? —era la peor pregunta que podía hacerme porque desarmaba mi falsa seguridad—. No sé, me siento como una especie de pájaro marino suspendido sobre una pequeña isla largamente deseada.

—Quizá sea mejor que no bajes, que por hoy te quedes suspendido en el aire.

Debí suponer la frustrante respuesta. Por eso hice como si no la hubiera escuchado y bajé un poco más la sábana.

—Déjate mirar, déjate poseer así nomás, tu cuerpo es feliz y lo sabe aunque tu pequeña conciencia de niña bien criada y decente lo niegue todavía. Piensa cuán frustrante era que tu piel, toda entera, no conociese la verdadera luz, la luz de una mirada ajena. Porque esta luz es el verdadero día, el espejo más fiel, la única playa con sol.

Creo que fue en ese momento cuando ella se me echó encima y dijo abrázame, sólo abrázame, y la sentí encogerse, retraerse en mis brazos, como si algo en ella se parapetara, negándose a ceder. Quizá lloraba sin manifestarlo abiertamente, con lágrimas ocultas.

Así estuvimos un buen rato, yo sintiéndola deshacerse una y otra vez contra mí, como una ola repetida, inapresable. Dejamos de temblar (además, no había razón para hacerlo porque esos días fueron más bien calurosos).

Desperté cuando ya la luz de la mañana extendía en los vidrios unos azulosos paños. Comprobé que ella aún dormía plácidamente, con esa cara de recién nacido que pone la gente buena cuando duerme.

Abrí la ventana. Del jardín subió un olor herboso, muy penetrante. Estuve frente a ella —la miraba arrobado— hasta verla despertar y estirarse bajo las sábanas. En sus ojos se había disipado la pena y relampagueaba una lucecita salvaje.

Yo mismo le preparé la bañera, con agua de hojas medicinales para recomponer el cuerpo y ayudar, según me explicó un hierbero del Portal de las Flores, a la expectoración después de una noche de fatigas. Le friccioné la espalda con un cepillo de cerdas naturales y suavísimas.

El olor a rosas del jabón se mezclaba con la tibieza del aire, e Isabel se enjabonaba con las dos manos, pasando despacio la espuma por el cuerpo como si lo descubriera apenas, como si el amor le hubiera inventado uno nuevo. Dentro de la nube de vapor, el color verdoso de los azulejos brillaba suave y líquido.

Interregno del baño, paréntesis de la seca y vestida existencia, así desnuda se libraba del tiempo y de la rancia tradición de los Olaguíbel, lo que no le habrá sido nada fácil conociendo a su padre. En el momento en que se tomaba de las asas de la bañera para ponerse de pie —niña diosa saliendo del agua—, y se envolvía en una toalla blanquísima que yo le extendía, reingresaba sin remedio a su tedio de mujer vestida, a su nombre y apellido, como si cada prenda de ropa —y casi todos los días tuvo que ponerse la misma ropa, qué pena— la atara a la historia de la ciudad donde habitaba, tanto como a la historia de su presuntuosa familia, devolviéndole cada año de vida y el montón de recuerdos inútiles y dolorosos, pegándole el futuro a la cara como la máscara de polvos que le descubrí la tarde en que la fui a visitar convaleciente de una enfermedad tan extraña y misteriosa como la desbordante salud que entonces manifestaba.

Había como una rotación ceremonial y todos los días repetíamos la rutina de nuestro encierro. (Hubo días al final en que carecíamos de agua caliente por falta de carbón, e Isabel salía de la bañera tiritando, pero unas fricciones de trementina y de mostaza, que yo le daba, la hacían entrar en calor enseguida). Mirarla dormir plácidamente, adivinar sus sueños en los párpados cerrados, verla pararse de un brinco muy temprano, la sábana con que se envolvía, que caía con un movimiento de ala blanca, su cuerpo desnudo que crecía en la luna del ropero. Nos bañábamos, comíamos algo, bebíamos más, paseábamos por el jardín, jugábamos a las cartas, el día se iba sin darnos cuenta, resbalaba sobre nuestra piel como el agua, apagábamos la bombilla de la mesita de noche, nos deslizábamos bajo las cobijas, saboreando cada trocito de sábana, el colchón a la vez firme y mullido. Nos reencontrábamos en la cama cada noche con la sorpresa de la primera vez.

A veces ponía la bombilla en el suelo porque, aseguraba, le gustaba esa penumbra violeta en torno a la cama, con su piel dibujada en claroscuro.

Tomó posesión de la casa y de los criados sin una gota de duda. El tablero de campanillas y llaves de la entrada de la cocina le parecieron de lo más curioso y se puso a tocar y a probarlas una por una, a abrir cuanto cajón encontraba. Revisó la despensa, la cava, calculó con detalle cuánto tiempo podía durarnos la comida, los vinos, el carbón, el hielo, la leche. Las sirvientas —a las que enseguida mandó poner una cofia y su mejor delantal— primero la miraban con resquemor y la boca torcida y luego, al comprobar mi apoyo incondicional, se rindieron a su autoridad, lo mismo que el cochero, que tenía poco trabajo y más bien pasó a hacer labores de jardinero.

Yo podía estarme durante horas a la sombra de los álamos del jardín, mirando las nubes, sin pensar en nada, entregado a una voluptuosidad del cuerpo y con los sentidos atentos a cualquier solicitud placentera.

No había más llamas errantes en el cielo, sólo nubes, a veces tan lentas en cambiar de forma que no les bastaba el día entero para desdibujar las figuras de una cabeza de león o de una cordillera.

Horas y horas sin moverme, sabiendo cuán inútil resulta andar y andar cuando que siempre se estará en el centro —en el mero centro— de lo contemplado.

Obsesivo del tiempo, el descubrimiento de que mi reloj estaba sin cuerda me hizo reír.

Dejamos de pensar en la hora, relacionando la altura del sol con el apetito o el sueño. El lento balanceo de la mecedora; la resolana de la siesta. Los árboles rumoreaban a nuestro alrededor. El atardecer nos lo anunciaba un cónclave de gorriones mitoteros.

Nunca he vuelto a vivir días así. A la plenitud que subía de la tierra respondía la del cielo. Con una y otra lograba fundirse mi alma, suspiraba de alivio y se atrevía a posar, por fin, una mirada serena sobre las cosas.

Ahora, con mi regreso a la casa de Tacubaya, voy por las piezas vacías invocando fantasmas y recuerdos, vuelvo a ver a Isabel en la bañera de palastro esmaltado en color crema —que ha sido sustituida por otra de peltre, desportillada, horrible—, y siento mi corazón tan lleno de lágrimas (quizá por tanta entrevisión, el desvelo y la tensión nerviosa en que he vuelto a caer) que al menor choque se resuelve en llanto, así como una hoja cargada de rocío no bien el aire más leve la toca. "Por ningún motivo permita que su alterado estado emocional lo lleve a las lágrimas, amigo mío, sería una muy peligrosa señal de alarma", me diría el doctor Urruchúa. Pero en estas circunstancias, a mi edad, cómo evitarlo, para qué evitarlo.

Los rincones se llenan de sombras espantadizas y en la sala puede saltar un acorde imprevisto del piano que estuvo ahí. Vuelve a sonar, como si una mano descuidada hubiera caído de pronto sobre sus teclas invisibles. Las vibraciones se alejan poco a poco en el silencio, perdiéndose al fin.

En la que fue mi recámara, he visto reaparecer la figura de Isabel aquella primera noche. Su cara permanecía a media sombra y un nimbo amarillo circundaba su silueta, en la que adivinaba yo el temblor de su piel recién inaugurada. "¿Qué conocía tu cuerpo del mundo?" Y se repitieron las sensaciones, los murmullos, los silencios, los olores, los horrores de la guerra de afuera de la casa (que no veíamos pero suponíamos). Todo regresaba, se enseñoreaba en la imaginación, volvía a adquirir forma y brillo. ¿Yo fui aquél?

Pero, era inevitable, el entusiasmo se combinaba con una gran zozobra, con lo huidizo de las imágenes, como cuando observé de pronto que la esfera —el aura que rodeaba a Isabel— no estaba inmóvil, sino que se movía en torno a su figura, como un planeta sobre su eje.

—¡Se va! —me dije aterrado, como cuando en mis peores crisis de melancolía perdía la hebra de algún sueño que sabía estratégico.

Así, descubrí que, a semejanza de la luna cuando entra en su menguante, el aura que rodeaba al fantasma de Isabel iba decreciendo poco a poco, muy poco a poco, arrebatándome la delicia de la visión hasta esconderse del todo en el vacío de la recámara descascarada y polvosa.

Las sombras todas retrocedían, vencidas por la luz granulada de los ventanales sucios y, como a regañadientes, iban a esconderse a los cuatro ángulos del recinto.

Volví a quedar solo, perdido en la casa vacía. Con la culpa de que, además, durante aquellos días, en las afueras de la ciudad se libraban las más cruentas batallas.

IX

En México todo lo auténtico y noble es débil y efímero.
Sólo es fuerte y duradero el poder de la mentira.

Francisco Zarco

Vaya días que hemos vivido en esta ciudad, marcada
—¿hasta cuándo?— por el hierro candente del dolor y
la tragedia. A veces me parece que no puedo más: voy
a reventar como sapo, a caer desmayado, a quedarme
dormido de pie, a pegar de gritos y salir corriendo como
loco, a confundir un órgano del cuerpo humano con
otro cualquiera, a ser ya incapaz de utilizar el serrucho
para amputar un miembro o el bisturí para rajar la piel.
Pero continúo porque la pura aparición de un nuevo
herido basta para quitarme de encima las telarañas del
cansancio y la desesperación. ¿Quién dijo que hay lugares en nuestro corazón que no existen, y para que
puedan existir entra en ellos el dolor? Paso día y noche
en el hospital de San Pedro y San Pablo y aún encuentro tiempo para ir a nuestros hospitalitos de campaña,
cuando ha sido posible improvisarlos, trabajando con
los reducidos medios con que contamos, que cada vez
son menos, vendajes con lienzos sucios que han sido
usados quién sabe cuántas veces antes (hay que rescatar
los vendajes de quienes mueren, por muy manchados
que estén, no podemos darnos el lujo de desperdiciar-
los), rodeado siempre, a todas horas, por mis pacientes
y sus detritos, intentando con un gran esfuerzo —aún

hoy— acostumbrarme a sus esputos mucopurulentos, a sus erupciones y supuraciones, a la densidad de sus alientos apenas abren la boca, a sus vómitos de regurgitación, que brotan en borbotones llenos de grumos y espumas y en ocasiones salpican a quienes tienen enfrente, a los nauseabundos olores de sus orines y de sus excrementos. Intentar, en fin, acostumbrarme a amputar en serie brazos, piernas y dedos, a extraer balas de los sitios más insólitos (acabo de hacerlo de un paladar), a coser a toda velocidad heridas por arma blanca, a cortar con las tijeras un pellejo gangrenado, a extraer de su órbita un ojo quemado, un diente que acaba de aflojarse, el trozo de una uña ennegrecida; intentar hacer oídos sordos al raspar chirriante del serrucho, a los quejidos y gemidos del herido que muerde un trozo de madera o un pañuelo y se retuerce como gusano, a los ojos entrecerrados que mantienen una expresión interminable de angustia, de rebeldía, de incomprensión —¿hasta cuándo, doctor, hasta cuándo, todo esto para qué?, ya voy a terminar, ya voy a terminar, hijo mío, se lo juro— mientras continuamos con el serrucho dale y dale para partir un miembro gangrenado, un hueso astillado que despide un polvito blanco, picoso, sin más anestesia que un largo trago de ron. (Nada me preocupa tanto como que se nos acabe el ron, al que también los médicos recurrimos con cierta frecuencia, la verdad sea dicha.) Y todo esto con la ayuda de otros colegas tan sonámbulos y abatidos como yo.

A veces rezo: ayúdame, Señor. Pero más bien rezo por mí que por el herido. Porque, a pesar de mi larga experiencia, tengo el corazón en la garganta mientras opero, cada vez que lo hago —y últimamente opero día y noche— y mi rezo es como un puño que golpea infinidad de veces una puerta, el puño de alguien que llama desesperadamente a una casa cerrada, que de antemano sabía cerrada, sin ninguna posibilidad de que alguien (¿Alguien?) la abra.

Los que tienen suerte se desmayan, lo que casi siempre sucede cuando el bisturí empieza apenas a abrir la piel. ¿Quién soporta ver o padecer esa clase de espectáculo? Con las narices dentro de las entrañas del herido mientras opero, todo mi cuerpo se crispa en una sensación en que se mezclan el asco, la compasión, el despecho, la rabia, la ternura. Y todavía me puedo sorprender, ingenuamente, cuando salvo la vida de alguien, que me da las gracias y me sonríe ya recuperado.

—Gracias, doctorcito, Diosito lo bendiga. ¿Cómo pagarle?

Aunque, me ha sucedido, que días después ese mismo soldado herido regrese con una herida aún más grave, e insista:

—¿Todo esto para qué, doctor?

O al recibir a un herido que sin remedio se nos desangra en la mesa improvisada donde operamos, haga yo un comentario de lo más idiota al ayudante que tengo junto:

—¡Mira nomás, cuánta sangre le cabe al cuerpo humano, por pequeño que parezca!

Al pobre ayudante se le deben resquebrajar en ese momento todos los valores y principios que —con tanto esfuerzo— se ha formado sobre su altruista profesión y sus prestigiados maestros.

Todos —enfermos, enfermeros, médicos— ya tenemos por aquí los nervios tan tensos como cuerdas de guitarra. Uno de esos ayudantes —ni siquiera recuerdo su nombre— que llevaba varias noches sin dormir y me asistía en una difícil operación, vio cómo, de un solo tajo, cortaba yo los cartílagos costales y separaba los tejidos blandos del tórax. De pronto lanzó las vendas al aire, empezó a sudar y a temblar y se desvaneció a mi lado, convulsionando. Mejoró días después, pero pronto comprobamos que a la vista de una gota de sangre, de una sola, le volvían los desmayos y las convulsiones.

Y sin embargo, a pesar de mi desesperación creciente ante cada nueva operación, estoy convencido de que el dolor es a fin de cuentas relativo. ¿Será que intento darme ánimos a mí mismo? Puede ser, pero tengo la impresión —ojalá pudiera demostrarlo científicamente— de que el dolor, cuando rebasa cierto umbral, conlleva su propio anestésico. Antes de herirnos, el aguijón del dolor nos parece muy agudo, en ocasiones inconcebiblemente agudo. ¿Pero es de veras así? Porque cuando nos hiere, como nos inyecta al propio tiempo su narcótico, termina de alguna manera por resultarnos soportable, más o menos soportable, o provoca enseguida el desmayo. Lo he comprobado durante largos años de trabajo. Por eso —le aconsejo a mis enfermos— no nos conviene preocuparnos de dolores futuros, nunca hay que preocuparnos por dolores futuros: su previsión es más penosa que su realidad, porque la naturaleza no está aún preparada para recibirlos.

Por eso trato de recordar, de volver a recordar aquel enfermo con un tumor inoperable en el estómago, que me dijo: "Bendito sea el dolor físico, doctor, que aleja de nosotros los dolores del alma, que ésos son los en verdad insoportables".

O, aún mejor, aquel comentario de una mujer con una grave enfermedad nerviosa:

—Yo conozco otro llanto, doctor. No sé si más o menos doloroso, pero diferente. Es un llanto que casi no se escucha, sofocado por una almohada o escondido detrás de un velo oscuro, y que no aguarda consuelo ni final. Un llanto seco, ahogado, sin lágrimas y casi siempre nocturno, resignado a no ser enjugado nunca, a no recibir alivio ni ayuda porque ni siquiera sabría cómo solicitarlos.

Y al decirlo, en la tristeza infinita de sus ojos adiviné una huella de ese llanto secreto del que hablaba.

Ah, mi querido Abelardo, cuánta falta me has hecho en estos días aciagos. Te mandé buscar, pero me informaron que tu casa estaba abandonada y con toda seguridad habías salido precipitadamente de la ciudad, sin tiempo siquiera para despedirte de tus amigos. En el caos en que vivimos hoy en día, tu partida es justificable, todo es justificable.

La ciudad duerme y yo me pregunto con un sabor amargo en la boca qué ocurrirá dentro de unas horas. Mientras escribo a la luz de una vela que se consume chisporroteante, acariciado y reconfortado unos minutos por el silencio nocturno, pienso cuánto me hubiera gustado decirle adiós, prevenirlo contra el sentimiento de culpa: la *bestia negra de la vida*, como la llamó Burton, tan determinante en su enfermedad nerviosa, convencerlo de que no sería juzgado por nadie —hoy, aquí, a nadie le importa lo que hace o deja de hacer el vecino—, tal vez antes de despedirnos bebernos unas copas de ajenjo sin hablar de nada en especial, o terminar aquella conversación que tuvimos hasta el amanecer sentados en una de las bancas que rodean el atrio de la plazuela de Santo Domingo, sobre la tesis filosófica de las "tres vidas", que él había leído en no recuerdo dónde: esta vida temporal perecedera, la vida trascendente en la memoria de los hombres gracias al prestigio y a la gloria, y por último la supuesta vida futura y perdurable en la que tienen fe los creyentes. Abelardo proponía ampliarla por una doctrina de las "cuatro vidas" posibles (que, además, satisfaría nuestra obsesión por encontrar *nuevas formas* de vida), las cuales serían, en efecto, esta vida perecedera, la vida de gloria, la vida futura y, atención, una segunda vida futura.

—Vea por qué se lo digo, doctor. Los creyentes en la vida futura se imaginan que será tan diferente de la vida presente que, siendo ésta esencialmente provisional, la futura será esencialmente definitiva. ¿Qué tal si al abordarla se les advirtiese que iba a ser tan provisional como la presente, que así como en la presente habrían tenido que ganar la futura, en la futura tendrían que ganarse una segunda y en ésta una tercera, y así indefinidamente?

Abelardo hablaba muy despacio, los ojos azogados dentro de las órbitas, como explorando a su alrededor, en el día naciente, una comprobación de lo que decía.

—La navecilla de la filosofía no se desmantelaría jamás en puerto alguno. Arbolada siempre de nuevo, cada puerto la haría salir al mar en una nueva y permanente navegación. En resumen, así como puede que la muerte no sea el naufragio definitivo que suponemos, puede que tampoco en la vida futura haya puerto definitivo.

Mis pensamientos son una vez más como mariposas que revolotean hacia las llamas donde arderán sus alas. Porque también me pregunto: ¿y si Abelardo y yo fuéramos a París y con el pretexto de su tratamiento en la clínica del "magnetismo animal", descubriéramos juntos la ciudad, como en buena medida descubrimos la nuestra durante nuestras caminatas nocturnas?

La luz de la vela es tan débil que apenas si logro distinguir mi propia letra, por más que la escribo con trazos grandes y bien delineados, evitando adornarla con los lazos y los remates que normalmente utilizo.

¿Por qué no tengo sueño, nada de sueño, si anoche apenas dormí unas tres horas y, en caso de que me acostara ahora, en este mismo momento, podría hacerlo durante unas cuatro horas, cuando más? ¿Será que hasta sus males melancólicos me dejó Abelardo al marcharse?

X

Entre esos niños del Castillo de Chapultepec tuve la fortuna de contarme. Entre ellos y el fragor del combate, entre el humo denso y la pólvora explosiva, ahí aprendí a amar enloquecidamente a mi patria.

José Tomás de Cuéllar

Precisamente cuando, por fin, mi vida se me representaba como un río apacible y silencioso, de cotidianidad inane pero armónica, con un cauce que la había llevado a desembocar ahí, a aquella tarde de septiembre que era como un mar sin olas, en el que se podía nadar tranquilamente boca arriba, a la deriva, indiferente y ya sin culpa por lo que pudiera suceder afuera de la casa, en los alrededores de la ciudad; precisamente aquella tarde tan plena, en que fumaba mi pipa de marfil en un sofá de la sala, perdido dentro de las volutas de humo que se distendían en lo alto, escuché el grito de Isabel en el estudio, que más bien fue como un alarido.

Dejé la pipa en el cenicero y corrí a averiguar qué sucedía.

Detrás de las cortinas agonizaba la tarde. Sólo en la parte superior del balcón, un azul intenso y fugaz anunciaba el principio de la noche.

Isabel estaba sentada a mi escritorio, ante las páginas de la crónica que intentaba yo escribir, con la frágil luz de un quinqué al lado. Muy lentamente, como si la sacara del agua al estar a punto de ahogarse, levantó la

187

cara. Una cara desollada por una congoja tan tremenda que me avergonzó contemplarla.

¿O era pura rabia?

Busqué la mejor definición para arrojarla como un velo sobre aquella visión insoportable. ¿Pero qué nombre puede tener el sufrimiento cuando lo padece el ser que amamos, y que nosotros mismos le hemos infligido?

Leyó con una voz gutural, casi incomprensible:

—"Lo cierto es que desde que se apagaron las luces, el telón se alzó con un frotar de terciopelo y nos envolvió una ráfaga de aire tibio. La pura idea de respirar ese mismo aire que doña Isabel me aceleraba el corazón, y sentí claramente que su brazo se acercaba un poco al mío para separarse enseguida."

—Isabel, permíteme explicarte.

Pero mis palabras no hicieron sino exacerbar la turbulencia de sus ojos, que me miraron fugazmente antes de regresar a mi escrito, dentro de un puchero que se le volvía morisquetas y la obligaban a detenerse a cada momento, tomar un poco de aire para poder continuar.

—"Ella suspiró, y suspirar era la precisa —y preciosa— admisión de que todo eso era cierto. *Algo* que se escondía en el diafragma, en los pulmones, en la garganta. La emoción de la cercanía nos obligaba a conservar largamente el aire compartido, como si uno se lo transmitiera al otro de boca a boca.

Nunca, en ninguna otra circunstancia, he vuelto a vivir una emoción amorosa como la de aquel momento."

—Ya, por favor, Isabel. Eso que estás leyendo es una especie de crónica novelada y tuve que inventar esa absurda situación para infundirle cierto interés a la trama. Tu nombre y el de tu madre fueron los primeros que se me vinieron a la mente porque eran los que tenía más a la mano. ¿Me entiendes?

Pero no me escuchó, y continuó leyendo; por momentos, cuando lograba aclarar la voz, con una intensidad que nunca les supuse a mis palabras.

—"En uno de esos oscuros, fui yo quien reclinó el hombro hacia ella, y del puro contacto fugaz con su brazo emergió una ola de calor que me recorrió el cuerpo, subió a las mejillas y se puso a palpitarme desbocado en las sienes. Un instante imposible de calcular con nuestros pobres relojes, pero suficiente para que sintiera a doña Isabel deshacerse voluptuosamente contra mí. Ahí donde la acariciaba —y por sobre la ropa— nacía yo como flama."

—Isabel, eso que estás leyendo es pura literatura, y no de la mejor. Nada tiene que ver con la realidad.

Tomó una larga bocanada de aire y aún leyó un último párrafo, el que por desgracia más me delataba:

—"Creí oportuno llevarle al día siguiente a Isabel un librito con algunas poesías de Juan Miguel de Losada, autor de la obra que acabábamos de ver. Ya que doña Isabel y yo estábamos en el intercambio secreto de libros —qué pena, y a través de su hija— supuse que ella se enteraría y lo leería, especialmente una cierta poesía, para lo cual hice un ligero doblez a la esquina superior de la página."

Cuando iba a empezar a leer la poesía de Juan Miguel de Losada —y qué poesía—, me acerqué a ella y le arrebaté las hojas de un tirón. Se me echó encima como una tromba y entre borbotones de llanto, espumarajos y gritos, me dio de cachetadas y un profundo arañazo en la mejilla. Sus ojos eran dos pequeñas aves enloquecidas dentro de las órbitas.

—¡No quiero volver a verte nunca!

—Isabel, escúchame un momento —supliqué, hablando muy despacio para parecer sereno.

—¡Nunca, nunca, nunca! —, insistía ella, como si remachara un clavo.

De pronto se alejó unos pasos, me fulminó con los ojos y dijo con una voz sincopada:

—Quiero irme a mi casa.

Tomé tanto aire como un corredor que se dispone a iniciar una carrera e impulsivamente, pero dentro de una gran lucidez —como la de un relámpago súbito en las tinieblas, la de una lluvia de estrellas sobre el desierto—, saqué del cajón central del escritorio un viejo puñal de mango de marfil —que heredé de mi abuelo—, y lo apunté con fuerza hacia mi propio pecho, a la altura del corazón.

—Isabel, si te marchas, no me quedará más remedio que suicidarme. Ya no puedo vivir sin ti. Me sería del todo imposible vivir sin ti —dicho con una voz que se me iba para adentro; lo cierto es que estaba decidido a hacerlo y esa pura decisión me creaba en la boca un extraño sabor agridulce—. Contigo conocí un mundo al que ya no podría renunciar.

A través de la neblina que le velaba los ojos, intuí una lucecita de compasión, a pesar de lo cortante de su respuesta.

—Haz lo que quieras.

—Te lo juro.

Parpadeó, palideció notoriamente y, con una voz lastrada por la congoja, hizo una pregunta que me dolió más que la punta del puñal en el corazón.

—¿Amas a mi madre?

La pregunta cancelaba la posibilidad de suicidarme ahí, frente a ella, porque no contestarle, asumir mi culpa en silencio y clavarme el cuchillo en ese momento equivalía *a hacer el amor con su madre*, me pareció. Por eso, no podía engañarla, ya ningún caso tenía engañarla.

—Sí…, la amo —sintiendo que la voz se me adelgazaba tanto que apenas si se oía—. Pero también te amo a ti. Y los dos amores son totalmente diferentes, no tienen nada que ver el uno con el otro.

Volvieron a encendérsele las mejillas, con la nariz vibrándole de indignación, y sólo bajó un momento la cabeza antes de marcharse a toda prisa.

A partir de ese momento, lo único que me quedaba por hacer era precisamente eso: cualquier cosa. Clavarme el puñal o no clavármelo, suponerme valiente o suponerme cobarde, correr detrás de Isabel o quedarme quieto, mirarme actuar desde dentro o mirarme actuar desde afuera, pensar en Dios o no pensar en nada, suponerme un personaje trágico o, más bien, un personaje cómico. Elegí esto último y al sentirme ridículo ahí parado, en la soledad de mi estudio, no me quedó más remedio que bajar el puñal y regresarlo al cajón central del escritorio. Pero tuvo sus ventajas la experiencia. Aprendí a partir de entonces a esperar lo que iba a pasarme como si en realidad no me pasara a mí. Como si le sucediera a un visitante, a *otro* que también vivía en aquel momento en aquella casa y que había sido abandonado por la mujer que amaba. Aun hoy, tantos años después, puedo conseguirlo de nuevo si me lo propongo. Cierro los ojos y, aunque sea brevemente, me veo como si me viera desde el techo. O desde más arriba, desde mucho más arriba. Es impresionante la distancia que puede uno ganar para verse a sí mismo. Por lo demás, el aprendizaje me ha servido también para controlar la angustia. Porque si, a partir de esa distancia ante mí mismo, logro abandonarme a la angustia, no oponerle resistencia y mantener sin fatiga la conciencia de estar angustiado; incluso si puedo cada mañana reconocerla y merecerla, si la amo y me hago digno de ella, entonces logro librarme, en la medida de lo posible, de sus más dañinas consecuencias.

Un momento después, el cochero fue a avisarme que la señorita Isabel ordenaba que la llevara inmediatamente a su casa. Asentí con la cabeza, consciente de que el silencio y la inmovilidad podían ser también una forma de la autodestrucción. ¿Por qué no corrí detrás de ella? ¿Por qué no la encerré a la fuerza en la casa hasta convencerla de que la amaba? ¿Y hubiera servido de algo si acababa de confesarle que también amaba a su madre? ¿Iba algún día a poder aceptarlo? Recordé la noche en que Isabel me pidió leer las últimas páginas de mi crónica. ¿Por qué me limité a meterlas en un cajón del escritorio y no las guardé en un lugar más seguro, incluso por qué no las destruí si ya no las iba a continuar? Debí prever que era ahí en donde ella las buscaría, donde no podía dejar de buscarlas.

Supuse que si me quedaba en la casa volvería a coquetear con la idea de clavarme el puñal, y por eso apenas regresó el cochero, salí a averiguar qué estaba sucediendo en la ciudad.

XI

Chapultepec, mi bosque, mi encanto, nido de mi infancia atropellado, como si viera pisoteado el cuerpo de mi propio padre.

Guillermo Prieto

La confusión y el pánico —los ojos pasmados—aparecían al dar vuelta en cada esquina.

—¡Ya vienen!

—¡Ya están aquí, ya llegaron!

—¡Ya tomaron el Castillo de Chapultepec, mañana mismo entran a la ciudad!

—¡Son unos gigantes muy güeros!

—¡Se nos van a echar encima!

—¡Vienen a matarnos nomás porque somos mexicanos! ¡Nomás por eso!

—¡Igual que acabaron con los apaches!

—¡Nos van a aplastar como moscas!

Mis amigos del Café del Progreso —supuse que si algunos quedaban en la ciudad tendrían necesidad de salir a la calle y reunirse— me hicieron un resumen de los últimos acontecimientos.

Con la llegada de refuerzos, Scott abandonó Puebla e inició la primera semana de agosto el ascenso hacia la capital. Se decía que le sorprendió no hallar resistencia en los pasos montañosos que hubieran sido tan propicios para un ataque mexicano, pero desde ese momento Santa Anna tenía montada la farsa que debía culminar —lo que seguramente también estaba calculado en su representación teatral— en una de las más dolorosas y cruentas tragedias de nuestra historia. Así, Santa Anna esperó con sus cinco mil soldados y treinta piezas de artillería la llegada del enemigo en el cerro del Peñón Grande. El problema aparente fue que, gracias a sus espías, Scott encontró un camino que le permitió desviarse hacia el sur. El 17 de agosto entró por Tlalpan e hizo añicos el esquema defensivo mexicano.

Tres días después, una columna yanqui atacó y ocupó el caserío de Padierna, en San Ángel. Santa Anna y sus tropas —esos cinco mil soldados, "la flor del ejército mexicano"— aparecieron esa misma mañana lluviosa en un lomerío inmediato, sin decidirse a atacar, dentro de una sospechosa estrategia: quedarse quietos, siempre quedarse quietos, como en el juego de las estatuas.

Desde ahí, desde ese lomerío cercano, con un catalejo, Su Alteza Serenísima miró cómo el valiente general Gabriel Valencia enfrentaba solo —espada en mano, a la cabeza de sus soldados, que cargaban a la bayoneta— al feroz ejército invasor. Al caer la tarde, el general Valencia recobraba Padierna. Santa Anna cerró su catalejo y se retiró.

A las dos de la mañana, cuando el general Valencia, pleno de entusiasmo, redactaba su parte de guerra, se presentaron, a "ponerse de acuerdo sobre las futuras operaciones", dos oficiales de Santa Anna, indicando que la orden de éste era que Valencia se retirara cuanto antes de Padierna.

—¿Por qué? —preguntó con unos ojos pasmados—. Si el general Santa Anna nos apoya esta misma madrugada y ataca por la retaguardia, atrapamos a los yanquis dentro de una pinza de la que difícilmente podrán escapar.

—El señor Presidente sólo ordenó que se retire usted inmediatamente de este lugar. Punto.

—¿Pero por qué si acabamos de recuperarlo, con el costo de cuántas vidas?

—No nos dio razones el señor Presidente.

—Pues entonces díganle a su señor Presidente que no me muevo de aquí, mañana defenderé el lugar aún con mayor decisión, y que él vaya y chingue a su madre.

Los comisionados regresaron a dar parte a Su Alteza Serenísima del mensaje de Valencia —seguramente también incluida la mentada de madre—, y pronto estuvieron de nuevo en Padierna.

—El señor Presidente le reitera la orden de retirada, sin más explicaciones. En caso de que no lo obedezca, dice, simple y sencillamente lo mandará fusilar mañana mismo.

Valencia arrostró el fusilamiento. Todos sus oficiales aprobaron su valor y la desobediencia. Seguirían peleando, aún con mayor entusiasmo, y se buscaría el triunfo pese a la instrucción contraria y la alta investidura del Presidente de la República.

Al amanecer, Valencia comprobó que Santa Anna y sus tropas se habían retirado de la lomita cercana.

La artillería yanqui cargó sobre Padierna con todos sus fuegos y todo lo arrasó, a pesar del valor y la decisión de los soldados mexicanos. Cuentan que, derrotado y bajo amenaza de fusilamiento, el general Valencia tuvo que huir, disfrazado, a Toluca. Todo, incluido el disfraz de Valencia, de lo más trágicamente teatral.

Luego, otro de los escenarios más adecuados, Churubusco, punto estratégico de la defensa de la ciudad, viejo convento al que rodean chozas de adobe y paja, vegetación exuberante, sembradíos de maíz que verdean hasta el pie de los muros. Confluencia de los caminos de Tlalpan y Coyoacán, región pantanosa y florida. Dos generales: Manuel Rincón y Pedro María Anaya, expresidente de la República. Dos regimientos de polkos dispuestos a reivindicarse después de sus vergonzosas jornadas de febrero pasado. Los guardias nacionales —que han visto retirarse cobardemente del campo de batalla a "la flor del ejército mexicano"—, se aprestan a defender sus puestos con unos pobres fusiles de chispa, amarrados con alambres y cordeles, casi de utilería. Por cierto, entre ellos se encontraba uno de nuestros mejores comediógrafos: Manuel Eduardo de Gorostiza.

Entre todos, unos mil trescientos elementos bisoños, que en su gran mayoría jamás habían participado en un combate, cercados por un ejército que los sobrepasaba cuatro veces en número y mucho más en preparación y en armamento. Santa Anna les ordena combatir con voz impostada y gestos grandilocuentes. Luego él y su ejército se retiran a Palacio Nacional. La estratégica ineficiencia de Santa Anna incluye dar vueltas y vueltas hasta marearse, esconderse entre bambalinas o entrar y salir del escenario una y otra vez por diferentes puertas, sin que venga al caso. Por lo pronto, su ayuda en Churubusco se reduce a proporcionar, a última hora, siete cañones y un carro con unas cuantas cajas de parque.

—Estamos en un convento. Defendemos no sólo a la Patria sino a Jesucristo y a su iglesia. ¡Mueran los demonios del protestantismo! —gritan los polkos. (Había que recordar que en febrero pasado tomaron las armas contra el gobierno federal porque el vicepresidente Gómez Farías impuso un préstamo forzoso de quince millones de pesos al clero mexicano.) Grito que secundan los integrantes irlandeses del batallón de San Patricio, quienes una vez comenzada la acción se incorporaron a la defensa de México y los mexicanos —cuya desdicha es semejante, en lo político y en lo religioso, a la de Irlanda frente a Inglaterra.

Ataca la división Twiggs. Otras la refuerzan. Los yanquis cercan el convento por todos lados. De las almenas surgen, incansables, como blancos de feria, cabezas desnudas, ensombreradas, empañueladas, juveniles o envejecidas, algunas casi fantasmales, dentro de nubes de humo que difuminan sus siluetas.

El parque se les agota y echan mano del que les dejó Santa Anna, pero es de diecinueve adarmes, calibre mucho mayor a los de quince adarmes que ellos necesitan. Los cartuchos no entran en sus fusiles.

—¡El hijo de puta de Santa Anna lo sabía! ¡Quiere que los yanquis nos aplasten aquí como ratas! —gritan los polkos.

El argumento que me daba don Marcos Negrete parecía de lo más lógico:

—Debido a que la defensa de Churubusco la iban a realizar en su mayoría civiles, muchos de ellos renombrados por sus virtudes y sus cuantiosas fortunas, Santa Anna quiso meterlos en una trampa y luego borrar todo rastro de la gesta heroica.

Pero los polkos no se rinden:

—¡Abran otras cajas! ¡Parque de instrucción, de salva, sin balas! ¡Piedras aunque sea para los cañones!

Tras varias horas de combate heroico, de pronto el convento recupera su pesado silencio, como cuando los monjes se retiraban a sus celdas después de las oraciones de la tarde. En lo alto de uno de los muros aparece una bandera blanca, irremediable. Los soldados mexicanos abandonan los bastiones, descienden de los muros y se forman en el centro del patio como para pasar revista, sus oficiales al frente, todos en posición de firmes. Llega Twiggs y reconoce el valor de los vencidos. También le pregunta al general Anaya:

—¿Dónde está el parque?

El general Anaya lo mira con ojos penetrantes y responde con una voz sin fisuras:

—Si hubiera parque no estaría usted aquí.

Debió aclarar:

—El parque que nos dejó Santa Anna es de diecinueve adarmes y no entra en nuestros fusiles.

Enseguida se hizo un juicio sumario contra los irlandeses y varios miembros del batallón de San Patricio fueron ahorcados. A otros más, se les azotó o se les marcó a fuego con la letra "D" para infamarlos como desertores.

En el Molino del Rey, otra vez la misma historia —la farsa que se teñía de sangre verdadera. Sus espías informaron a Scott que a orillas del bosque de Chapultepec había una fundición donde las campanas de la ciudad eran transformadas en cañones, además de un gran almacén de pólvora al que llamaban la Casa Mata. Asaltar rápidamente esa casa, destruir todos los elementos de guerra que no se pudieran transportar y regresar cuanto antes a los cuarteles, fueron las escuetas instrucciones de Scott. Ochocientos invasores dieron el primer asalto la madrugada del 8 de septiembre, capturaron tres cañones y emprendieron la retirada.

Pero el coronel Manuel Echegaray, con quinientos hombres del tercer batallón ligero, salió de sus posiciones a perseguir a los yanquis. Recobró los cañones. Se acercó a tiro de fusil a la línea enemiga y pidió apoyo desesperadamente para asaltarla. La caballería del general Juan Álvarez, en la hacienda de Los Morales, fue enviada por Santa Anna para entrar en combate "en el momento oportuno". Pero el libreto decía otra cosa, por lo tanto no se le dio la orden y no se movió, "no debía de moverse", contagiada del arte de la simulación de su Presidente. Siendo así, el coronel Echegaray se conformó con regresar al Molino del Rey con los cañones recobrados, lo cual provocó un desmedido júbilo en la tropa. En la representación de una tragedia, cualquier logro, por mínimo que sea, debe interpretarse como alentador y crear nuevas aunque a la larga dolorosas esperanzas.

Al día siguiente, los norteamericanos se reorganizan en tres columnas. Una sobre Echegaray, que la rechazó. Otra sobre la Casa Mata, que también fue rechazada. La tercera tenía por objetivo detener la caballería que mandó Santa Anna a la hacienda de Los Morales. Pero como en esa caballería actuaban meros comparsas de Santa Anna, no se movió, permaneció "deshonrosamente inmóvil", y en consecuencia la columna norteamericana fue a reforzar a las otras dos, y en un nuevo ataque consiguieron los yanquis la victoria.

—¿Cómo pudo permitirlo el que escribe el libreto, don Marcos, dígame? —le pregunté—. Porque usted y yo sabemos que Algo o Alguien que no es nosotros escribe esta obra en la que usted y yo, y todos los aquí reunidos, y los que pelean en las afueras de la ciudad, somos simples personajes con un papel asignado, pero no la mano que imagina y escribe la trama. ¿Quién pudo concebir esta representación horrenda de la que sólo alcanzamos a conocer muy superficialmente la suerte que se teje y desteje en cada escena, en cada encuentro aparentemente casual, en cada batalla que libramos, en cada muerto o en cada sobreviviente, en cada triunfo o en cada derrota, en cada figura que nos antecede o nos sucede?

—Entiendo. Santa Anna es tan sólo un pésimo comediante tragicómico. ¿Pero quién carajos lo metió a nuestra obra a representar un papel del que dependía la vida de tantísima gente inocente?

—¿Quién?

Y aún faltaba Chapultepec, la tragedia en pleno, de la que en ese momento mis amigos apenas si tenían noticia.

—¿Cómo iba aquello que escribió José Zorrilla sobre el Castillo de Chapultec? —me pregunta mi mujer.

Busco la cita y se la leo:

Quien no ha visto la Ciudad de México desde el Castillo de Chapultepec, no ha visto la Tierra desde un privilegiado balcón del Paraíso.

202

—Eso debió de ser lo más trágico para esos pobres cadetes, ¿no crees? El instante que precedió a la batalla, justo el instante que precedió a la batalla. La breve y a la vez sublime contemplación de la vida palpitante desde el lugar más hermoso de nuestro valle. Escríbelo.

—Voy a escribir que tú me dijiste que lo escribiera.

—No importa, pero dilo. Imagínate lo que fue para esos jóvenes morir ahí, precisamente ahí.

—Peor me parece morir por un país en el que se abolía el honor y se entronizaba la cobardía.

Asediados por un enemigo gigante (en todos los sentidos) al que no podían vencer, abandonados a su suerte (Santa Anna, por supuesto, estaba en Palacio Nacional: ya conocía el desenlace de la obra), aquellos jóvenes cadetes, entre trece y veinte años, resistieron al invasor a pesar de la autorización para retirarse en el momento en que así lo quisieran, en que así lo decidieran, en que así se los ordenara el instinto de conservación. Uno de ellos, Felipe Santiago Xicoténcatl, murió de catorce disparos envuelto en la bandera mexicana, como dictaba el código de honor.

La madrugada del 13 de septiembre, Scott ordenó la toma por asalto del punto estratégico que defendía el general Nicolás Bravo. Entre las ruinas del castillo —llevaban doce horas bombardeándolo— y la cuesta quebrada del cerro, sólo había dos opciones: huir vergonzosamente como muchos otros soldados la noche anterior, o morir. Lo primero había sido un constante ejemplo ofrecido por el propio general Santa Anna; lo segundo, cumplir con el deber de un soldado patriota. En aquella guerra absurda contra los norteamericanos muchos fueron los mexicanos que desempeñaron con lealtad su cometido, pero en especial los combatientes de Chapultepec sabían que serían los últimos dentro del ejército que podrían hacerlo, que debían hacerlo, porque el invasor estaba a las puertas mismas de la ciudad, tan largamente asediada. Además, en un sentido más práctico, abandonar Chapultepec significaba dejar en manos del enemigo una de las fuentes que abastecían de agua a la ciudad. A Scott le habría bastado con bloquear el acueducto para matarnos de sed.

La tenaz tragedia de nuestra historia parece afinar en Chapultepec sus viejos móviles: el miedo, la deserción, la improvisación, la torpeza, la codicia esgrimida como un derecho, la simulación, pero también, y en grado superlativo, la heroicidad.

Los tiradores yanquis avanzaban por el bosque. Un volaterío de pájaros se desprendía de los árboles como para ir a difundir la noticia de lo sucedido. Además de la fusilería, estallaban cañonazos cuyos impactos eran seguidos por piedras que rodaban con ruido de terremoto. Los uniformes azules trepaban como lagartijas, aparecían y desaparecían entre los milenarios ahuehuetes, plagaban el bosque de vida y también de una muerte contrastante. Muchos de ellos quedaban tendidos en las laderas, pero otros uniformes azules avanzaban, avanzaban, no se detenían, como una pesadilla que llegaba a su escena más angustiosa, sin siquiera por eso hacer despertar al que la sueña.

Una columna que ascendía por la rampa fue rechazada por Felipe Santiago Xicoténcatl y sus fieles compañeros del batallón de San Blas. Pero sólo en forma momentánea. Nuestro fuego se fue apagando lentamente y las densas nubes de humo que provocaba se distendieron. A bayoneta calada surgieron contundentes, como del fondo mismo de la tierra, las tropas de Quitman y tomaron el castillo, entre cuyos últimos defensores estaba el grupo de alumnos del Colegio Militar, quienes disparaban sus postreros cartuchos, peleaban cuerpo a cuerpo y se entregaban heroicamente a la muerte. "A la muerte que no es muerte porque su móvil es más alto que la vida", como escribió Víctor Hugo.

Lo que yo más temía, se estaba realizando. Mi plan secreto —morir abrazado a Isabel, escondidos en mi casa, con los ojos cerrados para no ver a los yanquis cuando nos invadieran— había fracasado por una torpeza de mi parte, un simple "descuido", que desencadenó la fatalidad.

Con la información de lo acontecido en las últimas semanas, intenté continuar mi crónica, pero resultó tal amasijo de ideas y sucesos inconexos e inacabados —tenía demasiadas lagunas por mi fuga al *otro* mundo—, que preferí destruirlo. Páginas y más páginas ennegrecidas y entorchadas en unos segundos por la acción providencial de las llamas de la chimenea, a las que fueron condenadas esa misma noche.

Pero dormí un par de horas y continué escribiendo. ¿Qué otra cosa podía hacer para evitar el derrumbe total, el puñal apuntando hacia el corazón, la crisis nerviosa incontrolable, el regreso a la posición fetal, la asunción de una posesión demoniaca, de la que quién daría fe si hasta los manicomios se habían convertido en improvisados hospitales de campaña?

Esa madrugada aún escribía cuando entró el cochero al estudio a anunciarme lo que tanto esperé, lo que tanto temí, lo que mis alucinaciones y luces me anunciaron desde tantos meses antes.

—Señor, parece que los yanquis ya están aquí.

Dejé la pluma y me preparé a salir.

—¿No va a llevar algún arma el señor? —me preguntó el cochero, con su gesto más adusto.

—¿Un arma? ¿Yo?

—Creo que sería lo prudente, si me permite la sugerencia el señor.

Lo pensé un momento y del cajón central del escritorio saqué el cuchillo de mango de marfil con el que había apuntado unas horas antes hacia mi propio pecho.

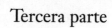

Tercera parte

I

*El cañonazo final que se oyó en Chapultepec, fue como
una señal de Santa Anna al general Scott para que en-
trara a la ciudad.*

Carlos María de Bustamante

Aquella mañana del 14 de septiembre de 1847, hasta el
sol había interrumpido en apariencia su ilusorio movimiento orbital y desde hacía un buen rato coronaba el
borde superior de los frondosos árboles de la Alameda.
Esfera rubicunda, de sospechosa ingravidez, teñía a la
ciudad de una destemplada tonalidad amarillenta y ahí
—como dentro de una temblorosa gelatina— fue que
vimos a los primeros yanquis desfilar frente a nosotros.

Algo peor que la peor de mis alucinaciones.

Entre los altivos generales con uniformes de gala,
penachos de plumas blancas, galones dorados y montados en briosos caballos, banderas desplegadas con
pedazos de cielo —como emblema de su ambición insaciable—, tambores batientes, clarinadas, gallardetes
ondulantes y armas de filos destellantes, intentaban
ocultar lo inocultable: el desastroso aspecto de la tropa
gruesa, el aura infame que la envolvía, la degradación
de lo humano hasta colindar con lo bestial.

Enormes, pecosos, muy toscos, reventando de co-
lorados, marchaban con unos largos y ostentosos pasos
de ganso, con sus casacas azules de botonaduras doradas, muy sucias o desgarradas, sus cubrenucas, sus altos
quepís de visera cuadrada, sus mochilas y sus gruesas

209

cartucheras, algunos cubiertos de lodo, muchos renqueantes, con los brazos en vendoleras o mostrando abiertamente las heridas, las cabezas vendadas, otros más comiendo con descaro calabazas crudas, jitomates, jícamas, trozos de pan o bebiendo a pico de botella, escupiendo constantemente en el suelo.

Nuestros nuevos amos, recién llegados.

Llevaban el sol en la cara, cuchicheaban entre ellos con la lengua altiva del que se sabe conquistador y al descubrirnos a nosotros ahí, empequeñecidos, boquiabiertos, desmañados, ellos sonreían o reían abiertamente como espectadores circenses.

Corrimos detrás de ellos hacia el Zócalo.

En el camino, había balcones que se abrían a su paso para blandir una bandera norteamericana, lanzar saludos, sonrisas, besos, rosas, dalias, claveles, pañuelos perfumados.

Tuve un como ramalazo de odio contra mi ciudad y contra todos los que en ella habitábamos —¿por qué permitimos que llegara a suceder lo que estaba sucediendo en esos momentos?— y en especial contra esa maldita gente que, ahora sí lo sentía yo vivamente y no sólo como una metáfora literaria, se rendía y alababa a los demonios del Anticristo.

Estrujaba el corazón ver aquella multitud desatinada y delirante ir detrás de sus secuestradores por la calle de Plateros, moviéndose como un gran animal torpe, por su tamaño, por su pesantez.

Abundaban los léperos, aunque también, por aquí y por allá, surgía algún sombrero, un bastón o un vestido que delataban a una persona "decente".

Del Zócalo llegaba un rumor de multitud crecien-te, rumorosa, fluctuante.

Ya ahí, la gente se concentró en el centro de la pla-za, pero también se desparramó por todos los rincones, hormigueaba en los portales, se trepaba a los fresnos, formaba remolinos en las esquinas, subía a las azoteas, aparecía arracimada en las ventanas.

Las voces se convirtieron en un amasijo de augu-rios apoyados en remembranzas, y a cada nueva frase aumentaba en todos la sensación de horror, se justifi-caba la cólera. De cuando en cuando se escuchaba un suspiro estrepitoso, aún más doloroso que cualquier queja.

La plaza entera vibraba y devolvía cien ecos mag-nificados y sonoros.

Todos teníamos los ojos puestos en Palacio por-que, se decía, el general Scott ya había tomado posesión de él y no tardaría en salir al balcón a dirigirnos un mensaje.

Ese mismo Palacio, pensé, que en sus cimientos, guarda la voz de Moctezuma, de Cortés, de los prime-ros virreyes. El que no hacía mucho tiempo había escu-chado otros gritos de la misma multitud congregada en la plaza: ¡Viva el ejército de las Tres Garantías! ¡Viva el México Independiente! ¡Viva el Plan de Iguala! Y luego, siete meses más tarde: ¡Viva Agustín primero, viva el emperador, muera el Congreso! Y aún restallan por ahí los ecos de gritos más recientes: ¡Viva el general Santa Anna, viva el padre de la República!

La plaza donde iba a levantarse el gran monumen-to a nuestra Independencia.

Con indignación, escuchamos el grave lamento de la campana mayor de Catedral, henchirse y estallar como una burbuja de oro en el aire vehemente de la mañana.

De pronto la atmósfera se me volvió irrespirable. Un sudor de agonía lo impregnaba todo. Creí que iba a morir, ahí mismo, entre los rostros inquisitivos, pasmados o descompuestos, que me rodeaban. Pero no era yo, no era mi cuerpo el que iba a desintegrarse, supuse. Era el mundo.

Parpadeaba continuamente, abría bien los ojos y una especie de vértigo me acometía. Las figuras se acercaban, se esfumaban, se confundían. Las proporciones cambiaban.

Pero no, no era únicamente que la firmeza de mi percepción vacilara, es que en ese momento en el balcón de Palacio había aparecido el general Scott —enorme, arrogante, con un uniforme azul oscuro destellante de galones y medallas— y había empezado a lanzarnos un emotivo discurso… ¡en inglés!

—Mexicans, dear Mexican people! Listen to me! We have come, we are here to save you from your politicians who can never come to a point with one another; we have come to save you from the corrupted Mexican army…!

La rechifla en respuesta fue ensordecedora. Una lépera a mi lado agitaba las manos como aspas al tiempo que gritaba:

—¡Te vamos a partir la madre, costalón asqueroso! ¡Por lo menos habla en cristiano!

O:

—¡Protestante inmundo, regrésate al infierno del que saliste!

Otra voz fue aún más expresiva:

—¡A ver si cuando te tenga agarrado por los huevos sigues hablando en inglés!

Hubo gritos de lo más variados, pero todos por el mismo rumbo y coloreados por la misma furia:

—¡Viejo yanqui hijo de puta!

—Sí, sí, sí, tío Juana Rana, sigue hablando al fin que ni te entendemos nada.

—¡Qué te crees, pendejo!

—¡Te vamos a echar a patadas!

Un lépero pegó un grito de lo más revelador:

—¡Sáquense yanquis de mierda, aquí nos morimos de hambre y ustedes vienen a quitarnos los últimos mendrugos de pan que nos quedan!

O a coro:

—Una, dos, tres… ¡chinguen a su madre los yanquis!

También los gritos contra Santa Anna empezaron a cundir:

—¿Dónde está Santa Anna?

—¡Ya se largó, dicen que ya se largó de la ciudad!

—¡El muy culero nos dejó solos!

—¡Chingue a su madre también Santa Anna!

—¡Sí, que también él chingue a su madre!

Las señas y los gestos eran tan ilustrativos como las palabras de las que iban acompañados.

Santa Anna —quien, en efecto, ya había huido de la ciudad con un ejército de cuatro mil jinetes y cinco mil infantes— escribiría después en *Mi historia militar y política*:

213

*La población de la Ciudad de México no pudo resistir
el aspecto de los invasores, que orgullosamente tomaban
posesión de la ciudad. El pueblo se reúne, empieza a
formar corrillos, a montar en cólera a la vista de la
notoria altivez de los norteamericanos.*

Pueblo que tomó venganza de esa altivez sin necesidad
del propio Santa Anna y su ejército.

En una de las esquinas de la plaza, subido en un
banco, estaba un hombre que juntó el pulgar y el índice,
se los metió en la boca y emitió un silbido tan agudo que
nos rajó los oídos y nos obligó a volvernos para escu-
charlo. Era Próspero Pérez —ojos destellantes, cabello
lanudo y alborotado, voz resonante, con muy buena fama
de orador de la plebe— quien de entrada desparramó
una mirada retadora a su alrededor y preguntó:

—¿Qué, aquí no hay hombres?

Y de nuevo, una y otra vez, a grito pelado:

—Estoy preguntando, ¿qué, aquí no hay hombres?
Porque supongo que los hombres, los de veras hombres,
no soportarían que los pendejearan como ustedes lo so-
portan. Los pendejean y algo peor. ¿O no ven la mierda
que les echa encima, con su pura presencia, cada yanqui que entra a esta ciudad? ¿No la ven? Por lo menos
levanten los ojos al cielo y véanla. Carajo, les cae en la
cabeza y no la ven. Las mujeres ya la vieron y por eso
les están dando el ejemplo con su actitud decidida y sus
gritos, óiganlas. ¡Fuera con la mierda que trajeron los
yanquis! ¿Ustedes, los supuestos hombres que hay aquí,
van a quedarse cruzados de brazos ante la mierda que les
cae del cielo y los embarra de pies a cabeza?

214

Alguien preguntó.

—¿Qué hacemos, qué podemos hacer para impedir que esa mierda nos caiga en la cabeza, Próspero?

Su respuesta fue contundente y como la culminación de su proclama:

—¿Qué, no nos hablan esas piedras de las azoteas de todos los edificios que nos rodean? Óiganlas. ¿No las oyen? Están diciendo: ¿qué más quieres si aquí me tienes? Utilízame. Arráncame de donde estoy plantada… ¡y conmigo y mi patriota colaboración pártele toda su madre al invasor yanqui!

La llama acabó de encenderse en el momento en que un soldado yanqui empezó a izar la bandera norteamericana en Palacio. Algo que a muchos casi nos ahoga al contenernos la respiración. Aunque también hubo gritos furibundos, que se entremezclaban con ahogados sollozos y quejidos, y no faltó quien prefirió taparse los ojos, dentro de un puchero.

Pero el soldado yanqui no logró su propósito porque, precisamente cuando ya la bandera ondeaba a media asta, un certero balazo, que surgió de alguna azotea cercana, lo derribó.

Al ver ese cuerpo desmadejarse, como un títere al que hubieran cortado los hilos, y la bandera norteamericana a la mitad de su camino hacia las alturas, la multitud soltó un largo aullido y se lanzó contra los grupos de soldados yanquis, montados a caballo o a pie, que permanecían a las puertas de Palacio.

Sin lugar donde esconderse, hasta los más obtusos o temerosos nos dimos cuenta de que ya no era posible retroceder, de que la ola nos arrastraba, de que era necesario seguir adelante, aunque supiéramos que íbamos rumbo al abismo.

—¡Mueran los yanquis!

La multitud se convirtió en un gran animal torpe pero brutalmente impulsivo, desarticulado y acéfalo.

Los niños se enredaban entre las piernas de los mayores, perdían el equilibrio, no podían levantarse del suelo, eran pisoteados. Fueron los primeros en comenzar a llorar.

¿Quién podía haber supuesto unos minutos antes, al verlos desfilar por Plateros, que aquellos enormes y altaneros soldados yanquis, tan rubios, que se reían de nosotros como espectadores de circo, terminarían por correr aterrados en todas direcciones ante el acoso de la multitud, por más que aún alcanzaran a disparar y a derribar a algunos de nosotros? Sus propias armas no podían protegerlos demasiado tiempo porque la gente les caía encima en oleadas crecientes.

—¡Mueran los yanquis!

Había un desorden y confusión totales. Las columnas y los batallones parecían diseminados, pulverizados. En su carrera frenética de hormigas espantadas, los soldados yanquis arrojaban las armas, los quepís, las vainas de los sables, los correajes, las cartucheras.

A otros soldados lograron bajarlos de sus caballos, estrellándolos contra el suelo, y ya ahí se ensañaban con ellos. Un caballo sin jinete, con sólo tres patas y un muñón ensangrentado, brincaba enloquecido y parecía intentar morderse la cola.

Todo mi ser dudaba, pero el miedo pudo más y salí corriendo hacia los portales para abandonar la plaza, torcido, desencajado, la cabeza sumida, pensando hipnóticamente que una de esas balas que intermitentemente escuchaba disparar estaba destinada a mí, ¿a quién si no?, que corría hacia ella sin remedio. O que uno de esos cuchillos y una de esas bayonetas que atisbaba destellantes, me aguardaba para poner fin a mi carrera vergonzante. Tropezaba, resbalaba, me empujaban, caía, me volvía a levantar, hacía enredados equilibrios, con una viva sensación de ridículo por huir así y por mi torpeza para pisar con firmeza y mantenerme erecto.

—¡Mueran los yanquis!

Estaba lleno de tierra, sudaba, entrechocaba los dientes y apretaba tanto los puños que me dolían los dedos.

En una de esas ocasiones en que caí, alcancé a ver —dentro de una nube de polvo— a un grupo de mujeres que arañaba, mordía, escupía, desnudaba a un soldado yanqui, quien se crispaba y retorcía, como si convulsionara.

Otro más parecía ya muerto. Materias blanquecinas y viscosas aparecían entre los mechones de pelo rubio y la cara —una cara brutal que no había apaciguado la muerte— estaba cubierta de sangre. Un par de léperos lo veían fascinados, como a una fiera recién cazada, todavía caliente. Lo movían con el pie una y otra vez, acaso temerosos de que aún pudiera revivir y levantarse.

Una lépera colgó en un palo los calzones sangrantes de uno de esos yanquis y, entre risotadas y brincos, los blandía como una bandera de triunfo.

Todo ocurría como en los sueños. La lucha, los golpes entre los contendientes, los gritos, los disparos, los cadáveres regados, eran imágenes reales, pertenecían al mundo de la realidad real, por decirlo así, pero flotaban en una atmósfera más bien neblinosa.

—¡Mueran los yanquis!

Casi al llegar a los portales, me atrapó por un tobillo un soldado yanqui herido al que tuve que rematar con mi puñal. Tal parecía que se lo dejé clavado en el pecho para no dejarlo clavado en el mío, después de que Isabel me abandonó.

A partir de ese momento, la ciudad entera se encendió con una gran llamarada, contagiada por un sol que, precisamente en esos momentos, abría una suntuosa cola de pavorreal en el horizonte, un horizonte ya horriblemente lejano para nosotros los capitalinos.

El ejército norteamericano encontró en el pueblo mismo a su más feroz contrincante desde que pisó tierra mexicana. En el pueblo y —también hay que tomarlo en cuenta— en los más de mil presos que Santa Anna ordenó que se pusieran en libertad de las cárceles de la Acordada y Santiago Tlatelolco, y quienes, además de pelear con bravura contra los yanquis, saquearon un buen número de oficinas y comercios.

Como bien escribía Melchor Ocampo: era imposible para México resistir al ejército yanqui oponiéndole otro. En cambio, la defensa popular era el camino más conveniente.

Ya que no nos es dado imitar el bárbaro, pero heroico y sublime valor con que los rusos incendiaron su capital sagrada en 1812, imitemos por lo menos la táctica de nuestros padres y de nuestro pueblo en su gloriosa lucha por la Independencia… La paz no sería para la Ciudad de México sino el sello de una ignominia, la condición más ventajosa para su nuevo conquistador. Sería, en una palabra, regresar a una condición aún peor que la de sus propios esclavos negros.

II

Guerra, sangre, exterminio, venganza, no la paz con la afrenta comprada, que humeante fulmine la espada entre escombros la muerte por doquier. No la paz vergonzosa, cobarde; sangre, fuego, exterminio, venganza, y al fragor de la horrible matanza que se dicte al vencido la ley.

José María Esteva

Después de andar como sonámbulo durante horas por las calles y los callejones de los alrededores del Zócalo, hasta donde el conflicto empezaba a extenderse, localicé por fin mi carruaje y me dirigí enseguida a mi casa.

Permanecí el resto del día frente a la chimenea, fumando y bebiendo vino, con la mejilla muy hinchada por el golpe que me propinó el yanqui herido. Me temblaban las manos, me recorrían escalofríos como culebritas por la espalda, y a cada momento tenía que acercarme un poco más al fuego para calentar el hielo de mis entrañas. En algún momento cabeceé y tuve un sueño que luego se ha repetido intermitentemente a lo largo de mi vida. Estoy a la orilla de uno de los canales de la ciudad y hay un gran sol trepado en el cielo. Todo el canal era sol, una inmensa cuchillería confusa que me tajeaba los ojos y encima un cielo muy azul que se aplastaba contra la nuca y los hombros, obligándome a mirar interminablemente hacia el agua. De pronto veía a lo lejos un cuerpo desnudo oscilando blandamente para soltarse de los juncos que lo retenían, hasta ingresar en la corriente del canal, acercándose sin remedio a la orilla en que yo me encontraba y en donde el sol le daría en pleno rostro cadavérico, tan pálido que era casi transparente y con los ojos azules muy abiertos, los mismos que tenía el soldado yanqui en el momento en que le clavé el cuchillo en el pecho. Lo angustioso del sueño es que, a pesar del rostro cadavérico, esos ojos están vivos, muy vivos, y siempre me miran como pidiéndome algo, rogándome algo que nunca he logrado descifrar.

Al anochecer subí a la azotea a contemplar la ciudad iluminada por resplandores intermitentes —tan parecidos a mis llamas premonitorias—, estrellitas rojas que debían ser disparos, bocanadas de fuego de los cañonazos o casas que se encendían como paja.

Había un rumor creciente, de ola a punto de reventar.

Un cielo muy limpio, tachonado de estrellas, contrastaba con el tumulto y la agonía —sobre todo eso— de aquí abajo.

La ciudad entera zumbaba, como aprisionada en una caja.

Supuse —ingenuo de mí— que Santa Anna había regresado con su ejército a defendernos de los invasores. Pero no, eran los puros guardias nacionales y el pueblo mismo, los que daban la batalla. Los primeros tenían armas y parque y se ubicaron en lugares estratégicos de la ciudad —las bóvedas de los templos, las azoteas de los edificios más altos— para desde ahí esperar y disparar a los soldados norteamericanos que, furiosos, a caballo o a pie, recorrían la ciudad para castigar a los rijosos.

El pueblo, para pelear, sólo tenía uñas, dientes, piedras —esas piedras que, según Próspero Pérez, nos llamaban a la lucha—, palos, machetes, hondas, botellas, macetas, y hasta cuchillos de cocina. El aceite y los caldos hirviendo lanzados desde las ventanas fueron uno de los recursos más usados y de los que más daño hicieron. Se levantaron barricadas con piedras, pero también con roperos, mesas, sillas, catres y huacales.

Sabía que aquella noche no iba a pegar los ojos y le dije al cochero que me llevara al hospital de San Pedro y San Pablo, al que por estar en las afueras de la ciudad quizá fuera más fácil acceder.

III

*Supe que en la Plaza Mayor había un cuadro de tropas
enemigas que ocupaba Palacio y que en su azotea ondeaba
ya la bandera norteamericana que, la verdad, no tuve el
valor de ir a ver.*

Carlos María de Bustamante

El doctor Urruchúa había adelgazado tanto que el pantalón le quedaba bolsudo y la camisa se le escurría en el cuerpo. La flacura y la palidez habían como exacerbado la turbulencia de sus ojos bajo los lentes empañados. Me dio un cálido abrazo sin preguntar más nada, como si nos hubiéramos visto el día anterior y, a través de un pasillo lóbrego, me llevó al ala trasera del sanatorio con los heridos recién llegados, que eran multitud.

En un recibidor anterior a las primeras salas estaban los parientes y amistades de los heridos. El doctor apenas si pudo pasar entre ellos: unos y otros lo tironeaban de la bata blanca, le exigían, le rogaban que atendiera a sus víctimas, que les informara a la brevedad sobre ellas, no podían esperar más, entre sollozos y manos crispadas o abiertamente amenazadoras.

En su mayoría, los heridos eran gente del pueblo, muchos de ellos mujeres y niños. Las camillas para conducirlos no se daban abasto y había que improvisarlas con ramas y hojas. O sin camilla, a puro lomo. Los arrojaban como bultos sobre el piso, alineados, diez, quince, al final veinte o más en cada sala. Había nauseabundos olores a orines y excrementos.

Los heridos gruñían, lloraban, maldecían, emitían quejidos apagados como en un coro monótono de lamentaciones. Algunos se arrastraban, se empujaban, se arrancaban las vendas, las mujeres querían salir a respirar aire fresco, morirse de una buena vez. Los niños pegaban los chillidos más agudos o, por el contrario, permanecían dormidos a pesar de lo grave de sus heridas, hechos bolita.

Los bombardeos yanquis habían volado dedos y manos, abierto boquetes en los cuerpos y a una niña una explosión le arrancó una pierna. ¿Cómo podía estar viva?, me preguntó el doctor Urruchúa, mientras la hacía aspirar unas sales.

Luego pidió a sus ayudantes que llevaran a los muertos —a los que reconocía con una simple ojeada— a los patios traseros para enseguida quemarlos, apenas él mismo bajara a dar la orden. ¿Qué otra cosa podía hacer con ellos?, me preguntó con una cara desencajada, comida por la pena y una dolorosa ternura, incapaz de asimilar la responsabilidad que, de golpe, le había caído encima. En los pocos días que dejé de verlo, el doctor Urruchúa no sólo adelgazó varios kilos sino, además, envejeció algunos años. Su cara hervía de estrías, nuevos mechones grises salpicaban sus cabellos, su cuerpo daba una más acentuada impresión de ser quebradizo.

Dio la orden y, bajo el efecto del fuego, los cadáveres, unos sobre otros, empezaron a ennegrecerse, chisporrotear, chasquear, retorcerse como si recobraran la vida por un segundo, las cabelleras se les volvían una fugaz llamarada.

Me estrujaba el corazón ver aquel espectáculo dantesco; pero a la vez, subyacente, aguijoneante, turbadora, había en mi conciencia otra preocupación: ¿cuánto iba a aguantar el doctor Urruchúa de pie si, me confesó, llevaba días sin comer y sin dormir?

En algún momento, me llevó aparte y me pidió un favor. Los ojos opacos y cansados se fueron animando y empezaron a brillar. Había ahí un herido muy especial. Era un sacerdote español llamado Celedonio Domeco Jarauta, quien había comandado la guerra de guerrillas en Veracruz y esa misma mañana había disparado, desde una azotea cercana a Palacio, sobre el soldado yanqui que intentó izar la bandera norteamericana. ¿Me había yo enterado? Le comenté, con orgullo, que lo había visto con mis propios ojos. Pues si los yanquis lo encontraban ahí, en el hospital, lo iban a reconocer —había carteles con el dibujo de su rostro pegados por todas partes—, lo harían prisionero y las torturas que le infligirían serían inimaginables. ¿Podía yo imaginarlas? Me estremecí y el doctor Urruchúa debió notarlo porque preguntó a quemarropa: ¿Sería capaz, en fin…, podría llevarlo unos días a mi casa, yo que vivía solo y estaba en condiciones de atender sus heridas y, quizá, permitirle recibir la visita de algunos de sus compañeros, que habían hecho el viaje con él desde Veracruz, también guerrilleros? Al doctor Urruchúa le era del todo imposible abandonar el hospital, y de la manga de su bata salió una mano muy abierta, impotente, y un antebrazo como una viborilla pálida. Por supuesto, lo tenía muy claro el doctor Urruchúa, en caso de aceptar, arriesgaba yo mi vida.

El corazón me dio un vuelco. Arriesgaba la vida, pero no podía negarme.

—Ya algo leí sobre él. Es un hombre admirable. Será un privilegio tenerlo en mi casa, atender sus heridas y recibir a sus compañeros. Mis sirvientes y el cochero son de toda mi confianza, se lo puedo asegurar.

IV

Los agravios que hemos sufrido de México desde que rea-
lizó su Independencia y la paciente tolerancia con que los
hemos soportado, no tienen paralelo en la historia de las
naciones civilizadas modernas.

James K. Polk, Presidente de los
Estados Unidos, diciembre de 1846

El padre Jarauta llevaba la cabeza vendada y durante el
trayecto a la casa de Tacubaya permaneció en silencio
y con los ojos cerrados. Lo instalé en un camastro de
la buhardilla, entre armarios maltrechos, sillas cojas,
espejos empañados y fantasmales, baúles inviolables y
libros deshojados. La sirvienta barrió y recogió el polvo
lo más rápido que le fue posible, me ayudó a cambiar-
le la venda tal como indicó el doctor Urruchúa —la
herida de la frente era extensa pero no muy profunda,
aunque lo dejó inconsciente durante varias horas—, le
pusimos un poco de árnica, le dimos a oler unas sales.
La sirvienta subió una infusión de boldo con miel de
abeja, un trozo de queso y una botella de vino, y luego
nos dejó solos.

La luz de la luna entró de repente, muy oblicua,
por la alta ventanita de la buhardilla, amortiguó la luz
amarillenta del quinqué, reveló el polvo suspendido en
el aire.

Su cara era la de un hombre que había sobrevivido
a una terrible prueba, no había duda. Los grandes ojos
castaños, con cejas muy pobladas, estaban acuosos, los

iris estriados y con unas extendidas manchitas pardas, como las que deja el tabaco en los dedos. Tenía una nariz muy ganchuda ("pájaro de cuenta", lo llamó el *Monitor*). La barba incipiente le negreaba las mejillas. Llevaba una sotana desteñida, con lamparones de grasa y sangre coagulada, abrochada hasta el cuello, por el que aparecía un tupido mechón de pelo retinto. Por debajo de la sotana se veía un pantalón deshilachado en la basta y unas sandalias de pastor cubrían los pies mugrosos, con las uñas crecidas.

Cuando le cambiamos la venda de la cabeza, todo su ser se crispó, en lo que parecía una mezcla de dolor, despecho, impotencia, rabia, nostalgia. Pero no dejaba que nada de esto se notara abiertamente y por momentos abría una sonrisa forzada, con las comisuras de la boca muy plegadas. Daba las gracias continuamente, parpadeando nervioso y con una ligera inclinación de la cabeza.

Aceptó que le ayudara a quitarse la sotana —tal parecía que le desgarraba la piel—, tomó unos tragos de la infusión de boldo y miel de abeja, algo de queso y de vino, y se echó una cobija encima.

Me dijo que al día siguiente, muy temprano, irían sus compañeros a buscarlo, el doctor les había dado mi dirección con detalle, no podían perderse (el estómago se me contrajo, no pude evitarlo).

Si no fuera por la herida de la frente que le produjo un desmayo tan prolongado, si aún conservara una pizca de energía, estaría peleando al lado de sus compañeros, los yanquis ya conocían su efectividad en la lucha, vaya si la conocían, en la guerra de guerrillas en Veracruz los mantuvo en un jaque permanente, habían matado a cientos de ellos, los periódicos todo lo minimizaban y ocultaban a últimas fechas.

Le puse otra almohada bajo la cabeza y levantó una mirada acuosa y muy roja, a la que protegían los pesados párpados. En el tupido vello de la mano se le enredaban briznas de la luz del quinqué.

Le pregunté sobre el soldado que intentó izar la bandera norteamericana por la mañana, y al que él mismo derribó de un certero balazo desde una azotea aledaña a Palacio. Chasqueó la lengua: ése era un suceso nimio, anecdótico, por espectacular que les hubiera parecido a los presentes, lo importante eran los yanquis que aún faltaban por abatir. De ser posible, todos los que ya pisaban, o pisaran en el futuro suelo mexicano. No debía quedar ni uno en pie, ni uno solo. Era una señal perentoria que, como tantos otros, él había recibido del cielo.

Hablaba en un tono tan febril —en ocasiones tenía que respirar entre cada frase, reemplazando las palabras por un gesto o una mueca—, que temí se pusiera de pie de un brinco y corriera rumbo a la ciudad al lado de sus compañeros. Estoy convencido de que estuvo a punto de hacerlo. Por eso le palmeé un hombro, le insistí en que descansara, el desmayo que sufrió había sido de lo más grave, decía el doctor, y que tratara de dormir un poco —yo mismo me caía de sueño—, pero por lo visto el vino lo achispó en forma inesperada, y era tal el ardor de sus palabras, que nos quedamos conversando hasta el amanecer.

Así como la lucha contra el Islam ocupaba la mente de San Ignacio de Loyola durante su juventud, en la de él se volvió obsesión ayudar a los mexicanos a pelear contra los *infieles* yanquis, para lo cual tenía que haber sido jesuita y nada más que jesuita. Que recordara yo nomás su papel central en la contrarreforma, y que el evento que precipitó el sentimiento de identidad y rebeldía a lo largo de la América española fue la trascendente decisión monárquica de expulsar a los jesuitas de España y de sus colonias. Con ello sólo se consiguió crear una reacción contraria que avivó esa rebeldía, tal como sucedía en todos los sitios de donde eran expulsados. Por eso Michelet decía que si detenían a un hombre en la calle y le preguntaban con qué relacionaba a los jesuitas, la respuesta inevitable era "con una revolución". La libertad había sido una de las palabras clave de las enseñanzas de su fundador. Ellos trajeron la modernidad al Nuevo Mundo, fomentaron los estudios que nos abrieron los ojos. En vez de atrincherarse en la escolástica, les arrebataron el poder a los tomistas, quienes habían dominado el pensamiento político a través de las enseñanzas de Santo Tomás.

Integrados místicamente en la disciplina militar impuesta por Loyola, emprendieron su misión, por lo pronto, desvinculándose de todo lazo mundano o familiar, que consideraban como mera debilidad carnal. Los bienes materiales que pudieran tener iban a parar a los pobres, tal como hizo San Ignacio en Montserrat: cambió sus elegantes ropas por las de un mendigo antes de iniciar su peregrinación. En los rituales eran parcos hasta la saciedad y prescindían de boatos y pomposas ceremonias. Apenas dedicaban tiempo a ayunos y vigilias que les debilitasen el cuerpo. No malgastaban su esfuerzo aparentando ficticias dedicaciones piadosas, pero se empleaban plenamente en el desarrollo del espíritu y, muy especialmente, del intelecto. Fundaban colegios en vez de conventos. No vivían de la limosna sino de su trabajo. Y, lo más importante, se habían dispersado por los cinco continentes a difundir el mensaje de Jesús. Todo esto los había enfrentado en más de una ocasión no sólo a los gobiernos sino a los pontífices mismos, a quienes servían según el precepto acatado. Porque, aunque ese acatamiento era incondicional y formaba parte integral de su regla, lo era sólo a la representatividad del pontífice y no a su persona. Por tanto, no se trataba de mostrar fidelidad y obediencia a tal o cual Papa, sino a la figura suprema de la jerarquía eclesiástica, al ocupante del trono de San Pedro y representante máximo de Jesucristo en la Tierra.

La voz vehemente pero pausada del padre Jarauta abría unos largos silencios que terminaban por integrarse al hilo del relato, le ofrecían un intenso contrapunto, parecían coagularse, caer como ceniza dentro del denso aire de la buhardilla.

Por eso la actitud y testimonio suyos y de sus hermanos pugnaban con el concepto de muchos otros católicos que reducían lo cristiano a un "devocionismo" sentimental (confesiones y comuniones rutinarias, rosarios vespertinos, golpes de pecho, novenas, procesiones), a un "angelismo", blando y dulzón, según el cual el hombre de veras piadoso debía desentenderse de las trágicas y rudas realidades temporales, de las injusticias sociales y, lo que era peor, de las claras y cada vez más contundentes manifestaciones del Mal, tal como la que vivía en ese momento la Ciudad de México.

No podíamos permitirlo: la intención de los yanquis era apoderarse de México, exterminar a sus habitantes, luego conquistar el resto de América Latina, imponiendo el mismo dominio bárbaro, con la bandera de las barras y las estrellas como único símbolo; brincar a Europa, someterla también, acabar con su cultura y sus tradiciones, y concluir su larga y siniestra marcha… en el Vaticano, al que tomarían por asalto.

—El Perro mismo del Anticristo que ha venido a la Tierra a reclutar prosélitos —dije.

—Ése —contestó sin una gota de duda.

Agregó que cada jesuita debía ser un soldado de Cristo en esta lucha. ¿Nos asustaba la violencia que eran capaces de desplegar en casos especiales? Que recordara aquel pasaje de la autobiografía de San Ignacio en que, apenas iniciado su peregrinar en un burro, se encuentra en el camino a Manresa con un moro. Entablan amena conversación pero algo menciona de pasada San Ignacio sobre la virginidad de María, ante las risas y burlas del moro, incrédulo ante el tema, quien como iba a caballo no tardó en adelantarse. San Ignacio se traga un momento el coraje, pero reacciona pronto. Un soldado de Cristo no podía permitir que un infame moro se burlara, así como así, de la virginidad de María. Decide alcanzarlo y, sin más trámites, "coserlo" a puñaladas. Pero sabe que parte fundamental de su reciente conversión ha sido atemperar su violento carácter, y prefiere ponerse en manos de Cristo. En el siguiente cruce de caminos, suelta las riendas y deja que el burro elija por dónde quiere ir. Si es por el camino del moro, tomará venganza; de otra manera, se resignará a dejarlo en paz. Felizmente, sucedió esto último. ¿Y si hubiera sucedido lo contrario? ¿Habría sido Ignacio menos santo si, como pretendía, hubiera "cosido" al moro a puñaladas?

Ese mismo carácter, esa intolerancia nunca atemperada del todo, ese concepto tan abierto de la libertad, llevó a San Ignacio a coquetear con la idea del suicidio en alguno de sus inflexibles retiros en un monasterio, acometiéndole la tentación de lanzarse a un pozo que había por ahí. ¿Sabía yo qué lo había detenido? Primero, su relación con Cristo, con quien hablaba en voz alta y a quien le confesaba sus debilidades como no podía haberlo hecho con ninguna otra persona que tuviera a su lado; y luego, su vocación para lo que sería columna central de su doctrina: la contemplación, en especial la de un cielo estrellado. Así lo había escrito: "la contemplación de un cielo estrellado siempre regresa las fuerzas a mi alma". De ahí sacaba fuerzas en los momentos de mayor debilidad. Y al decirlo, el padre Jarauta, volvió ligeramente la cabeza para mirar él mismo un trozo de cielo por la ventanita de la buhardilla, donde parpadeaba un manojo de estrellas muy azules.

Yo, tan contrario a un santo, me sentí más bien como el payaso de circo que levanta una cara enharinada hacia el agujero negro de la carpa, contacto único con un cielo estrellado como el que veíamos en esos momentos. Algo que alteraba momentáneamente —quizá sin él saberlo— su triste condición de payaso.

—¿No ha notado usted cómo las estrellas sueltas, las que no alcanzan a integrarse a una constelación parecen más apagadas y tristes? —preguntó el padre Jarauta, sin apartar los ojos de la ventanita—. El hombre debe de haber sentido desde el principio de los tiempos que cada constelación era como un clan, una raza. Incluso, ¿no ha percibido usted, en ciertas noches como ésta, que allá arriba también puede haber una especie de guerra, un juego insoportable de tensiones, algo terrible y maravillosamente vivo y palpitante?

Y terminó con una reflexión que me estremeció al relacionarla con lo que sucedía en ese mismo instante en nuestra ciudad.

—Lo contrario de la muerte no es la trascendencia, ni siquiera la inmortalidad. Lo contrario de la muerte es la fraternidad. Habría que pensar en la Crucifixión como en un mero acto de fraternidad.

V

La gran superioridad de Estados Unidos es que allí todo el mundo habla el inglés. Aquí, en un radio de cincuenta leguas, suele suceder que se hablen diez idiomas. Por eso, nuestra fuerza, una fuerza mucho mayor que la de las armas, vendrá de la difusión del castellano.

Ignacio Manuel Altamirano

La sirvienta nos avisó cuando llegaron los compañeros del padre Jarauta, quienes pusieron la casa a retumbar con sus pisoteadas y sus gritos. El amanecer era apenas un fulgor azulado, verdoso. El padre se puso de pie tambaleante, muy mareado, y me pidió un poco de agua para echársela en la cara, cuidando de no mojar la venda. La sotana le infundió nuevo brillo a sus ojos. Al bajar al salón, en donde nos esperaban sus compañeros, el cambio ya era total: su mirada, sus manos, toda su piel parecían en efervescencia.

Eran más de ochenta, varias mujeres, otros sacerdotes, unos con sotana y otros de civil. Campesinos, léperos, pero también varios jóvenes bien vestidos, en especial los que dijeron ser estudiantes de Medicina. Había peones de hacienda y de los que viven en las orillas de la ciudad y trabajan un día de adoberos y al siguiente de aguadores o de cerreros. Gente que vive de hacer un poco de leña, un poco de carbón, o de matar un conejo. Me sorprendió el viejo comerciante español, muy parlanchín, que nos invitaba a su tienda a mostrarnos el arsenal que tenía ahí guardado, una verdadera joya para esta guerra. Algunos, muy pocos, llevaban fusiles, cuchillos y otras armas que mostraban con ostentación. En sus caras ennegrecidas, somnolientas, había ansiedad, terror y entusiasmo. Se frotaban los ojos, se hacían señas, reían a carcajadas o hacían gestos compungidos, algunos no paraban de hablar, interrumpiéndose unos a otros.

No habían dejado de matar yanquis toda la noche —había una gran cantidad de gente desperdigada por toda la ciudad atacando a los yanquis con los medios que tuvieran a su alcance, especialmente con piedras y palos—, pero también a ellos les habían causado numerosas bajas. Mencionaron los nombres de algunos compañeros muertos y el padre Jarauta rezó una oración en su memoria, ante un silencio forzado y breve.

El Ayuntamiento hacía esfuerzos desesperados por restablecer el orden, publicando y pegando comunicados en las calles y a los que nadie hacía caso.

Alguien que siguió cautelosamente a los yanquis desde la garita de Belén, narró que pudo observar su progresión por los remolinos de polvo que los precedían, y vio con sus propios ojos cómo se ensañaban con la gente —incluidos mujeres y niños— que encontraban a su paso; vio cómo las culatas, las hachas, las piquetas, derribaban puertas, echaban abajo tablones, se iban directamente, aún con más furia, contra los rostros y los cuerpos.

En cambio en la garita de San Antonio, muy cerca de donde se había ido a refugiar un grupo de los prisioneros que soltaron de la cárcel de Santiago Tlatelolco, alguien más encontró soldados y caballos norteamericanos tirados entre las milpas, cuerpos destrozados con verdadera saña, miembros amputados entre los pedruscos y los baches del camino, algunos caballos agonizantes aún agitaban sus largos cuellos, un yanqui se arrastraba reptante por el lodo y con una mano engarruñada y sangrante pedía ayuda. El compañero, por pura compasión, dijo, no hizo más que rematarlo.

Del mal afamado callejón de López —por ser refugio de las mejores putas de la ciudad, se decía—, salía la gente a provocar a los estadounidenses, buscando atraerlos a territorio rebelde. Ya ahí, hasta los niños les caían encima, atacándolos a mordidas. Al poniente, en el barrio de San Diego y en los alrededores de la Acordada, un grupo de mujeres, habitantes de un viejo edificio, se puso de acuerdo para lanzar desde las ventanas ollas completas de aceite hirviente a una compañía de yanquis que pasaba por ahí. Brincaban, aullaban, hacían piruetas, se revolcaban en el suelo como gusanos para tratar de desprenderse las ropas que se les pegaban al cuerpo.

En el grupo, de pronto había amplias ondas de risas nerviosas o de quejas compungidas.

Los combates más encarnizados ocurrieron en las inmediaciones de templos y conventos, aun en las calles habitadas por la gente "decente" —muchos de ellos también pelearon en forma decidida, otros improvisaron barricadas en los zaguanes en espera de lo peor, y algunos más atrancaron las puertas con tablones o de plano abandonaron sus casas con lo que traían puesto y se marcharon de la ciudad—, tal como sucedió en

Tacuba y Santa Clara, donde la soldadesca estadounidense tuvo más de doscientas bajas.

—Ahí la gente estaba con nosotros —se cuenta que exclamó Scott cuando le informaron de los soldados yanquis muertos en esa zona.

—No toda —le respondieron.

Una fuerza yanqui rodeó el convento de Santa Isabel para atacar por el oeste a los alzados de Tacuba, pero el movimiento fue descubierto por un grupo de estudiantes de Medicina, que dio el aviso y del barrio de Juan Carbonero salieron francotiradores a aniquilar casi en su totalidad a los invasores. Muchos otros patriotas habían convertido el Palacio de Minería en su cuartel general. Alguien había visto ahí grupos de estudiantes haciendo cartuchos mientras las jovencitas repartían café y pan.

Pero, era inevitable, la respuesta yanqui era cada vez más brutal. Impotentes, desconcertados, disparaban los cañones contra los vecindarios, sin importarles la población civil.

—Por Netzahualcóyotl no dejaron una casa en pie.

Un comentario me heló el corazón:

—Ayer por la tarde, la municipalidad recibió a un enviado del general Scott, quien advirtió que bombardearían la ciudad entera si el Ayuntamiento no hacía algo para contener a los rebeldes.

—¿Así lo dijo: que bombardearían la ciudad entera? —preguntó el padre Jarauta. Un brillo de alarma asomó en sus ojos.

—Tal cual. Me enteré de muy buena fuente. Y no dudo de que sean capaces de hacerlo. Sus bajas se cuentan por miles y supongo que su orgullo estará seriamente lastimado.

—Hay que apurarse entonces para terminar de acabarlos. Nada es tan peligroso como una fiera herida —agregó el padre Jarauta, encasquetándose sobre la venda de la cabeza un sombrero de jipijapa, de ala muy ancha, que alguien le extendió, y bajo el cual sobresalía su curva nariz de aguilucho depredador.

Parecía de veras entusiasmado. Quizá más entusiasmado de lo que hubiera estado al oficiar una misa. Sabía que más, mucho más que la religión o cualquier otro lazo, lo que une verdaderamente a los hombres es una guerra.

Y la guerra estaba ahí.

Un viejo gordo y sudoroso, con la camisa desfajada, levantó una caja del suelo con un gran esfuerzo y la puso sobre la mesa. La abrió: eran fusiles. Volaron en un instante. El padre Jarauta apartó uno y me lo alargó. Lo tomé con una mano temblorosa.

VI

*Escandón era dueño de diligencias, fábricas de textiles de
algodón, una hacienda y varias minas de plata —además de continuar con sus negocios de prestamista— y a
finales de los años cuarenta se convirtió en el financiero
más importante del país gracias a sus buenas relaciones
con los norteamericanos.*

Bárbara A. Tenenbaum

—¿Tú con un fusil en las manos? No lo puedo imaginar,
nomás no puedo —dijo mi mujer, lanzando la página
de regreso al escritorio con un aire un tanto más cuanto
despectivo.

—Pues no sólo lo tuve entre mis manos, sino que
hasta lo disparé desde lo alto de un edificio la mañana
siguiente a la entrada de los yanquis a la ciudad. Un
compañero de Jarauta me enseñó cómo apuntar con un
ojo cerrado, distinguir bien el blanco, aguantar el golpe
de la culata en el hombro. Luego, por la tarde, mi cochero quiso entrar en la lucha y le di el fusil.

—¿Y tú le atinaste a alguien?

—Eso preferí no averiguarlo, después de la culpa
que me provocó rematar a aquel yanqui herido, con el
que no he dejado de soñar desde entonces.

Chasqueó la lengua y me hizo una seña amistosa
de despedida.

—De veras, quienes te conocemos vamos a saber
enseguida que se trata de una crónica de lo más novelada.

—¿No quieres leer algo más?

—Si vuelve a aparecer Isabel me avisas.

Se volvió un momento, ya cerca de la puerta, y con unos ojos repentinamente brillantes, preguntó:

—¿Es cierto que la amaste así como dices?

—Totalmente cierto.

—¿Y eso de que sentías… que harías el amor con su madre al clavarte el puñal en el pecho?

—También.

Bajo los afinados rasgos de su serenidad, me pareció que empezaba a traslucírsele otra cara —más encendida y hasta medio crispada—, como un oleaje submarino.

—Con razón no querías escribirlo.

—Te lo advertí. ¿Para qué me insististe tanto en que lo escribiera?

—Quizá no calculé lo enfermo que estabas entonces. Bien dice Blake que el que desea mucho, pero no actúa, engendra pestilencia.

Dio de nuevo un par de pasos hacia la puerta, pero ahora fui yo el que la detuvo.

—Sabía que te iba a afectar lo de Isabel.

Se volvió y me miró muy fijamente, durante el tiempo que empleó su sonrisa forzada en formarse y desaparecer.

—¿Crees?

—Estoy seguro.

—El problema es que supones que sólo yo lo voy a leer y te regodeas en ciertas escenas, las exageras, quizá las inventas del todo, te conozco —dijo.

—Eso también es cierto.

Suspiró y apretó ligeramente los labios, como sujetando alguna palabra que no quería pronunciar. Luego dijo:

—Yo creía que con el paso de los años, y ya conociéndote como te conozco, se me habían quitado los pocos celos que alguna vez padecí. Quizá no es así del todo. Ya ves cuánto me afectan a veces tus puras fantasías.

Nunca supuse que fuera a decirlo. Yo, que me sé al detalle sus fugas y sus escondites en los libros y exactamente en cuáles pasajes de esos libros, que conozco punto por punto su piel y los repliegues de su piel, que recuerdo todas y cada una de las palabras con que se ha expresado en el juego del amor a partir de que nos conocimos, que puedo evocar, descubrir y hasta adivinar la gama de expresiones, gestos y miradas con que se comunicará conmigo desde que nos despertamos juntos hasta el momento en que escucho cómo se profundiza su respiración al dormirse. Yo nunca supuse que fuera a decirlo y ella supo que me desconcertó. Quizá por eso, antes de salir, ya sólo se limitó a alargarme una sonrisa muy nueva, como una flor que hubiera besado antes.

Así, aquella mañana del 15 de septiembre anduvimos por diferentes zonas de la ciudad por donde acababan de pasar los yanquis. Casas de adobe derruidas, desfondadas, recovecos pestilentes, montones de piedras y maderas carbonizadas entre los que a veces aparecía un cadáver, un miembro amputado, una queja a la que acosaba una miríada de moscas. Todos, aun los agonizantes, como a punto de volverse polvo, entrevero confuso, presas del aire que se los iba a llevar.

Por aquellos días vi tantos muertos que casi me acostumbré a ellos, aunque luego se me reaparecían en sueños, como al que yo mismo apuñalé. Retorcidos como garabatos, con las manos yertas o abrazándose a sí mismos, dándose un calor que ya para qué; los ojos botados, reventados por lo último que vieron, opacándose y cubriéndose de moho; la boca entreabierta como emitiendo una última queja imposible, atorada para siempre.

El cabildo tenía tapizadas las paredes de las calles con manifiestos según los cuales era la resistencia a los estadounidenses, y no la invasión de éstos, lo que constituía "un grave perjuicio contra la población pacífica y el bien común". Vi a gente del pueblo embarrándolos con lodo y excrementos.

—¡Mueran los putos del Ayuntamiento!

—¡Mueran los yanquis!

—¡Muera Santa Anna!

Ante la insistencia del viejo comerciante español fuimos a su tienda en la calle del Santo Sacramento. En el sótano, al fondo de una cava con barricas y estantes con botellas, había una covacha que abrió con una llave herrumbrosa, luego de quitarle una doble tranca a la puerta.

Ni en la cueva de Alí Babá, el padre Jarauta habría abierto los ojos que ahí abrió. Había fusiles, mosquetes y lanzas en armazones apoyados en la pared, machetes enfundados, en racimos, que colgaban de las vigas del techo, pero también había guarniciones de caballos, fornituras y lazos, algunas cajas de municiones, un par de barriles de pólvora. Todo muy ordenado y como dispuesto a ser usado cuanto antes. ¿Por qué tenía el comerciante español todo eso ahí? Al contestar se llevó tres dedos a la boca para contener una risita nerviosa que le salía como resoplido.

—Lo tengo en resguardo desde hace más de treinta años, cuando de joven, junto con otros amigos y parientes, peleamos contra ustedes. Pero ya ven, ahora de viejo estoy de su lado contra los yanquis.

Incluso, informó de un cañón que tenía guardado en su hacienda un paisano suyo. El padre Jarauta señaló a quiénes debían ir a buscarlo. Luego me enteré de que, en efecto, ahí estaba el cañón, cubierto con capotes de palma, montado en su cureña de mezquite, con dos ruedas de carro reforzadas. El problema fue que, después de desplazarlo hasta la ciudad con varias mulas y ubicarlo en un lugar estratégico, no hubo manera de que hiciera un solo disparo.

Al salir de la tienda del comerciante, nos separamos en tres o cuatro grupos. Vi al padre Jarauta por última vez mientras se preparaba a montar un caballo tordillo palomo, muy agitado aún porque acababan de robárselo a un yanqui herido. Me llamó la atención cómo le hablaba al caballo antes de montarlo, como haciéndolo a la idea de la batalla que iban a enfrentar juntos, acariciándole las crines, palmeándole un anca, mientras le miraba con ternura —una ternura más bien dolorosa— los ollares dilatados en ruidosos jadeos, el hocico lleno de espuma, los ojos húmedos de gotas redondas que al resbalar fingían el curso humano de las lágrimas.

Luego lo montó y se afianzó del estribo. Es la última imagen que tengo del padre Jarauta. Con algo de espantapájaros por la sotana raída y sucia, la nariz ganchuda, el sombrero de jipijapa de ala ancha y cargando una bandera tricolor que llevaba inscrito su grito de guerra: ¡Viva México! ¡Mueran los yanquis!

Figura inolvidable para mí, para todos los que estuvimos a su lado en aquellos momentos y, espero, para la historia de nuestro país.

Esa mañana surgieron otros religiosos combatientes, como el reverendo Lector González, muy moreno, flaco y membrudo, sobre un brioso caballo negro, que llevaba en lo alto un estandarte con la Virgen de Guadalupe y se le vio combatir en Loreto y Peralvillo. Otro cura rebelde fue un tal Martínez, con su hábito arremangado y un valor sin límites, y a quien los yanquis cazaron por el rumbo de la Ciudadela, no sin que corriera como un reguero de pólvora entre el pueblo su último grito:

—¡Viva Cristo Rey! ¡Mueran los yanquis!

El grito cundió y muchos, al morir, lo repetían:

—¡Viva Cristo Rey! ¡Mueran los yanquis!

Algunos compañeros me informaron que Jarauta, por su parte, estaba haciendo mucho daño por el rumbo de Santa Catarina, y que un montón de gente del pueblo se le estaba uniendo.

Hacia el mediodía penetró en la ciudad una compañía de lanceros mexicanos —¡enviada por Santa Anna!— que chocó y peleó bravamente con las fuerzas norteamericanas en unos llanos por el puente de la Mariscala. Hasta allá fuimos algunos, de lo más entusiasmados.

Nos instalamos en un lomerío de por ahí. Había unos nubarrones ocres, plomizos, anaranjados, que el viento hacía y deshacía y que difuminaban las siluetas. La verdad, no veíamos muy bien lo que sucedía, pero de todas maneras lo que alcanzábamos a ver nos mantenía expectantes. Por momentos hasta se distinguía un toque de clarín entre el zumbido incesante de las balas. La gente se apretujaba a mi lado dentro del terregal, los cuellos alzados y los sombreros hasta la raíz de las orejas.

—¡Parece que les estamos ganando a los yanquis! —gritó alguien, y el grito cundió.

—¡Viva México! —empezamos a gritar todos a coro.

No faltó el que llevaba un catalejo y lo prestaba. Al tenerlos cerca, las escenas resultaban intensamente reales. De las bocas de los fusiles surgían nubes de humo que al distenderse dejaban al descubierto, como desnudos, rostros de asombro, rubios o morenos, endurecidos hasta la caricatura.

Había que afocar bien la rodadera salvaje de cuerpos entrelazados y caballos locos.

La posibilidad del triunfo es siempre alentadora. Ya con las primeras horas de la tarde encima, vimos llegar a más lanceros mexicanos —un verdadero tropel de caballos—, entrando a todo galope por el lomerío, muy cerca de nosotros. Decenas de caballos envueltos en nubes de polvo y con un sol radiante encima que, parecía, también llevaban consigo. Todos con el mismo grito, que revoloteaba en lo alto como palomas enloquecidas y agitaba las ramas de los árboles:

—¡Mueran los yanquis!

De veras, parecía que, por lo menos en esta batalla, les estábamos ganando a los invasores. ¡Caray, por fin dábamos en la ciudad, en el corazón mismo de la ciudad, una pelea más pareja, más digna, con valientes y profesionales lanceros mexicanos!

Cuán ridículos vimos, por unos breves instantes, los palos y las piedras, los cuchillos de cocina, las macetas y el aceite hirviente lanzado desde las ventanas, las uñas de las mujeres.

Pero de pronto —aún hoy, después de tantos años, no puedo creerlo a pesar de que lo vi con mis propios ojos—, como en esos despertares súbitos a la mitad de sueños que realizan nuestros más anhelados deseos, los lanceros, los tan esperados lanceros mexicanos, caracolearon sus caballos y emprendieron la retirada.

—¿Y ora, pos qué mosca les picó a éstos? —me preguntó, y se preguntó, el lépero que tenía a mi lado.

—¡No le saquen, bueyes, ahorita mismo que ya casi los tienen en calidad de moronga! ¡No le saquen, denles la puntilla! —agregó un viejito muy flaco y largo, con un tipo como de pollo de los de cogote pelado, quien se había puesto a pegar unos brinquitos como de niño encaprichado.

—¿Por qué siempre tiene que pasarnos esto a los mexicanos en todo lo que emprendemos, por qué?—, se preguntaba una mujer dentro de un jorongo, mesándose los cabellos como yo sólo había visto hacerlo en el teatro.

Los primeros sorprendidos, es obvio, fueron los yanquis, que se quedaron como pasmados, boquiabiertos, con sus sables en lo alto, frenando a sus caballos, y ya ni siquiera avanzaron tras de nuestros lanceros.

¿Qué había sucedido, Dios Bendito?

La razón que se dio después fue muy sencilla, y le costó la peor de las humillaciones al capitán de los lanceros: Santa Anna, a salvo en la garita de Peralvillo, los había enviado a explorar, nada más que a explorar la situación que se vivía en la Ciudad de México, y por eso, al ser enterados a gritos por otro oficial, no le dudaron, emprendieron la desbandada y regresaron rápidamente a la seguridad de su campamento. Ellos, cual debe ser, se limitaban a recibir órdenes, en uno u otro sentido, punto.

—¿No conoce usted la diferencia entre explorar y atacar? —se dice que le dijo Santa Anna al capitán de los lanceros, al tiempo que le cruzaba la cara con un fuete. Luego, ante el regimiento en pleno, como quien desenmascara a un ladrón, le arrancó las insignias, las charreteras y hasta los botones dorados de la casaca.

Lo cierto es que, quien más, quien menos, esa autoderrota fue un duro golpe que ya no pudimos asimilar y nos obligó a reconocer lo que teníamos frente a las narices y no habíamos querido ver: que el verdadero enemigo estaba dentro de nuestra propia casa. Como dijo otro lépero que tenía yo a mi lado mientras presenciábamos la batalla abortada:

—Uh, se me hace que esta leña está muy verde para arder y ya nos cargó la chingada.

Eso, como tantas veces en nuestra historia, había que reconocerlo como la más valiente y madura aceptación de lo que nos estaba sucediendo: ya nos cargó la chingada.

Los soldados norteamericanos recogieron a sus heridos y pronto también se volvieron de humo.

Nosotros ayudamos a recoger a algunos de los mexicanos heridos —hubo un montón de muertos de los dos bandos que se quedó pudriéndose bajo el sol, como

251

en tantos otros sitios de la ciudad, y de ahí el olor insoportable que empezaba a invadirnos— y los llevamos al hospital de campaña más cercano, donde por cierto ya no cabía un herido más.

Un lancero muy joven que se apoyó en mi hombro durante el trayecto —con un brazo zafado y sanguinolento que le colgaba como un hilacho— me preguntó con voz gutural, dentro de un largo jadeo.

—¿Qué sucedió? ¿Por qué se fueron? ¿Por qué nos dejaron solos, dígame usted?

Aunque las preguntas más graves, por lo visto, no se atrevió a formularlas:

—¿Para qué mi juventud perdida? ¿Para qué todo este dolor inútil? ¿Para qué este país destartalado?

Por la tarde, fue notorio, bajó la tensión de la lucha y se dijo que los yanquis empezaban a controlar buena parte de la ciudad, aunque en el cielo continuaban los resplandores y las llamaradas intermitentes y en ciertas zonas, además, los disparos y el zumbido como de abejas no cesaban.

Con un par de compañeros recorrí la calzada de la Verónica hasta Tlaxpana y nos adentramos en el barrio de San Nicolás, a ver qué se ofrecía por ahí. Anduvimos cabizbajos —la batalla abortada de la Mariscala nos había dejado la moral por los suelos—, sin saber ya exactamente qué hacer, qué decir, en qué pensar, hacia dónde dirigirnos, entre un apiñamiento de casas de adobe con cercas de nopal, muchas de ellas vacías. Por en medio de la calle corría un arroyo pestilente.

—Por suerte, parece que los yanquis no han llegado hasta aquí. Qué suerte para esta gente.

Había montones de estiércol, humaredas de basura quemada, hombres dormidos sentados en el suelo con la barbilla clavada en el pecho, mujeres cargando rastrojo, niños arrastrándose como culebritas por el lodo, perros famélicos ladrando: todo esto, suponíamos, síntoma de que la vida en algunas colonias continuaba su rutinaria normalidad.

Por una puerta entreabierta se asomó una mujer escuálida, descalza, con un rebozo por entre cuyos pliegues se le veía el pellejo oscuro y unos ojos vidriosos y hundidos, como atornillados en lo más profundo del cráneo. Dos criaturas raquíticas, desnudas, con los vientres muy hinchados, se prendían a su falda con unas manitas como garras.

—De veras, tuvieron suerte que los yanquis no llegaran hasta aquí —insistía mi compañero.

En la iglesita del pueblo se celebraba una misa por los heridos y los muertos, y entramos un momento a persignarnos y a escuchar el sermón.

Un curita chaparro y sin pescuezo, con una voz sonora como una trompeta, clamaba desde el púlpito:

—¿Quién les da su fuerza a los norteamericanos, su poder físico, su talento para fabricar mejores armas, para arrasar pueblos a su paso? ¿Quién les dio su fuerza a Aníbal, a Alejandro, a Napoleón? ¿El demonio? Lo dudo. ¿No será más bien el causante de todo esto el propio Dios, el Dios bueno, el Dios al cual nos encomendamos en nuestras oraciones, el único Dios en el que podemos creer? El Dios que no vino a traer la paz sino la guerra. El mismo Dios que no se tentó el corazón para ahogar como gatos a los ejércitos del malvado Faraón y que exigió a Josué que pasara a cuchillo a los habitantes de Jericó. El Dios que en Isaías leemos que extendió su mano sobre la tierra para trastornarla y poner en conflicto a los reinos que hasta ese momento habían estado en paz. Pero también el Dios que nos ha traído las plagas y las epidemias, el Dios del cólera en nuestra ciudad hace apenas quince años, el de la viruela hace unos meses. El Dios ante el cual son incapaces tanto el Ayuntamiento como el general Santa Anna o el mejor de nuestros guerrilleros...

Sus palabras me provocaron un súbito ataque de angustia, me pusieron a sudar a mares y todo a mi alrededor empezó a distorsionarse —incluso temí, absurdamente, que el Cristo del altar, demasiado empinado en la cruz, se pudiera ir de boca—, aunque logré controlarme poco a poco a base de respiraciones profundas.

La elocuencia apocalíptica del curita vibraba entre los muros enjalbegados, bajaba al altar, rebotaba contra los retablos sombríos. Por momentos su desconcertado auditorio —léperos e indios en su mayoría— carraspeaba con disimulada impaciencia, se removía en las duras y mal pulidas bancas de madera, siseaba para acallar a los ruidosos. Un niño soltó un agudo chillido en brazos de su madre y tuvo que sacarlo enseguida. El curita continuó:

—¿De ser así, cuál debe ser entonces nuestra actitud ante esta inevitable invasión que sufrimos por parte del ejército norteamericano, cuál debe ser la actitud del gobierno, cuál debe ser la actitud de nuestra Santa Madre Iglesia, la de todos y cada uno de nosotros?

Abrió las manos en lo alto y cambió repentinamente de tono como un actor consumado.

—Durante mucho tiempo esta ciudad tuvo su oportunidad de salvación, como todas las ciudades del mundo, como cada uno de sus habitantes en particular. En su eterna misericordia, Dios nos dejó la oportunidad de elegir, de encontrar nuestro camino. Pues bien, esto no podía durar. ¿Qué hemos hecho con este país a partir de que se proclamó independiente? Díganme, ¿qué hemos hecho de él? ¿A quién hemos permitido que nos gobierne? Dios, cansado de esperar a que fuéramos más cautos y más responsables, qué digo cansado, harto, decepcionado de todos nosotros, Él ha tenido que tomar cartas en el asunto. Tenía que hacerlo, no le quedó más remedio. Y entonces, nos mandó a los yanquis como castigo. Por decirlo en una palabra: los mexicanos nos ganamos a pulso esta invasión.

Al decir la última frase, el curita dejó caer los hombros y clavó por un momento la barbilla en el pecho, desmadejado.

—Habíamos creído que nos bastaba con venir a misa los domingos para tener a Dios de nuestro lado y darle tiempo al tiempo. Esperar a que las cosas se arreglaran por sí solas. Pero Dios no es tibio. Es lo opuesto a la tibieza. Esas actitudes de ahí se va, de ya veremos, de Dios dirá, mañana será otro día, y yo por qué, total; esas actitudes de indiferencia e irresponsabilidad no corresponden a su amor encendido o a su vehemente ternura.

Levantó la cara como si la sacara del agua después de haber estado a punto de ahogarse y dijo en su tono más alto:

255

—Entiéndanlo, Dios quiere vernos cara a cara, a todos y a cada uno, quiere estrujarnos el corazón para que en el supremo instante de nuestra existencia podamos exclamar: Señor, sólo puedo pedirte que no apartes más tu mirada incandescente de mí. ¡Quémame en tu fuego, Señor!

Hizo una pausa. Tragó una bocanada de aire que, parecía, lo iba a reventar.

—Créanme, hermanos míos, este reconocimiento, este resplandor que nos trasciende, nos aclara la voluntad divina y nos pone en el camino redentor de la cruz. Hoy mismo, miércoles quince de septiembre de mil ochocientos cuarenta y siete, a través de este torrente de sangre y de muerte, de heridas y de quejidos, sólo nos queda aceptar que, como ha dicho uno de nuestros más insignes poetas, los emisarios que llegan a tocar a nuestra puerta…, nosotros mismos los llamamos. Sí, nosotros mismos llamamos a nuestros invasores. Acéptenlo, asúmanlo, vívanlo como una realidad ineludible, con todo lo que implica de vergüenza y de dolor pero también de posible redención. He aquí, hermanos míos, la reflexión que quería traerles para que esta invasión norteamericana no quede sólo como un suceso más en nuestra historia, sino como un medio para la penitencia y la posible salvación de nuestra alma. Quizá del alma de la ciudad entera. ¿Me han comprendido?

Todos contestaron con un largo y repiqueteante sí. Mis compañeros se hincaron en el reclinatorio, pusieron la cabeza entre las manos como si estuvieran haciendo un profundo examen de conciencia, y no tardaron en quedarse dormidos. Yo, por el contrario, estaba en tal grado de aprehensión y necesidad de consuelo, que cuando el curita levantó la hostia consagrada sobre su cabeza, me pareció adivinar una presencia invisible como nunca antes. Eso, ahí, en esa iglesita de pueblo. Una presencia invisible pero más real, mucho más real que aquellos actores transitivos —los soldados mexicanos y los norteamericanos— y aquel teatro perecedero —la Ciudad de México.

VII

Empecé a operar heridos en la madrugada, no dejé de hacerlo durante todo el día, y todavía me di tiempo — como sonámbulo, las sienes palpitantes, tan fatigado que sentía el corazón estallar— para visitar por la noche el hospitalito de campaña que instalamos por los Arcos de Belén.

En las afueras, un grupo de médicos, estudiantes de Medicina y enfermeras se acurrucaba en torno a una fogata donde se mecían, sobre dos palos cruzados, unas ollas de barro que levantaban un humo espeso.

Apenas me vieron llegar, de los labios de todos brotaron sonrisas, manos espontáneas, uno de los estudiantes me alcanzó una botella de un licor fuerte, agarroso, al que di un largo trago, paladeándolo, con una codicia olvidada, sintiéndome repentinamente restablecido. Todos pugnaban por conversar conmigo, me interrogaban sobre la situación en el hospital de San Pedro y San Pablo, me compadecían por la tortura de tenerlo a mi cargo, en las circunstancias tan dramáticas que vivía la ciudad, hablaban pestes de los yanquis: habían instalado sus propios hospitales en algunas de las casas más lujosas de la ciudad, con un instrumental médico que ellos ni soñaban, tenía yo que comprobarlo, enterraban a sus muertos de inmediato por soldados que presentaban armas, disparaban una salva en su honor, mientras nosotros, en nuestra propia ciudad, teníamos que conformarnos con esos improvisados hospitalitos de campaña, rescatar las vendas de los que morían, quemarlos apilados unos sobre otros en lugar de enterrarlos como Dios manda.

Una enfermera metió el cucharón en el caldo hirviente del pozole y recibí el plato hondo, humeante, relamiéndome los labios. Me quemó la lengua, lo removí largamente, lo paladeé, hice cucharita con una tortilla, mordisqueé una cebollita, le eché más chile en polvo, orégano, me recreé con una manita de cerdo. Tomé un poco más de ese licor que, sentía claramente, me cauterizaba el esófago.

—Ahora que ya cenó, acompáñenos, doctor Urruchúa.

Más me hubiera valido no haber cenado —últimamente cualquier alimento, sea el que sea, me cae fatal—, porque de golpe y porrazo me devolvieron a la brutalidad del presente, a la contundencia de la guerra. Lo primero que encontré me revolvió el estómago, sin remedio: una hilera de heridos sobre la tierra y el cascajo, agrupados como iban llegando, porque ya no cabían adentro del hospitalito. Para colmo de males, toda la tarde habían soplado unos ventarrones enceguecedores que ya nadie esperaba —en pleno septiembre— y que terminaban de infectar las heridas abiertas, a flor de piel, que no había manera de vendar ni de suturar por falta de instrumental, qué podían ellos hacer, doctor, me decían, mostrándome las manos abiertas de la desesperanza.

Se confundían los gemidos, los alaridos, los sollozos, los desvaríos por la fiebre.

Me informaron que el cadáver de un capitán muy apreciado de las guardias nacionales —que había luchado a brazo partido al frente de sus hombres en todo momento—, lo encontraron en las afueras de Catedral, desnarigado, sí, desnarigado, pero también castrado y con un trozo de sus propios intestinos en la boca. Los yanquis se estaban vengando en una forma en que nadie, ni sus peores enemigos, pudo concebir: la cantidad de mujeres y niñas violadas y luego mutiladas que habían encontrado, ahí estaban algunas, en la pila de cadáveres, ¿quería yo comprobarlo con mis propios ojos?, no me exageraban, eran incapaces de exagerarme, al contrario, preferían no entrar en detalles para no amargarme la cena.

Adentro de la carpa del hospitalito —con una sola lámpara de queroseno en el techo que, al mecerse, levantaba largas sombras temblorosas, figuras fantasmales— lo primero que encontré fue a un pobre soldado con un pañuelo en la boca. Se lo quitaba por momentos para respirar y bramaba más que gemía, con los ojos desorbitados —¿cuál sería su visión del mundo en esos momentos? Dos enfermeros lo sujetaban mientras uno de nuestros cirujanos le amputaba una pierna. El cirujano sudaba a mares y otro enfermero que tenía al lado le enjugaba el sudor de la frente para que no le bajara a los ojos, mientras serruchaba en forma despiadada.

¿Por qué en forma "despiadada", me pregunto apenas lo he escrito? ¿Será que, en contra de lo que podría suponerse, mientras más miembros amputa uno, por muy buen médico que sea, más sensible se vuelve al dolor humano? ¿Y de ser así, hasta dónde podría llegar esa hipersensibilidad? ¿A desvanecerme y a convulsionar al ver una gota de sangre, una sola, como le sucedió a aquel buen enfermero que tuve? Tal vez esto explique lo que me pasó apenas terminé de pasar entre las primeras filas de heridos.

—¿Qué le sucede, doctor, le cayó mal el pozole?

Había hecho un gran esfuerzo por contenerme, pero finalmente pedí una disculpa y corrí a un balde vacío que había en una esquina. Vomité ruidosamente, con arcadas que estremecían todo mi cuerpo. Quedé agotado, las manos presas de un incontenible temblor.

Salí con el balde, yo mismo lo vacié entre las plantas, y estuve unos minutos afuera, respirando a todo pulmón, enjugándome el sudor de la frente con un paliacate empapado en alcohol que me prestó un enfermero.

—Ya pasó, no se preocupe, me sucede con frecuencia cuando ceno pozole, que además me encanta. Estaba tan bueno que no resistí la tentación de pedir un segundo plato, ya lo vio usted.

—Qué pálido está, doctor.

Pedí otro trago del licor que me habían ofrecido, encendí un puro de hoja —el último que me quedaba— y regresé a la carpa. Sentía un hormigueo creciente en las piernas y todo a mi alrededor parecía envuelto en una como mermelada de durazno. Aún le di un nuevo trago al licor.

Después de preguntarme con demasiada insistencia sobre mi salud, los médicos me informaron del resto de los heridos y de algo insólito que acababa de sucederles: les había llegado un soldado yanqui, con una bala incrustada en el vientre, tal como lo escuchaba. Seguramente lo hirieron cerca de por ahí, sus compañeros no lo recogieron, y como vio ondear la bandera blanca del hospitalito, se arrastró hasta ella como Dios le dio a entender. ¿Qué hacían con él?

Lloraba a gritos, encogido, prendiéndose con las dos manos de las orillas del petate en que estaba recostado. Tenía un semblante desollado por una congoja tan tremenda que, pensé, avergonzaba a quien era capaz de contemplarla. Me extendió una mano engarruñada y me dijo algo, una súplica o una queja, en un inglés carrasposo. Tenía la camisa abierta y el vientre le sangraba profusamente.

Era muy pecoso y con un pelo ondulado, castaño claro. Sus facciones se habían afilado, había pliegues en su frente y cuando no lloraba sus dientes entrechocaban. Pedí al médico que me acompañaba que se preparara para operarlo. El yanqui debió entender mis señas porque me llamó y me obligó a sentarme a su lado, en el suelo, y me dijo nuevas palabras incomprensibles. Los ojos se revolvían en sus órbitas como si tuvieran azogue. Mientras hablaba, un hilillo de saliva transparente y delgada, como una telaraña, le empezó a colgar del labio inferior.

Siguió hablando, apretándome un brazo y no me atreví —o no pude— ponerme de pie.

—Permítame —decía yo, pero él me apretaba aún más el brazo.

Hablaba en un inglés cada vez más pastoso —no entendí una sola palabra— de algo que con toda seguridad era de lo más importante para él. Las palabras crecían, se amontonaban inútilmente. ¿Sabía que se estaba muriendo y, en efecto, quería hacer una especie de última confesión? El yanqui tuvo que darse cuenta de que yo no lo entendía por mis ojos de sorpresa, pero no por eso dejó de hablar —mi colega me hizo una seña de apurarnos, blandiendo un bisturí— hasta que por fin abrió una especie de sonrisa y dijo *thanks*, la única palabra que fui capaz de entenderle. Yo también sonreí, ¿qué otra cosa podía hacer? Sacó un reloj de cadena del bolsillo del pantalón, lo abrió y me mostró el interior de la tapa dorada, donde guardaba el pequeño retrato borroso de una mujer. ¿Quién era ella, quién era él mismo? ¿Qué tanto me había dicho? Al ver el retrato suspiraba y su cuello sin forma y los hombros encogidos, le temblaban con un afán inútil. Resopló, con un ruidito pedregoso, y de nuevo intentó clavarme sus ojos vidriosos. El cadáver viviente del yanqui aún quería decirme algo y soltó unas últimas palabras que ya sólo se traducían en explosiones de aire, después de hincharle los cachetes. Luego su respiración se hizo tan irregular que más bien parecía un pez fuera del agua, con la boca en forma de embudo. Así, con esos labios, como si silbara, y apretando el reloj entre sus manos, se dejó ir de espaldas en el petate y entrecerró los ojos, como si se autoanestesiara.

Tuvimos que operarlo por más que necesitáramos las hilas, las vendas, el frasco con bálsamo para nuestros propios soldados. Luego nos enteramos de que algunos médicos yanquis habían actuado igual en casos parecidos.

Perdió la conciencia casi desde la primera incisión con el bisturí. Introduje las pinzas y extraje una pequeña bala. Lo vendamos. Al día siguiente estaba mejor. A los tres días lo dejamos marchar.

VIII

*Al voltear mi vista, a unas doscientas o trescientas yar-
das del fuerte, vi a una mujercita mexicana que llevaba
agua a los heridos de los dos ejércitos. La vi claramente
levantando la cabeza de un pobre yanqui y darle agua. De
pronto escuché un disparo y la vi a ella caer muerta. Volví
mis ojos al cielo y pensé: "Oh Dios, ¿y esto es la guerra?"*
**Relato anónimo, *Niles National Register*,
agosto de 1847**

—Pues yo creo que el tal padre Jarauta, al que tanto
admiras, era un fanático y que sólo vino a nuestro país a
complicarnos aún más la vida —dice mi mujer mientras
le agrega trocitos de queso blanco y chiles guajillos a
su sopa de fideo.

—Dijiste que no ibas a seguir leyendo lo que escribo mientras no volviera a aparecer Isabel.

—Entré a tu estudio para comprobar si habían lim-
piado bien los vidrios de la ventana y no pude evitar
bajar la vista un momento a las hojas que estaban sobre
el escritorio.

Después de cuánto le afectó lo de Isabel, tengo
sumo cuidado en dejar a la vista todos mis trabajos y en
no escribir nada que me comprometa más de la cuenta.

—¿Entonces no debíamos haberle opuesto ninguna resistencia a los yanquis cuando nos invadieron?

—¿Cuál fue el caso? De todas maneras nos quita-
ron lo que quisieron quitarnos y estuvieron aquí hasta
que se les pegó la gana, ¿no? Derramaron su sangre

inútilmente los que creyeron en tu padre Jarauta, como el soldado ése herido, que ayudaste a llevar a un hospital de campaña y que en el camino te preguntaba para qué tanto dolor, para qué.

—¿También ese pasaje lo leíste?

—La hoja estaba exactamente a un lado de la del padre Jarauta.

—Con esa actitud, ¿qué deberíamos hacer entonces si los norteamericanos quieren quitarnos otro pedazo de territorio?

—Si nos lo quieren quitar, nos lo van a quitar opongamos o no resistencia y aunque vengan diez padres Jarauta a organizar sus guerras de guerrillas en la sierra de Veracruz, tú lo sabes. Y si ya no quieren que esté Porfirio Díaz en el poder lo van a echar, y va a llegar el que ellos apoyen. Y así con todos los presidentes subsiguientes que tengamos en este país, hasta que el sol se enfríe y este planeta regrese a la Nada de la que surgió.

—Qué horror de visión del mundo. Prefiero la del padre Jarauta, aunque lo taches de fanático.

—¿A pesar del dolor inútil que provoca?

—A pesar de eso.

—Pues eres poco humano y hasta medio sádico, como siempre he sabido. Yo prefiero evitarle el dolor a la gente por el medio que sea, y por eso me gusta tanto el escritor ése ruso.

—Tolstoi.

—¿Cómo se llama su movimiento?

—Resistencia pasiva.

—Hasta el nombre me gusta. Haces resistencia, pero en forma pasiva, fíjate qué diferencia. Si hubiera una guerra aquí mismo, afuera de mi casa, me sentaría en la banqueta en medio de los bandos. Verías que ninguno de los dos se atrevería a hacerme nada y hasta puede que los pacificara un poco.

—También es probable que los dos pasen por encima de ti, según la clase de contrincantes de que se trate. No te confíes.

—Todos los seres humanos tenemos una fibra sensible para la compasión, sólo se trata de saber cómo tocarla y se pone a vibrar, seguro.

—Ya quisiera que hubieras visto a los yanquis dándole de latigazos a la gente en plena Plaza de Santo Domingo.

—Quién les manda, enfurecerlos tanto cuando llegaron.

Y sí, aquel fin de semana de septiembre del 47 todavía quedaron algunos focos de resistencia por el rumbo de la Ciudadela —y continuaron en forma intermitente a lo largo de los siguientes días por otros rumbos de la ciudad—, pero se fueron apagando pronto. Las azoteas y las ventanas de las casas empezaron a erizarse de banderitas blancas.

El Ayuntamiento —ante la evidencia de la derrota, de una ciudad abandonada por el Presidente de la República, por la Suprema Corte de Justicia, por el gobernador del Distrito y, sobre todo, por el ejército—, emitió un nuevo comunicado que, por cierto, parecía escrito por mi mujer (cuando se lo leí me lo confirmó: "Yo también hubiera puesto una bandera blanca afuera de nuestra casa, estuvieras o no de acuerdo").

Quienes continúan peleando contra las fuerzas norte-
americanas, reconozcan que son unos irresponsables y
muy poco patriotas, y que su actitud suicida arrastrará
a muchas vidas inocentes tras de sí.

Que depongan las armas y volveremos a conside-
rarlos patriotas.

Quienes han decidido aceptar la presencia de las
fuerzas norteamericanas entre nosotros como inevitable,
refuercen su decisión, y así háganla saber a sus parientes
y amigos.

Quienes han puesto una bandera blanca afuera de
sus casas, pongan dos.

Y, en efecto, en muchas casas aparecieron enseguida dos y hasta tres banderas blancas.

¿Intentar la resistencia pasiva ante lo que sucedió después? ¿No indignarse, controlar la sangre caliente en las venas, hacerse a la idea de lo que no tiene remedio, incluso encontrarle ventajas?

Porque ya con el dominio de la ciudad en sus manos, los norteamericanos tomaron venganza golpeando y hasta asesinando a mansalva a todo aquel que les parecía sospechoso de sedición —y algunos dizque nomás por mirarlos feo o hacerles señas raras les parecían sediciosos—, entraban en las casas a comprobar que no hubiera armas y aprovechaban para robar y violar a mujeres y niñas. Las denuncias que se hicieron en este sentido fueron innumerables. (Ellos, por su parte, no podían comer en la calle porque en un par de fondas les echaron veneno para ratas a sus comidas.) Recorrían la ciudad, escarbando en todos los rincones, golpeando puertas y ventanas con sus sables para dar a los ciudadanos aviso de su presencia y amedrentarlos con sus puros gritos altisonantes.

Ese mismo jueves, en la plaza de Santo Domingo, empezaron los castigos públicos para demostrarnos la dureza implacable que iban a imponerle a la ciudad. La gente se apelotonaba en los alrededores para presenciarlos con una expectación como yo sólo la había visto en los desfiles.

A los curiosos, nos conducía un soldado yanqui gigantesco con un gesto autoritario que consistía en juntar los cinco dedos de la mano vuelta hacia arriba, e imprimirles un movimiento de vaivén vertical.

Desnudaban de la cintura para arriba al culpable o la culpable —cientos de léperos y léperas pasaron por ahí— ante un grupo de soldados yanquis. Al que le tocaba el turno de verdugo, tomaba con delectación una afilada vara, de varias que le ofrecía un ordenanza.

La probaba en el aire con un movimiento cimbrante, que producía un silbido como de cobra.

El resto de los soldados y el ordenanza retrocedían unos pasos. La multitud murmuraba, cuchicheaba, emitía suaves quejidos o insultaba abiertamente a los yanquis, siempre con el cuidado de no ser identificados.

La gente sabía que si era identificada por gritar, sin remedio sería castigada.

Vi a una lépera hacer señas obscenas al tiempo que gritaba:

—Yanqui hijo de puta, vete a darle de azotes a tu madre.

No tardó una mano gigantesca —como si hubiera descendido del cielo mismo— en caerle encima, tomarla de las greñas y llevársela a rastras.

Por eso después, si alguno decía insultos, lo hacía por lo bajo y como si más bien se lo bisbiseara al oído a la persona que tenía junto.

El soldado yanqui propinaba los primeros azotes con fuerza, produciendo con cada uno de ellos un chasquido como de cuerda tensa que se rompe, hasta que veía trastabillar al supuesto culpable. A medida que el esfuerzo lo cansaba a él mismo, se detenía un momento para tomar aire, volvía a cimbrear la vara en el aire, y luego continuaba, aún con más fuerza.

El corro de soldados norteamericanos cantaba los varazos:

—*One, two, three, four, five…*

No habían llegado a diez, cuando los puntos cárdenos de la espalda castigada empezaban a sangrar.

Muchos de ellos, desde los primeros varazos caían de rodillas y pedían perdón a su verdugo, abrazándose a sus piernas, lo que encendía los ojos del yanqui; se lo quitaba de encima con una patada en la cara y luego le aplicaba un castigo aún más severo y con mayor furia. Pero muchos otros, sobre todo las mujeres, aguantaban hasta el final, sin chistar, los diez, veinte y hasta treinta varazos, según la gravedad de su delito.

IX

Mientras nos asombrábamos ante el número de máquinas para hacer moneda falsa que han sido recogidas, se nos aseguró que actualmente el doble de ese número está en plena actividad en México, mas como pertenecen a personajes muy distinguidos de la política, el propio gobierno tiene miedo de meterse con ellos.

Marquesa Calderón de la Barca

Así, a pesar de los castigos (o gracias a ellos) y con conflictos ocasionales, y algunos muy graves, poco a poco la ciudad volvió a una aparente normalidad (la tragedia sólo corría como por debajo de la piel de los días). Volvieron a abrir los teatros, los comercios, los restaurantes, las fondas, los cafés, las cantinas, las pulquerías, la plaza de toros (los yanquis resultaron particularmente aficionados a las corridas de toros, y una tarde en que uno de ellos, ya muy borracho, se lanzó de espontáneo y toreó valientemente a un toro muy bravo, el público lo hizo dar una vuelta al ruedo entre aclamaciones); volvieron a verse en las calles transitar a los oficinistas, a los léperos, pero también a los catrines y a las damas con sus tules y sus crinolinas, a las beatas que iban a oír misa a Catedral, a los jóvenes que buscaban sitios de diversión, a los aguadores, a los polleros, a los carboneros; volvieron a escucharse los pregones de los ropavejeros, de los vendedores de chichicuilotes, de camotes asados, de castañas y de plátanos fritos, de los barberos ambulantes, de los vendedores de chucherías de casa en casa. Del callejón de Dolores volvieron a salir los tranvías de mulas hacia los cuatro puntos cardinales de la ciudad. Regresaron los paseos dominicales a la Alameda, los carruajes, las diligencias, las libreas extravagantes, los charros que deslumbraban con sus sombreros galoneados y sus botonaduras de filigrana. Volvieron, en fin, los aromas y los colores vivos de las flores y de las frutas a los portales.

La ciudad regresó a esa aparente normalidad pero según mucha gente —en especial los ricos y los comerciantes extranjeros, como era de suponerse— hasta con ciertas ventajas para los capitalinos, como una mayor seguridad en las calles y hasta una derrama de dinero nunca vista.

El cerco que crearon las tropas norteamericanas aisló a la ciudad del resto del país, es verdad, pero a la vez impidió que llegara más gente del campo y de las ciudades de provincia, más indios y pordioseros, algo de lo que algunos —lo confesaban abiertamente—, estaban hartos.

—¡Imagínense, que esta hermosa ciudad de los palacios no creciera más de los doscientos mil habitantes que ahora somos! Que los yanquis nos la amurallaran así para siempre. Confiésenlo, ¿no tendría sus ventajas?

—¡Y que tuviéramos la policía que ahora tenemos!

—¡Cómo estaríamos de mal que ya hasta nos habíamos habituado a la rutina casi invariable de los pronunciamientos y las conspiraciones!

A partir de que se fueron los representantes de los poderes nacionales a Querétaro, la municipalidad se vio obligada a atender las exigencias de sus propias necesidades, a resolver por sí misma sus problemas, ahora sí "bien bien" y "rapidito rapidito", por la presencia de los invasores, que se la manejaba con rienda corta, por decirlo así. Hasta los guardias nacionales ayudaban en los trabajos de limpia.

—Dirán lo que quieran, pero los yanquis pusieron a la gente a trabajar y ahora la ciudad está hecha un espejo, nomás vean —escuché a una mujer comentar en la Alameda.

A diferencia de la opresiva tiranía de las anteriores autoridades nacionales, las norteamericanas resultaban, para mucha de esa gente "decente", más flexibles y hasta más "humanas", aunque impusieran un régimen de trabajo más efectivo y estricto. Y "como su administración local ha sido la de más amplio criterio de cuantas hemos conocido" —como dijo Suárez Iriarte, mediador del Ayuntamiento con los norteamericanos a través de una Asamblea Municipal—, la ciudadanía por fin se sintió partícipe en los asuntos de la capital, desde nuevas sugerencias para la limpieza y la seguridad en las calles hasta en la eficiencia —nunca antes vista— del correo.

Tanto para los invasores como para los funcionarios representantes de los vencidos, la buena organización del gobierno resultaba estratégica. Finalmente, a ambos les preocupaban las mismas cosas. El caos de los primeros días, la confusión general y el desorden en que podía caer una tropa ociosa, requerían no sólo de castigos ejemplares —como los varazos de Santo Domingo y los fusilamientos de "la plebe" al menor pretexto— sino un proyecto, integral y restaurador, a corto plazo. En especial, porque los norteamericanos requerían —pero ya— resarcirse de los onerosos gastos de la guerra, incluso encontrar formas nuevas de compensación económica, y para ello había que reorganizar y volver más productiva a la ciudad.

Como también dijo Suárez Iriarte, de ahora en adelante se nos mediría por "la imperiosa ley de la necesidad" (la "necesidad" norteamericana, claro). Por eso, luego de hacer un recuento de sus escasos recursos, la Asamblea Municipal se dio a la tarea de reorganizar el sistema fiscal como primer paso. Levantó enseguida un censo —el mejor que se había hecho hasta entonces en la ciudad—, por familias y capitales, a fin de lograr una recaudación más efectiva y prácticamente sin evasores —hasta los aguadores cumplían con los impuestos que se les imponían, porque los varazos en Santo Domingo se extendieron a los morosos en sus pagos.

Hubo órdenes expresas del presidente Polk a los comandantes militares y navales, apoderados de ciudades y puertos mexicanos, de cobrar impuestos especiales "en virtud del derecho de conquista".

Según el presidente Polk, los mexicanos estábamos, en esos momentos, sujetos a "vasallaje temporal".

¿Temporal?

La Asamblea Municipal intervino en la "administración de justicia". Se suprimieron las influencias, los amiguismos, los sobornos, los cochupos, amainó notoriamente nuestro mal endémico de la burocracia, y así fue posible ver en la Plaza de Santo Domingo recibir veinte varazos a un jefe de oficina por actuar con negligencia en algún asunto nimio.

—¿Y a ese otro por qué? —pregunté en una ocasión.

—Parece que aceptó un soborno.

Lo importante, parecía, era no acabar con los castigos públicos, que tan buen resultado les habían dado para la paz citadina y la nueva eficiencia laboral. Además de que cada vez convocaban un mayor público, en especial entre los más castigados: los léperos. La gente "decente" tenía un argumento implacable para justificar una situación tan a todas luces injusta: fueron ellos, los "pelados", los que provocaron el desorden en la ciudad cuando entraron los norteamericanos, quién les manda. Por lo mismo, esa gente "decente" se ponía sus moños y se daba a desear: en sus círculos selectos sólo aceptaban a los militares de alto rango. Los soldados —por muy yanquis que fueran— no dejaban también de ser "pelados", algo en lo que tenían toda la razón.

Los norteamericanos publicaron un órgano informativo propio, *The American Star*. En su primer número, el lunes veinte de ese trágico septiembre, el general Scott escribía una clara proclama del vencedor, que no dejaba lugar a dudas. Si el honor correspondía al invasor, al invadido sólo le restaba la vergüenza. Dios estaba del lado de los poderosos, a los vencidos sólo nos quedaba callar y obedecer, punto. Tras advertencia no había engaño. El periódico dio cabida a inserciones pagadas de diversos grupos que manifestaban su adhesión a los invasores. Por ejemplo, en uno de los primeros números aparecía una inserción firmada por "varios mexicanos" que "sólo desean la seguridad de sus personas y la de sus propiedades" y que decía en una de sus partes sustanciales: "Si el general Scott tiene fuerza y valor para derribar ese monstruo que entre nosotros se llama el Poder Judicial, se ceñirá la aureola de la victoria". No nos sorprendía entonces que esos mismos mexicanos propusieran al general Scott, como Gobernador Civil y Militar de México, en lugar del general Quitman, a quien finalmente se nombró. El cargo era lo de menos: el general Scott podía hacer con nuestra ciudad lo que le viniera en gana. Además, se ganaba a la opinión pública al aparecer como un verdadero demócrata: era el primero en poner el ejemplo, según publicaba *The American Star*: "Castigo al soldado John Garvey por faltar a la disciplina militar: caminar sin parar tres días seguidos con sus noches, llevando un peso de 36 libras, con sólo una hora para el desayuno y otra para la cena". Incluso, a varios soldados yanquis les propinaron varazos en Santo Domingo sus propios compañeros.

La fama de demócrata de Scott se consolidó al publicar un editorial en que celebraba la reaparición de *El Monitor Republicano*, por ser un órgano de "libre pensamiento y libre expresión". "Bienvenido a esta nueva Ciudad de México", terminaba diciendo.

Utilizando a los famosos rifleros, los más organizados, mejor entrenados pero también los más "duros" del ejército norteamericano, la Asamblea Municipal organizó un cuerpo excepcional de cerca de quinientos policías, implacables en su deber. Había gente "que no les gustaba", la detenían al menor pretexto, la empujaban, le preguntaban a señas a dónde iba, le escupían en la cara. En lo personal, bastó que uno de esos policías yanquis me diera un empujón para que corriera a encerrarme a mi casa y soñara con él un par de días seguidos.

Pero hasta ese desprecio con el pueblo tenía ventajas para otra clase de gente, la que gustaba de la "mano dura" y que todo lo justificaba por su paz y su seguridad. Las autoridades militares alargaron el toque de queda de las diez, a las once y luego hasta las doce de la noche, y así podían asistir con mayor tranquilidad a sus convivios, a sus paseos, a los cafés y a los teatros. Los bandoleros, los carteristas y los borrachos rijosos —dueños antes de ciertas zonas de la ciudad, en especial por las noches— desaparecieron como por embrujo. Así como también, por embrujo, casi cada mañana aparecía el cadáver de uno de esos "duros" policías yanquis en la calle, asesinado a puñaladas, castrado, o con la cabeza destrozada por una maceta que cayó de lo alto de una azotea, lo que redoblaba la ración de varazos a las decenas de posibles culpables, tomados al azar entre la gente más humilde.

Eternos problemas de la ciudad como los acueductos y los desagües, mejoraron notoriamente al aprovechar la Asamblea la ayuda de los ingenieros militares norteamericanos que se encontraban ociosos. De entrada, a Suárez Iriarte se le ocurrió pedirles un levantamiento de los niveles del sistema lacustre del Valle, que de inmediato fue atendido con diligencia. Se empezó la construcción de un acueducto en San Cosme, con una arquería doble: por la parte superior debía correr el agua que llegaba de Santa Fe, conocida con el nombre de agua delgada por su pureza, y por la atarjea inferior el agua gorda, que provendría de una de las fuentes de Chapultepec, y que durante la estación de lluvias era más bien turbia.

Los norteamericanos eran muy asiduos no sólo a los toros sino también al teatro. Se escribieron algunas obras especialmente para ellos, como *Un doloroso amor*, de Juan José Pérez Doblado, tormentosa relación entre un soldado yanqui y una joven de la aristocracia mexicana. En algún momento, decía el soldado a su futuro suegro:

Esta rica humanidad por la que lucho a mi fútil manera, fulmina a quienes, como usted, se empeñan en separar a los hombres en compartimentos estancos, en razón de su nacionalidad o de su aspecto físico. También en lo referente a razas y a culturas, el amor rompe los moldes establecidos, abre un abanico de insospechadas variantes, excepciones, originalidades y matices. Para aprisionar la realidad última e intransferible de lo humano, en este dominio, como en todos los otros, hay que renunciar al rebaño —sea mexicano o norteamericano—, a la visión tumultuaria, y replegarse al más alto sentido de la libertad. Esa libertad sólo alcanza su sentido pleno en la esfera del amor, ése sí, patria cálida e indivisible.

¿Cómo aprendió el soldado yanqui el español? Muy sencillo, explicaba la joven amada:

—*Nuestro mismo amor se lo enseñó.*

También los norteamericanos asistían con mucha frecuencia a las peleas de gallos —donde dejaban una buena cantidad de monedas de oro—, a los restaurantes y cafés, a los paseos dominicales y muy en especial al bar del hotel La Bella Unión, en la calle de Tlapaleros, donde nuestras "margaritas", meretrices orilladas por la miseria, divertían sexualmente a los invasores. Era infamante ver a los yanquis gigantescos bailando con las pequeñas "margaritas" al son de una pianola, empezar a desnudarlas, acariciarlas descaradamente. Alguien incluso compuso una canción, que se volvió muy popular, inspirada en esas escenas.

Ya las margaritas
entienden el inglés
les dicen: me quieres
y responden: oh yes
mi entiende de monis
mucho güeno estás
y, a la pasadita,
ta-darín ta-darán.

O esta otra:
Si las margaritas
Fueran de mamón,
Cuántas margaritas
Me comería yo.

Pero tienen uñas,
Saben arañar;
Ahí vienen los yanquis,
Se las llevarán.

Yo, por mi parte, casi no salía de mi casa, me la pasaba leyendo y escribiendo todo el día, mis angustias se atemperaron —no hay como enfrentar al fantasma para exorcizarlo—, empecé a dormir mejor, las lucecitas en el cielo se ahuyentaron —ya las había visto aterrizar, horrorosamente, en la Tierra—, aunque me invadió una cierta desubicación física y mental que, cuando se la comenté al doctor Urruchúa, la diagnosticó como aún más peligrosa que mis males anteriores.

—Pero ya no me angustio tanto.

—Ése puede ser el peor síntoma, amigo Abelardo. Además, para este mal no hay infusiones ni baños calientes que sirvan, se lo advierto —dijo.

—¿Entonces?

—Habría que preguntarle a los médicos del San Hipólito.

—¡Pero ése es el manicomio!

—Quizá tengan un caso parecido y no sea tan grave. No hay que tenerle tanto miedo al manicomio, hombre. Me ha sucedido llegar ahí y sentir que el visitante no soy yo, que ellos son los que me miran raro a mí, y con toda razón.

Lo cierto es que había mañanas en que, al levantarme de la cama, tenía la *clara* sensación de ser pequeñísimo, infinitesimal, y perderme dentro del zapato que iba a ponerme. Anudarme las cintas, escalarlas, resultaba entonces una verdadera tortura.

En otros despertares, por el contrario, me sentía más alto que la puerta por la que debía pasar y tenía que agacharme en forma desmedida para no golpearme la cabeza, ante la sorpresa de mis criados.

O creer que *alguien* invisible se me acercaba cada vez más, pero yo retrocedía para no enfrentarlo. El comentario del doctor Urruchúa me pareció agudo y me tranquilizó.

—Quizá, simplemente, esté usted tratando de reconciliarse con su sombra.

Pero, lo peor (o lo mejor, si se le quiere encontrar una supuesta trascendencia espiritual), es que había momentos en que dejaba de ser el que habitualmente era para convertirme en una especie de pasadizo. Un pasadizo que daba cabida a fuerzas y hasta a extraños visitantes, ahora sí visibles (aunque luego, al salir de las crisis, ni siquiera recordara sus rostros).

La sirvienta me lo hizo notar un día al retirar los platos de la comida que acababa de servirme.

—¿Le sucede algo, señor?

—¿Por qué?

—Porque estaba usted hablando solo.

Esos accesos de desubicación podían producirse durante un paseo por la ciudad, sentado en una banca del jardín o al leer un periódico. En mi interior, o quizá fuera de mí, se abría de repente algo, y una inconcebible capacidad de recepción hacía que la realidad real, por llamarla así, se tornara tan porosa como una esponja. Cualquier cosa podía entrar en mí.

Durante un instante —luminoso o terrorífico, según se le viera— lo que me rodeaba dejaba de ser lo que era, o yo dejaba de ser el que soy, o el que creo que soy.

Accedía a ese terreno en que las palabras sólo pueden llegar tarde e imperfectas para describir lo que sucede.

Ahí donde las cosas, los hechos o los seres cambiaban su nombre, su signo y su identificación. Entonces —de nuevo, ante la sorpresa de mis criados— recibir una carta con un sello rojo en el preciso instante en que tronaba el cielo y mi olfato percibía un olor a café quemado, podía convertirse en un triángulo que nada tenía que ver con la carta, el tronido del cielo o el café. Pegaba un grito, lanzaba la carta por los aires y salía corriendo a que la lluvia me mojara en el jardín.

—El señor simplemente está contento, no lo juzgues —oí que le decía el cochero a la sirvienta durante una de aquellas ridículas situaciones.

Pero era a causa de ese triángulo absurdo y aparentemente casual —carta, trueno, café— que se introducía furtivamente en mí algo o alguien más, un *otro*, la revelación de una decepción o de una felicidad inconcebibles, el verdadero significado de un acto cometido cinco años antes o la certidumbre de que en un futuro inmediato —quizás al día siguiente— iba a suceder algo determinado y presentido.

Una sencilla intuición de eso que llamamos "mañana": ese monstruo con la cara tapada, que casi siempre se niega a dejarse ver y dominar.

En la mayoría de los casos, la erupción de lo desconocido no iba más allá de una sensación horriblemente breve y fugaz —por suerte para mi servidumbre— pero suficiente para quedarme con la seguridad de que existe un sentido oculto para todo —para Todo—, una puerta entreabierta hacia otra realidad que se ofrece en lo más trivial y cotidiano, pero que nosotros, tristemente, no somos capaces de abrir, o por lo menos de entreabrir.

—Me siento al borde de una horrenda alegría o, mejor dicho, de un jubiloso horror —le dije al doctor Urruchúa cuando me pidió una definición de mi estado de ánimo, mientras tomaba notas de mi caso en un cuaderno.

Una de esas mañanas se concretó en buena medida la experiencia cuando oí un par de aldabonazos en la puerta y le dije a la sirvienta: es doña Isabel, y en efecto, era ella.

Llevaba el mismo velo negro de la vez anterior en que me visitó para hablarme de la grave situación de su hija, sólo que ahora sus largos dedos como pájaros se movían con mayor inquietud y nerviosismo, y sus hermosos ojos estaban sombreados por unas ojeras más profundas.

—Mi hija me contó lo que usted escribió sobre mí...—dijo con una mirada en la que palpitaban a la vez la pena y el coraje, la tacita de chocolate tintineó en su mano, su voz se quebraba en un jeroglífico tartamudeo—, el problema es que también se lo contó a su padre. ¿Puede usted imaginar lo que eso significó para nuestra familia? Me acusó con su padre de tener una relación amorosa con usted, su propio novio. La primera reacción de él fue... —puso la tacita de chocolate en la mesita lateral y sacó del bolso un pañuelito de encaje para contener un llanto que empezaba a desbordarla—, la primera consecuencia de esto fue que mi marido me insultó apenas estuvimos solos, me insultó como nunca antes lo había hecho, y luego dejó de hablarme, dejó de hablarme del todo... Se coludieron contra mí padre e hija y me aplicaron la ley del hielo..., mis hijos han preferido no intervenir, me hablan pero apenas lo necesario... a últimas fechas el ambiente en mi casa es un verdadero infierno de hielo...

Y agregó, a quemarropa:

—Mi marido asegura que la próxima vez que lo vea a usted, sea en donde sea, lo va a matar. Lo conozco, y es capaz de hacerlo.

X

Pobre hijo de la miseria, de la plebe, que nace en un pe-
tate, vive y se reproduce y ahí mismo fenece.

Ángel de Campo

Empezó por el dolor agudo en la boca del estómago,
un sudor frío en las manos, un peso insoportable en las
rodillas, y un mareo que sólo podía resolverse tendién-
dome en la cama. Imposible ir en estas condiciones al
hospital.

Vino a visitarme Abelardo y le hablé de la acidez
que asciende y desciende por el esófago y lo quema, la
sustancia amarga que se detiene en la glotis y llena de
sabores agarrosos el paladar, una saliva imposible de tragar, el zigzag de espasmos continuos a la altura del co-
lon, la diarrea con ocasionales signos de sangre fresca,
el ardor en el estómago, el dolor que me dobla. Ya me
puse a dieta —aclaré ante su cara de preocupación—,
tomé las infusiones, los atoles, la leche de burra y otras
sales que el caso requiere, que no se preocupara, pronto
estaría mejor, podía asegurárselo.

Luego que hablamos de mi salud me contó del
padre Jarauta.

—Ya ve usted, doctor, derrotada nuestra heroica
insurrección popular del catorce y quince de septiembre, el padre Jarauta y los guerrilleros que quedaron
vivos —y tengo entendido que pasan de cien— tuvieron

que esconderse en algún lugar por los alrededores de la ciudad, desde donde continúan su lucha. Ahora hasta el ejército mexicano anda tras del padre Jarauta, pero parece que tiene el don de la ubicuidad porque cuando ya están por atraparlo reaparece en otro lugar, se les vuelve de humo. Un día está en Pachuca, otro en Querétaro, o se apodera de un convoy con víveres que entraba a la ciudad por la garita de Guadalupe. Hace poco lo confundieron con un pobre hombre de San Juan Teotihuacán, al que enseguida fusilaron, difundieron la noticia por todos lados hasta que el verdadero padre Jarauta les organizó un zafarrancho por las inmediaciones de la garita de Peralvillo y les dejó un comunicado de lo más burlón. Dicen que él o su gente son los culpables de que continúe apareciendo tanto soldado yanqui asesinado por las noches, y no lo dudo porque si no cómo explicarse que hayan logrado pegar en todas las esquinas de la ciudad este último comunicado.

Habitantes de la Ciudad de México, despertad ya del peligroso letargo en que os halláis. Ved vuestra religión y cara patria sumergidas en la mayor de sus desgracias, esperando tan sólo el día en que sus valientes hijos se decidan a vengar el agravio que les hacen esos invasores ambiciosos, desmoralizados y crueles. ¡Levantaos en masa y unidos a una sola voz clamemos: Viva la República Mexicana, Viva su Religión Católica, Viva Cristo Rey, Viva el Santo Papa! Que por salvar a su patria y a su religión, vuelva el pueblo a echarse encima de los yanquis, aunque sea con sus puras manos. La muerte es preferible a esa aparente paz que les han impuesto, y que no hace sino acrecentar su ambición de despojo y su diabólico orgullo. Este es el único medio de salvar a la Patria, a la Religión Católica y a nosotros mismos de los grilletes de la indigna esclavitud. Primero moriremos matando norteamericanos y gente norteamericanizada, que rendirnos a sus poderosas armas, a sus falsos dioses como el dinero y el "progreso", y a sus falsos ofrecimientos de democracia.

Firma: Celedonio Domeco de Jarauta.

—¿Quién pegó esos carteles por todas las esquinas de la ciudad, con las continuas rondas de soldados yanquis y la implacable policía que ahora padecemos?

—¿No será el padre Jarauta el que tiene un pacto con el diablo? —dije, y me arrepentí de decirlo apenas lo había dicho.

Abelardo se limitó a chasquear la lengua, sin perder su aire circunspecto, y continuó.

—Es capaz, con tal de que lo ayude a acabar con nuestro letargo y con esta falsa paz, con sus falsos dioses, que nos imponen los yanquis. "Si en mi mano estuviera, a todos los habitantes de la Ciudad de México les echaría en el corazón sal y vinagre para que nunca tuvieran descanso y consuelo frente a sus invasores", me dijo la noche que estuvo en mi casa. Por lo pronto, parece, su capacidad desestabilizadora es infinita y ahora hasta puso a pelear al *American Star* y al *Monitor*, nomás vea a quiénes, ya que el primero acusa al segundo de estar coludido con el padre Jarauta, lo que podría costarle que vuelvan a cerrarlo. Escuche esta nota: "¿De dónde sacó el *Monitor* la noticia de que ochocientos soldados americanos habían salido de Pachuca a Tulancingo en busca del padre Jarauta? Nosotros, mejor informados, sabemos que sólo noventa soldados fueron por él, y que el padre Jarauta se asustó tanto, porque en realidad es un sacerdote cobarde e hipócrita que sólo sabe atacar desde la sombra, ya que él y sus más de trescientos compañeros, igual de bandidos, se dieron a la fuga. ¿Tiene el *Monitor* correspondencia con Jarauta? Pedimos a las autoridades que lo averigüen a la brevedad. Porque su relación parece ser de lo más estrecha y coludida". El *Monitor*, a través de un editorial de su director, el valiente Vicente García Torres, respondió sin pelos en la lengua al *American Star* al día siguiente. Escuche: "Suplicamos a nuestros colegas, que tanto presumen de demócratas y fieles a la verdad, que nos muestren las pruebas en que se fundan para asegurar que este periódico mantiene una estrecha relación con el padre Jarauta, y está coludido con él. La verdad es que los dos diarios contamos con la misma información, sólo que ellos la agrandan o la minimizan según sus personales y nacionales intereses". Como ve, doctor, aún hay una lucecita de esperanza al final del largo y oscuro túnel por el que pasa nuestra ciudad en estos momentos.

Le confesé que, era posible, yo no alcanzara a llegar a la salida del túnel. En caso de ser así, le encargaba que hablara con mi sobrina Irene para que se quedara con mis pobres pertenencias. Mi instrumental médico ya lo había dejado en el hospital. Y que él guardara las notas que había yo escrito sobre la invasión yanqui, además de algunas reflexiones —esperaba no molestarlo— sobre su enfermedad nerviosa y su posible cura.

Abelardo pareció afectado, y aún más cuando le encargué un reloj de oro que guardaba el pequeño y borroso retrato de una mujer. ¿Quién era ella? Nunca lo supe porque no le entendí al yanqui que me lo dijo y que me regaló el reloj, después de que le extraje una bala del cuerpo, lo curé y lo dejé marcharse del hospital de campaña una vez que sanó.

Apenas se fue Abelardo, me puse a escribir estas líneas. Seguramente serán las últimas. Hoy descubro que he nacido para esto, que toda mi vida se reduce ahora a la preparación de este momento final, que cada experiencia anterior, de paz o de inquietud, de alegría o de desánimo, cobra sentido, se aclara aquí, deslizándose dentro de una poderosa claridad, corre a encajar en su inevitable lugar, a encontrar recién su destino.

XI

El gran peligro es que los norteamericanos nos traerán no sólo el protestantismo como religión oficial, sino el sentido del dinero y de la productividad industrial que conlleva, y que va en contra de las más esenciales enseñanzas de Jesucristo.

Juan José Pérez Doblado

—Me decepciona tu crónica ésa —dice mi mujer—. Te pones a hablar del padre Jarauta, que ya chole con sus guerras de guerrillas contra molinos de viento, y dejas un cabo suelto con la visita que te hizo doña Isabel, pobre mujer, destruiste su vida, su marido la insultó como nunca antes, qué tipo, su hija le aplica la ley del hielo y con toda razón después de lo que escribiste de cómo coquetearon en el teatro. Me hubiera encantado conocer a doña Isabel para hablar con ella, de mujer a mujer, y prevenirla contra ti.

—Déjame explicarte. Yo escribí que habíamos coqueteado en el teatro, pero en realidad no fue así.

—¿No fue así? —preguntó, con una alta curva de asombro en las cejas.

—Nomás me lo imaginé. Ella me juró por todos los santos que nunca se dio cuenta de nada: si le acercaba el brazo o ella me lo acercaba a mí, si respirábamos el mismo aire candente y sensual, en fin, dijo que estaba demasiado preocupada por la situación tan crítica que atravesaba su hija en esos momentos como para ponerse a averiguar si yo le transmitía mi fluido magnético animal, como diría el doctor Urruchúa que habría dicho Mesmer.

—Lo ves, pobre mujer. Otra víctima tuya. Pensar que hasta llegué a sentir celos de ella, y de tus fantasías morbosas cuando querías clavarte un puñal en el pecho.

—¿No será que la morbosa eres tú y por eso tanto insistes en que escriba cuanto sucedió con Isabel y su madre?

—Puede ser, y hasta me encantaría que leyeran tus indecencias los Negrete, los Mier, los Ayala, y que, si lo publicas, se vuelva un escándalo público. Se lo regalaría, con una dedicatoria tuya, a todas y cada una de mis amigas. Con esta vida tan pazguata que vivimos con don Porfirio, casi cualquier cosa se vale para salir de nuestro marasmo. ¿Cómo calificaste a la paz que estamos viviendo la otra noche en casa de los Prieto?

—Una paz de pesados párpados.

—Qué espanto. Una paz de pesados párpados. ¿Puede haber algo peor? Entiendo que busques por todos los medios algo que te sacuda y te obligue a abrir los ojos.

—¿Y tú eras la pacifista a ultranza que estaba a favor de la resistencia pacífica tolstoiana y de no hacer nada que pudiera dañar mínimamente a nuestro prójimo?

—Pues sí, pero ya ves: me desesperas tanto con tus lucecitas y tus miedos que soy capaz de ir en contra de mis ideas y volverme una belicosa furibunda.

Doña Isabel había puesto como pretexto que visitaría a una hermana en Mixcoac para poder verme un momento, dijo mientras enjugaba una lágrima que bajaba por su mejilla con el pañuelito de encaje. De todas maneras, a últimas fechas a nadie en su casa parecía importarle lo que hiciera o dejara de hacer. El cochero era de toda su confianza, casi la única persona de su casa en la que todavía podía confiar. Yo, por mi parte, a la vez que la escuchaba, no dejaba de mirar hacia la puerta: en cualquier momento entraría por ahí don Vicente, con el golpeteo punzante de sus botas federicas y un fusil apuntando directamente a mi pecho. O, aún peor, quien entraría sería Isabel, hecha una furia, lanzándose con las uñas directamente a mi cara. ¿Cómo podía entonces, en esas circunstancias, concentrarme en el fulgor relampagueante de los ojos de doña Isabel, que me estremeció hasta el sonrojo la primera vez que lo descubrí? ¿Cómo podía también concentrarme en el recuerdo de cuando estuvo tendida en ese mismo sofá por el vahído que sufrió, con un cierto aire de jovencita de otro siglo, que se hubiera quedado dormida y despertara para mí, sólo para mí, con el primer botón de su vestido negro desabrochado —que yo mismo le desabroché—, el instante preciso en que descubrí que había ahí, rodeando su cuello, en las venas palpitantes, subiendo desde el interior tibio del vestido, algo como la sombra de un deseo muy antiguo, tal vez a punto de marchitarse y quizá nunca revelado al mundo exterior? ¿Cómo atreverme a decirle que después de la noche que estuvimos en el teatro soñaba y soñaba con ella, que abría los ojos a media noche y casi podía verla en la penumbra, cubierta apenas con una sábana, a través de la cual se adivinaban, difuminados, los contornos de su cuerpo, que el tiempo no había conseguido deformar

—su silueta era aún armoniosa, perfilada—, con sus sedosos cabellos oscuros, a los que la media luz de la bombilla les disimulaba las canas, cayendo sueltos hasta los hombros? ¿Cómo consolarla, pedirle perdón, explicarle que en realidad todo era un mal entendido literario porque yo cuando escribía inventaba, suponía, alteraba las cosas hasta la desmesura y lo imposible? Quizá por ese mismo sentimiento de zozobra que me invadía y desbordaba, de repente me descubrí yo mismo llorando a mares, abrazado a ella, balbuceando, volcando a borbotones, entre pucheros, mi pena por haberles hecho tanto daño a las dos mujeres que más había amado en mi vida, sus rostros se me empalmaban cuando estaba con la una o con la otra, hablándole con una sinceridad que no había tenido antes ni conmigo mismo, diciéndole cuán miserable y desdichado me sentía porque finalmente no las iba a tener a ninguna de las dos, las había perdido sin remedio, ¿quién podía llenar el hueco que dejarían en mi vida?, entendía a los jóvenes que se suicidaban por un amor desesperado —que en mi caso eran dos amores desesperados— o se marchaban al fin del mundo o se metían de monjes, ¿cómo podía pagar el daño que había hecho? Entonces, por fin, lo entendí todo porque doña Isabel, en un gesto sorpresivo, me tomó por la barbilla para levantarme la cara, me miró directamente a los ojos y me pidió que volviera a buscar a Isabel para aclarar lo sucedido, era lo que podía hacer para resarcir en parte el daño, insistirle en lo de la crónica novelada, en que todo cuanto yo escribía era puro cuento, en que ella, su madre, ni siquiera se enteró cuando, supuestamente, en el teatro me acercó su brazo o yo le acerqué el mío, y mucho menos se emocionó porque respiráramos el mismo aire candente y sensual que nos envolvía, Isabel tenía que terminar por creerlo porque me amaba, me seguía amando aunque de momento estuviera furiosa contra mí por el malentendido —los escritores son siempre unos mentirosos, lo había oído por algún lado—, doña Isabel estaba segura, el instinto de una madre nunca falla cuando una hija se encontraba en las circunstancias en que se encontraba Isabel, tan ingenua, sensible y nerviosa la pobrecita, tan confundida, creyendo que yo era un hombre serio, y con ese padre brutal, incapaz de suponer siquiera que una mujer tuviera ideas y sentimientos propios.

Me atreví a hacerle una pregunta, yo también mirándola muy fijamente a los ojos:

—Busco a Isabel, la convenzo de que todo cuanto escribí es producto de mi imaginación, pero a cambio de que usted me conteste con toda sinceridad, doña Isabel, ¿de veras todo cuanto escribí fue sólo producto de mi imaginación?

Sus ojos se encendieron, un relámpago aún más intenso cruzó por ellos, me dijeron todo lo que esperé que me dijeran desde el momento en que nuestras miradas se cruzaron cuando despertó del vahído que sufrió a mi lado, incluso me pareció que estaba a punto de soltarse llorando de veras, sin necesidad de pañuelitos de encaje ni tapujos, echarse sobre mí y desenmascararlo todo —desenmascararnos del todo—, pero como ya no podía confiar en mi imaginación, preferí atenerme de una vez por todas a sus puras palabras, que iban en un rumbo tan opuesto al de sus ojos:

—Le juro por todos los santos que yo nunca sentí ni me enteré de nada de lo que, dice mi hija, usted escribió.

—¿Ni siquiera ahora mismo, en este mismo instante?

Sus ojos no cambiaron de expresión, pero respondió sin una gota de duda:

—Ni siquiera en este mismo instante.

XII

No era sólo la tristeza de haber perdido la mitad del territorio, de la deshonrosa invasión a nuestra ciudad, de tantos muertos por todo el país, era sobre todo la tristeza de haber visto nuestro verdadero rostro de mexicanos reflejado en aquel espejo.

Juan José Pérez Doblado

Al doctor Urruchúa lo velaron en la propia sala de su casa. Su ama de llaves lo lavó, lo peinó, lo vistió de frac con cuello de pajarita. Llevaba trabajando con él más de treinta años y fue la que más lloró, por momentos en forma convulsiva. Me comentó lo tranquilo que murió, cuánto lo quiso, lo buena persona que era, tan humano y desprendido de lo poco que tenía, qué difícil para ella encargarse de todo, hasta de los trámites del panteón para enterrarlo al día siguiente, nada era tan complicado en el mundo como vestir a un muerto, qué falta le hizo un poco de vinagre aromático.

Fueron varios médicos del hospital y un pequeño grupo de alumnos, una sobrina y sus hijos, aunque muy pocos de nuestros amigos del Café del Progreso. A mí me marean el olor espeso de las flores mortuorias y el de la cera que se derrite chisporroteante, pero logré quedarme hasta casi el amanecer.

En una de las paredes había un gran crucifijo de metal, cuyo torso, muy arqueado, proyectaba en el muro del fondo su terrible sombra.

Me conmovió la actitud del ama de llaves. Estuvo horas de pie al lado del ataúd, se hincaba y rezaba, o se asomaba por la ventanita de la caja para mirarlo, hablarle, despedirse de él una y otra vez.

Desde el momento en que encontró al doctor muerto en su cama, el cadáver fue suyo, de nadie más. Incluso, a sus colegas del hospital y a la sobrina, les avisó del fallecimiento varias horas después.

La imaginé cerrándole los ojos, derramando las primeras lágrimas, contemplando largamente la figura yaciente, desmadejada, cómo se iban afilando los lineamientos de aquel semblante tan respetado y querido, quizá hablándole en voz alta.

Recordé cuando el doctor Urruchúa me hablaba de salir de uno mismo para superar el miedo a la muerte. ¿No había vivido yo en algún momento la experiencia de querer dar la vida por algo o por alguien? Es lo único que podía salvarnos. Él lo tenía con sus pacientes, y en forma muy palpable. Quizá yo lograra esa experiencia con la escritura. La muerte perdía entonces toda realidad. Decimos de nuestro cuerpo: soy yo. Y he aquí que, de pronto, esa ilusión, ese espejismo, se derrumba. ¿Tienes un paciente muy grave en el hospital o a un amigo en peligro? Corres a salvarlo y dejas en prenda los trozos de tu cuerpo para quien quiera recogerlos en el camino, como una ropa ya inservible. Te intercambias por el amigo, por el paciente, o por la actividad que realices con verdadera entrega, y no tienes la sensación de perder en el cambio. Al contrario, en el supuesto sacrificio —que nunca es tal— por fin te reencuentras a ti mismo. El peligro que corría tu amigo ha destruido no sólo la carne, sino el culto que le tenías a la carne.

Algo le dije de mi temor al dolor en el momento de morir, y agregó:

—Ciertamente, he visto a muchos hombres huir del dolor y de la idea de la muerte, y es de lo más humano amedrentarse por su confirmación anticipada. Pero desengáñese, amigo Abelardo: jamás he visto espantado a aquél que *de veras* muere.

En algún momento, quizá por una ligera corriente de aire, las llamas temblequearon en torno a cada pabilo, humeantes, y entonces las sombras se alargaron tenebrosamente en las paredes. Sentí aún más viva la presencia del doctor Urruchúa entre nosotros.

—Jamás he visto espantado a aquél que *de veras* muere...— dicho con aquella vocecita que tenía, adelgazada, casi un maullido.

Ya casi al amanecer, hubo un pesado silencio, roto en ocasiones por el suspiro terrible de alguien que se había quedado dormido..., despierta y recuerda.

Al día siguiente lo enterraron en un cementerio cerca del hospital de San Pedro y San Pablo. Había bastante más gente ahí, en especial médicos, alumnos y pacientes a los que había curado. Era un cementerio que más bien parecía fosa común —había que tomar en cuenta la situación que vivía la ciudad—, la geometría coagulada de las tumbas anónimas, con más cruces que casas en los alrededores. "Esta ciudad se va a llenar de muertos", me había dicho el propio doctor Urruchúa, ¿hacía cuánto tiempo?

Un sacerdote dijo unas breves palabras, uno de los médicos habló en nombre de todos, aún con más brevedad, el ama de llaves lloró en forma desconsolada, la sobrina del doctor, que se llamaba Irene, se sintió mareada, le dieron a oler un poco de alcanfor y la llevaron a su carruaje. Después de las paladas apretaron la tierra encima y formaron una lomita que cubrieron de piedras, pusieron una cruz muy sencilla, desnuda, dos tablas cruzadas apenas, y una pequeña inscripción con el nombre del doctor, la fecha de su nacimiento y la de su muerte.

Mil recuerdos, gratos y dolorosos, empezaron a girar en mi memoria, dando tumbos, atropellándose y combatiéndose los unos a los otros. Y cuando mi conciencia trastabilló con una angustia insoportable, sentí que una mezcla de grito y sollozo ascendía desde el corazón a la garganta. Lloré sin lágrimas, que es la peor manera de llorar.

Creo que fue ahí, en ese momento, en que algo que había visto —o entrevisto— de aquello *otro*, de los guiños que me hacían las lucecitas en el cielo, tomó forma definitiva. Una como cifra final del inventario, del informe, del recuento, de la crónica, de la invasión norteamericana misma. Un balance acabado pero sin palabras ni conductas concretas a seguir: un simple cumplirse ceremonial, un quebrarse de ramas secas, un caer de veras en el silencio y en el Vacío.

XIII

Hoy los mexicanos estamos ya en un periodo de madurez
y dignidad que nos permite responder con el mismo tono
en que se nos habla y con una sonrisa de desdén a las
amenazas que antaño nos hacían temblar.

Ignacio Manuel Altamirano

—Pero al grano, al grano: ¿qué pasó con la hija de doña Isabel, la buscaste? —me pregunta mi mujer con una arruguita remarcada entre las cejas.

—La busqué, pero no me quiso ver. El criado de los guantes blancos no dejaba de hacer caravanas mientras me explicaba que la señorita Isabel no se encontraba en disposición de recibirme en esos momentos. Al día siguiente, lo mismo. Le escribí una carta y me contestó, cortante, que no quería volver a verme, que era yo un canalla, sabía que la buscaba sólo porque su madre había ido a mi casa a pedírmelo. Luego me enteré de que se fue una larga temporada con sus padres a Cuba, o algo así.

—O sea, destruiste a la familia.

—De alguna manera, pues sí.

—No de alguna manera: la destruiste.

—Está bien, lo asumo, la destruí. Pero las amé mucho.

—Eso no te disculpa.

—Por eso no quería escribir la crónica, porque era enfrentar el daño irreparable que les hice. No es lo mismo pensar las cosas, recrearlas en el recuerdo, incluso arrepentirse de ellas, que ponerlas por escrito.

—Entonces, si alguna posibilidad te queda de redención, es que las pusiste por escrito.

—También por eso, para mí, el párrafo más significativo de la crónica no es, ni mucho menos, el que pudiera referirse a lo histórico, a la turbulencia de aquellos días, a mis visiones y mis pesadillas o al momento en que clavé un puñal en el pecho de un yanqui, sino a aquél donde digo que confesiones como la que hice atestiguan que a toda fe religiosa sobrevive, en la mayoría de los hombres, esta angustiosa necesidad de *rendir cuentas*. ¿Ante quién? No lo sé. Quizás ante todos y ante nadie en particular. ¿Pero no se tratará también, aunque sea involuntariamente, de anticipar el encuentro con Aquél que nos dio el alma y que la reclamará de vuelta en cualquier momento? Nada que atempere ese encuentro puede resultarnos banal. En especial si, como he pensado siempre, es a través de la escritura que se hace más posible el encuentro. ¿Recuerdas esa página?

—Sí, y espero que te sirva a la hora de "rendir cuentas" como tú lo llamas y que yo prefiero referirlo a una especie de purgatorio pasajero como preparación para nuestra siguiente vida, como dice Fourier. ¿Sabes que él calculaba que cada alma humana transmigrará unas ochocientas diez veces entre la Tierra y otros planetas antes de integrarse a la Clara Luz? Por eso, como mala católica que soy, no creo ni en el infierno ni en su polo opuesto. Creo en el purgatorio, o sea, en la purificación del alma por más enferma que esté. Aunque sus pecados sean como la púrpura, en el purgatorio se volverán blancos como la nieve.

—Quizá también por eso, resulta significativo que haya sido la propia invasión la que me ayudó a empezar a purgar la culpa. En esos días tan angustiosos, ya sin la compañía del doctor Urruchúa, pensaba mucho en los cristianos de Abisinia, quienes veían en la peste que los atacó un medio divino para ganar el cielo. ¿Podría aplicarse a mi propio caso, ya que la invasión que padecíamos en la ciudad no era muy diferente a una plaga? Por eso los cristianos de Abisinia que no estaban contaminados se envolvían en las sábanas de los pestíferos, para así estar seguros de morir por ese medio. Yo podía haber hecho lo mismo, metiéndome en el uniforme sucio de un soldado yanqui y pedir que, en esas fachas, me enterraran vivo. ¿Cómo ves?

—Qué asco.

—Volví a salir de mi casa hasta el 12 de junio del 48, en que se marcharon los yanquis, lo cual es un decir. Fui al Zócalo a presenciar la ceremonia —aún más indigna que la del 13 de septiembre del año anterior— de arriar la bandera norteamericana y volver a izar la nuestra, ante autoridades y soldados de los dos países, muy cuadraditos. Imagínate el ridículo, tocaron los dos himnos nacionales, presentaron armas, dispararon veintiún tiros de artillería y una salva de treinta cañonazos. Cuánto extrañé en esos momentos al padre Jarauta para que volviera a disparar al soldado yanqui que ahora arriaba la bandera de las barras y las estrellas. La que se hubiera armado si en ese momento los léperos vuelven a sublevarse y Próspero Pérez, subido en su banquito, vuelve a preguntarnos: "¿Qué, aquí no hay hombres? ¿No escuchan a las piedras de todos estos edificios que nos están llamando a la lucha?" Pero no, todo fue muy ceremonioso y tranquilo, como si en realidad no hubiera sucedido nada de nada. "La mayor trampa del diablo consiste en hacernos creer que no existe", acuérdate.

—Y a propósito del diablo, ¿qué fue del padre Jarauta? —debieron preocuparle los ojos que abrí porque enseguida corrigió—. La verdad es que no estoy de acuerdo con sus métodos, como te he dicho, pero me gusta su terquedad y admiro su fe sin fisuras. Mira que venirse a México desde España a dar la vida porque nos habían invadido los *infieles* yanquis, se necesita estar medio zafado.

—Ya supondrás que no estuvo de acuerdo con el Tratado de Guadalupe, que se firmó en febrero de ese 48, por el que cedíamos a nuestros vencedores los territorios de Texas, Nuevo México y Nueva California, o sea dos millones cuatrocientos mil kilómetros cuadrados, más de la mitad del suelo mexicano. Estados Unidos daba a México quince millones de pesos dizque como indemnización. Se comprende el grito que lanzó en respuesta Lucas Alamán: "Perdidos somos sin remedio si la Europa no viene pronto en nuestro auxilio".

—Y por eso la Europa nos mandó al padre Jarauta.

—Lanzó un nuevo manifiesto que, de nuevo, apareció pegado en todas las calles de la ciudad. Déjame leerte una parte: "Mexicanos, acaba de consumarse la obra de iniquidad y de traición que comenzó en 1845. Más de la mitad de la República se vendió al enemigo invasor, al peor enemigo de la humanidad, al demonio mismo, por una suma despreciable, más despreciable que una limosna lanzada a los pies de un mendigo. El resto de su territorio quedará ocupado por los mismos soldados norteamericanos, convertidos en guardián del traidor para sostener el crimen más atroz que vieron los siglos. Me recuerdan al Conde don Julián, entregando a su patria por un resentimiento personal. Mas este hecho horroroso ninguna comparación tiene con el de aquel malvado, ciego de cólera, que hizo entrar a España a los moros. Porque, si justificante se puede llamar, a aquél lo movía la ira, a éste de ustedes, el puro interés, la comodidad y el 'progreso', que son los refugios predilectos del demonio". ¿Ves cómo el padre Jarauta tenía muy claros los escondites del demonio?

—Y que lo digas tú, que has vivido de tus rentas toda tu vida.

—Con esa cruz he cargado.

—Una cruz que más de uno te arrebataría feliz de la vida, te lo aseguro. ¿Qué más dice el manifiesto?

—Nos vuelve a llamar a las armas, a desconocer al gobierno mexicano por haber traicionado a la patria, incluso a repudiar a los curas católicos que estuvieran a favor del Tratado de Guadalupe. Se fue a Guanajuato a continuar su guerra de guerrillas, ahora contra el propio gobierno mexicano, lo que motivó que el *Monitor*, que tanto lo había defendido, empezara a hablar mal de él. Oye lo que dice en un editorial del mes de junio: "Jarauta fue recibido en México como en una patria hospitalaria, y puso en sus manos, como si se tratara de uno más de sus hijos, las armas necesarias para que la defendiera del invasor. Ahora Jarauta vuelve esas mismas armas contra la patria que le dio asilo. Jarauta, defendiendo a su patria adoptiva, no sólo no cometió ninguna falta, ni ante Dios ni ante los hombres, sino que adquirió el alto rango de héroe a favor de la justicia y de la más alta humanidad. Jarauta, promoviendo una revolución en México, degrada aquel honor, se convierte en un apóstata, en un excomulgado ante Dios, la Iglesia y los hombres. Muera Jarauta".

—Pues tiene razón el *Monitor*.

—¿Qué otra cosa podía hacer el padre Jarauta si siempre dijo que debíamos luchar contra los norteamericanos tanto como contra los mexicanos que estuvieran a favor de los norteamericanos? Unos y otros simbolizaban lo mismo: el Mal, el demonio del que hablabas.

—Terminaron por pescarlo, supongo. Nadie baja vivo de una cruz.

—En el mismo Guanajuato, en julio de ese año. El general Anastasio de Bustamante, un hombre al que después conocí casualmente y del que me impresionaron sus dientes, como los de un mastín, amarillos, grandes, carniceros, dirigió personalmente al pelotón de fusilamiento.

—De nuevo el demonio, pues.

—Sobre todo porque, se dice, el último grito del padre Jarauta fue el mismo que tantas veces repitió aquí: "¡Viva Cristo Rey, mueran los yanquis!"

—Y con el que tú estás de acuerdo.

—No tengo una gota de duda. Habría que seguir repitiendo ese grito a lo largo de nuestra historia mientras, como tú dices, no se enfríe el sol y nuestro planeta no regrese al caos primigenio.

—Qué bueno que ya no tienes edad ni ganas de conocer Estados Unidos, porque si publicas tu crónica nunca te permitirían entrar, estoy segura.

Pero no quería publicarla y preferí dejársela en resguardo a Magdalena para que hiciera con ella lo que quisiera después de mi muerte. Así que decidí dedicársela, precisamente en las últimas líneas de la última página.

Mi amor, como es posible que al lector de este libro —si es que algún día existe— le parezca extraño que esté dedicado a ti, uno de sus personajes centrales, y curiosamente en sus últimas líneas y no en las primeras —como debía ser—, me parece oportuno dar aquí algunas sencillas razones de por qué lo hago. Antes que nada, porque sin ti nunca lo hubiera escrito ni terminado, hubiera sido del todo incapaz de llegar a este final, no sólo por tus valiosos comentarios y correcciones, sino por cuánto me motivaban las numerosas ocasiones —especialmente en las noches, cuando suponías que estaba yo dormido—, en que te descubrí esculcando en mi escritorio, revolviendo descaradamente las hojas y las notas para averiguar si había yo escrito alguna nueva página y leerla con el interés y la curiosidad con que has leído todo cuanto escribo. Sin esa curiosidad tuya, ¿crees que me hubiera atrevido a escribir con tanto detalle, por ejemplo, mi relación amorosa con Isabel? Pero sabía que tus ojos estaban ahí, siguiéndome, alentándome a hacer una confesión completa, fuera cual fuera el precio y el resultado. Finalmente, tú lo sabías, lo estaba escribiendo para ti y en consecuencia para eso Otro, o Espejo, o Rey de la Muerte, o Conciencia Universal, o Dios, o como quieras llamarlo. ¿Qué importancia puede tener el nombre si finalmente creemos en lo mismo? Encerrados en nuestra casa, resignados y felices a nuestras "rarezas" amorosas, como dices que dice Fourier, leyendo y a veces escribiendo, no hemos sido la gran rosa petrificada de una catedral gótica, hay que reconocerlo, sino, simplemente, la instantánea y efímera rosa de un pequeño caleidoscopio. Desgraciadamente, qué imposibilitados hemos estado para compartir el mundo de los orgullosos poetas importantes y trágicos que nos rodean, o de los tristes escritores de cosas tristes, que aún más abundan. Siempre encerrados, tú y yo, aún más solos a partir de que se fueron nuestros hijos de la casa, convencidos de que sólo así conseguíamos acercarnos a esa otra instancia de la vida (y de la muerte) que a veces se nos insinuaba en un acorde musical compartido, en un poema, en un golpe de pincel o en un loco intento de santidad. Tiene sus ventajas a nuestra edad esa fe, piénsalo. En caso de que haya *algo más* después de la muerte, ¿qué juegos se jugarán en nuestro caleidoscopio, cómo se combinarán los colores, los humores fríos y los cálidos, los sueños lunáticos y los mercuriales, los encuentros y los desencuentros? Hoy sé que supe desde siempre, desde un pasado tan lejano que quizá ni siquiera existió, que te estuve queriendo y esperando antes de haberte visto por primera vez. Mi amor por ti palpitó escondido debajo de todas mis alegrías y mis penas, tan antiguas que ni siquiera sé a cuál de mis vidas corresponde. Y mañana, cuando ya no esté a tu lado, y tú también te sientas terminar, como la deshojada arquitectura de una flor, regresaré para estar juntos en ese momento final, igual que ayer, hoy y siempre.